云语风声

尹　峰◎著

中国文联出版社

图书在版编目（CIP）数据

云语风声 / 尹峰著 . -- 北京：中国文联出版社，
2018. 10（2024. 6 重印）
ISBN 978 - 7 - 5190 - 3844 - 1

Ⅰ. ①云… Ⅱ. ①尹… Ⅲ. ①中国文学—当代文学—
作品综合集 Ⅳ. ①I217. 2

中国版本图书馆 CIP 数据核字（2018）第 243782 号

著　者　尹　峰
责任编辑　曹艺凡
责任校对　乔宇佳
装帧设计　中联华文

出版发行　中国文联出版社有限公司
地　址　北京市朝阳区农展馆南里 10 号　　邮编　100125
电　话　010 - 85923025（发行部）　　　85923091（总编室）
经　销　全国新华书店等
印　刷　三河市华东印刷有限公司

开　本　880 毫米×1230 毫米　　　1/32
印　张　10. 5
字　数　255 千字
版　次　2024 年 6 月第 1 版第 2 次印刷
定　价　68. 00 元

目 录

【情感涟漪】（散文类）

【愚者一得】（杂文）

【生活警示】（调查研究）

【世事感悟】（寓言）

【虚实时空】（小说、小小说类）

二娃摸奖

C城街头，熙熙攘攘，人头攒动。

S公司货摊前，人们围成半圆。前面的两手抱在胸前，后面的踮起脚，扒着别人的肩，伸长脖子往里看。65W的收录机，像一个啰唆的老太婆，唠叨着销售摸奖，嘈杂的小城，又增添了几分喧嚣。

这时，刘二娃捏着一条尿素口袋走了过来。他，一头粗硬的头发挺立向上，一根白中泛黄的棉带缠在油黑发亮的棉衣上，腌菜似的绿色军裤迎风招展，沾满泥的解放鞋，不堪重负地"张着嘴"。

刘二娃挤上前，忽然觉得脚被硌了一下，顿时，一个破锣似的嗓音，震得他的耳膜"嗡嗡"作响。

二娃旁边的"串脸胡"眼睛鼓得像牛卵蛋，大声武气地骂起来。

"对、对、对不起。我、我、我想摸奖，没、没注意，踩到了你。"刘二娃结结巴巴，把看摸奖说成了想摸奖。

"你要摸奖？""串脸胡"用重重的鼻音哼了哼，一对眼珠像探照灯似的在刘二娃的浑身上下快速地扫描，"看你这鬼神相，有球钱！还想摸奖！癞疙宝打哈欠——好大的口气！"

"老弟，真人不露相，你不要小看人。"出售奖票的方脸人开腔了。

"串脸胡"瞥了"方脸"一眼，"哼，我的眼睛毒得很。他要是有钱，我手板心煎鱼给他吃"。

"方脸"向二娃投去柔和、鼓励的目光："小伙子，不吃馒头——争（蒸）口气，你就摸给他看看，别让他看不起乡下人。"

势成骑虎，刘二娃很为难。钱，倒是揣得有几百元，但那是买长毛兔种的，不能动。上一场，买猪的 50 元全摸完，结果毛都没有摸到一根，日怪宝奖品倒是得了不少。走拢屋，被婆娘骂得像龟儿子，被揪的耳朵现在都还在痛。早上还没出门，婆娘说了又说，说是买不回兔种就不准我进屋。人家的日子是越过越富裕，我却屙钱都没有。婆娘说，一家四口，靠那点儿包产地，能发啥子财！好久才富得起来？不如养长毛兔来钱。买 20 只长毛兔，一只就算剪二两毛，一年要剪四五次，全年就能挣上千元。兔长毛、毛卖钱、钱买兔，反复不断，要不了几年，就脱贫成了万元户，哪点儿不安逸？为借这些钱，婆娘差点儿把娘家的门槛踢断……咳，想看下热闹、过干瘾，哪晓得又惹上了麻烦！"串脸胡"这个烂滚龙也欺人太甚，这口气咋个忍得下去！

"万一摸不到，回去咋个交代？拿啥子来还？"刘二娃的耳朵又隐隐地疼了起来，刚伸向裤兜的手又急忙缩了回来。

"别他妈的装疯闭相，老子早就晓得你娃娃没钱。"

"方脸"满脸堆笑："小伙子，来，摸一张。一等奖还在里面，碰碰运气，摸到发财。"

刹那间，刘二娃灵光一现：喂长毛兔，还要等三个月才剪毛，是不如摸奖发财快。三个月后，兔毛还值不值钱？倒不如摸一张，屙尿擤鼻子——两头都捏到。要是摸到头奖 1000 元，先抱台电视机，然后再给她两娘母各买一件好衣裳，婆娘娃娃肯定笑得连嘴都合不拢。对！就只摸 1 张，最多不超过 5 张，免得他狗眼看人低，就是摸不到最多少买一只长毛兔。

刘二娃从身上摸出一叠钱来，在"串脸胡"的眼前晃了晃，"这是啥子？你看清楚点儿。你手板心给我煎鱼？煎啊！"

"串脸胡"咧着嘴，"嘿嘿嘿"地干笑着："哥老倌儿我是激你的。兄弟跟你说耍的，你别和我一样儿，就当我放了个臭屁。"

话刚落音，笑声四起。

"方脸"笑眯眯地接过二娃递来的钱，大声而得意地说："我早就说过'人不可貌相'。这年头，哪个没有几个钱！各位朋友让一让。小伙子，到这儿来，好好摸，争取把头等奖摸到。"

众目睽睽之下，二娃像得胜回朝的将军，大模大样地上前，把口袋往摊子上一甩，捋衣挽袖，将手伸进票箱洞口中。

他的手在奖票上游动。哎呀，我的天！这么多票，哪张才是头等奖嘛？我到底该摸哪一张嘛？他放下这张，又拈起那张，不知选哪一张好。该死球朝天，不死多活几天。二娃心一横，夹起一张握在掌心，缓缓地将手退出了箱口。

他屏住呼吸，半晌才张开拳头，然后用指甲轻轻地刮开兑奖区。"妈的，臭手！霉得起冬瓜灰！"二娃的心头鬼火冒，"来，再摸一张，我就不信摸不到！"

蓦地，二娃的血液仿佛凝固，他大睁着眼睛，呆若木鸡地盯着空荡荡的裤兜。钱呢？我的钱呢？他的两手不停地在全身上下摸了几遍，仍是一无所有。顿时，他像一只泄气的皮球，蹲在街沿，双手抱头，伤心地抽泣起来。

"狗、狗日的偷、偷儿，我、我、我给人家借、借的钱，拿、拿啥子来、来还嘛？回、回去咋、咋向婆娘交、交代嘛。"

"呜呜呜……"二娃伤心绝欲地哭着，宣传、鼓动摸奖的高音喇叭发出的声音，很快地淹没了他的哭声。

1990 年 3 月　初　稿
1990 年 6 月 2 日　改　定

诱 饵

临近年底的小城，人来车往。熙熙攘攘，络绎不绝的人流喧嚣嘈杂之声不绝如缕。

又是一个逢场天。街边，一颧骨突出、脸色青白的中年汉子，从一个黑色人造革提包中，拿出一张皱皱巴巴的油绿色塑料布，抖了抖，在街沿边蹲下铺开。随后，中年汉子拿出一些高低不一、大小不等、装有五颜六色水样的小瓶子，摆放在塑料布上。这时，中年汉子揿动了一下半导体话筒的开关，略显中气不足的声音便随之飘出："走过，路过，机会千万不要错过。本老师初来贵方宝地，有钱的捧个钱场，没钱的捧个人场。祖传秘方，免费赠药。有病治病，无病强身健体。"

"看病拿药不要钱，是不是真的哦？"

"还有这么安逸的好事嗦？！"

背着背篼、捏着塑料编织袋、推着自行车、甩着手赶场的人慢慢地围拢。

中年汉子见围观的人多起来，双手抱拳："各位大叔大伯、兄弟姐妹，本老师新来乍到，不求钱财，只为宣传，我的药灵验得很。有风湿疼痛、腰肌劳损、骨质增生、颈椎突出的，都可以来免费试试。"

人群骚动起来，有的小声议论，有的冷眼旁观，有的跃跃欲试，但很快又归于平静。

"大家放心，男子汉大丈夫，说话算话。本老师免费送药，绝对不收你们一分钱。"

中年汉子边说边用目光在人群中搜寻，最后，他的目光锁定在一矮个儿男人的身上。

"这位大哥，你的腰有问题。来，我给你看一下，不收分文，包你药到病除。"

矮男人半信半疑地上前。中年汉子撩起矮男人的衣裳，用手在他的患处揉了一会儿，然后从一个瓶子中倒出一些红色的液体，涂抹在矮男人的患处，用力按摩。大约过了两分钟，中年汉子叫矮男人撩着衣服站直，自己后退一大步，马步下蹲，屏住呼吸，双掌一伸一缩地来回推送，反复三四次后，中年汉子调匀呼吸，收势站立。

"大哥，你现在感觉如何？"中年汉子拍了拍矮男人的肩。

矮男人先扭扭腰，然后又弯弯腰。"嗯，往天的腰杆扭不得、弯不得，现在是好多了。"

中年汉子从提包中摸出一小纸包，递给矮男人："大哥，你把这包药拿回去用酒吞服，一日三次，我包你的腰痛病从此断根。"

矮男人慢慢地接过纸包，嘴里嗫嚅着："那、那你、你要好多钱呢？"

中年汉子显得十分不快。"本老师先就说了，不收分文。你的病好了，多帮我宣传宣传就行。"

"没得问题，没得问题。我一定宣传，一定宣传。"矮男人大喜过望，头点得像鸡啄米，乐颠颠地走了，

这时，中年汉子拿出一个皱巴巴的塑料袋，对骚动加剧的围观者说："此药外搽内服，效果奇佳。本老师出门时走得太匆忙，药带得少了点儿，就只有这点儿药，谁先举手就送谁，送完为止。"

"唰"的一下，一只只参差不齐的手如雨后春笋般地冒出来。

中年汉子看了看、数了数："要药的人太多，药不够，怎么办？"他顿了下，接着说："本老师的药要送给真正需要治病的人，现在我要试一下，哪些人是真心，哪些人是假意。大家同不同意？"

"同意！"人们异口同声。

"那好，"中年汉子提高了声音，"真心要药的把钱拿在手上举起，最少 5 元。"

有的手放了下来，有的手仍然举着。

中年汉子笑了笑："本老师早就晓得有些人是图好耍、凑热闹，一下子就试出来了。药赠有缘人，现在留下的，才是真心要药治病的人。不过，本老师还要留点药到其他地方做宣传，今天只能送 10 个人，破个例，最多送 15 个人的药，请大家包涵。真心要药的站到前边来。"

十多个男男女女，先后挤到中年汉子的面前。中年汉子用手示意，让他们蹲下。

"本老师再问一遍，你们到底是不是真心要药治病？"

"是。"回答不约而同。

"本老师马上送药，送药之前，我问一下，你们用了本老师的药，治好了病，帮不帮老师宣传？"

"帮。"

"要是本老师以后遇见你们，要你们请客、办一下招待，你们愿意不？"

"愿意。"

"我看有的人言行不一，只怕把药拿到手，以后就认不得本老师了。我还要再试试。"

中年汉子走到一圆脸妇女的面前："本老师今天要你办个

招待，你愿不愿意？"

"愿意啊！"

"那好。本老师现在还没吃早饭，你把钱拿给老师去买盒饭吃。"

圆脸妇女迟疑了一下，把钱递给了中年汉子。

中年汉子接过5元钱，在手上晃晃："这钱我不退，你舍得不？"

"不退算了，舍得。"圆脸妇女有些犹豫。

"舍得？"中年汉子把钱退给圆脸妇女，"听你说得好勉强哦！本老师和你开玩笑的，哪个要你的钱哦！"

中年汉子如法炮制地试探了几个人。最后，他对站在自己面前的一山羊胡男子说："你的钱比他们的多，你舍不舍得请老师哦？"

"山羊胡"满不在乎："老师，你硬是说得笑人，就10块钱嘛，有啥子舍不得的。"

"好！本老师就喜欢你这样爽快的人。现在，我最后问一遍，有没有不愿意给老师办招待的？"

"没有。"

"那好。本老师现在就要收你们的钱，看你们是真的愿意还是假的愿意。"

中年汉子边说边收钱，10多张花花绿绿的钞票，一眨眼便到了他的手里。中年汉子握住钱，对蹲着的人说："这些钱，是你们招待老师的。本老师真的不退了，有不愿意的，现在说还来得及。"

一片沉默，无人吭声。

中年汉子扬了扬手中的钱，对围观的人们说："大家都看见了，这些是真心要药治病的朋友们，感谢给本老师的午饭钱。

我现在开始免费发药了。"

中年汉子说明药的用法后,开始依次发药,每人得到一小瓶药水、一小包口服药。发药完毕,中年汉子开始收刀捡卦。

"哎,老、老师,我、我还要去买点儿种子,能不能退点钱给我?""山羊胡"拿到药后,顿生悔意,支支吾吾地说。

中年汉子笑容可掬,学着"山羊胡"腔调:"老师,你硬是说得笑人,就 10 块钱嘛,你是男子汉大丈夫哦!"

围观者发出一阵哄笑,"山羊胡"的脸,一下子红到了脖子根。

哄笑声中,中年汉子三下五除二地收拾完毕,提着包快速离开了。"山羊胡""圆脸妇女"等人,愣了一会儿后,悻悻地走了。

"东想西想,吃了不长。卖狗皮膏药的话也敢相信。"

"天上不会掉馅饼。免费送药,分文不取,哪里有这么安逸的好事!"

"唉!你不想别人的,别人就想不到你的!"

"想别人的短褂子,弄落了自己的长衫子!"

……

围观者摇头晃脑地感叹着、评论着,渐渐地散去。

2007 年 1 月 20 日至 22 日　稿　改

我把礼钱交了

几天前，朋友的朋友，把电话打到了家里，请我周日参加其女的婚礼。

正月里，尤其是农历逢双的日子，特别是逢六、逢八的日子，举办婚礼的人特别多。光是正月初六这天，我一下就接到了三个电话。参加婚礼吃喜酒，交礼钱自然是少不了的。现在的礼钱，少了拿不出手，多了又让人难以承受。少则100元，多达上千元。参加的婚礼多了，钱包也就日渐消瘦，恨不能将钱掰为两半，以一当十用。

说是朋友，其实也就是在朋友的生日晚会上认识、见过一面，一起说过几句话。

说是参加婚礼，大多数时候连新郎、新娘是谁都不知道。到"迎宾台"把礼钱一交，同认识的或不认识的宾客一同入席，把喜宴（"九大碗"）一吃，一切也就 OK 了。

对于参加婚礼，我历来的"原则"是：要好的朋友，有请必到，不请自到；一般的朋友，请了才到；不熟和初交的人邀请，区别对待，酌情考虑。像这种打来"追踪电话"的邀请，去与不去，参加与否，让我颇是踌躇。电话打到了家里，不去未免不近人情，不给面子；去呢，又觉得有些别扭，心里不痛快。也罢，就看在朋友的朋友的面子和"相识皆是缘"上，到时前往。

大凡世俗之人，应酬交际，人情世故，礼尚往来，在所难免，不管愿意与否，总难脱俗。

连日来的阴霾天气，在周日的中午远遁。久违的太阳，露出了笑脸，阳光格外地明媚，人们的心情也为之开朗。

到达现场，已是人声鼎沸，来往者络绎不绝，"迎宾台"处人头攒动，一派忙碌拥挤的景象。院坝里，方桌长凳依次排列，桌上是令人馋涎欲滴的"九大碗"。早到的客人，早已将所有的桌凳占据；迟到的客人，无论身份地位高低，则立于进食者的身后，等待空位。农村小城吃喜酒的方式，令斯文扫地。此情此景，似曾相识。我的眼前浮现出"文革"时期，进饭馆吃饭排队守候的场景。

礼钱一交，我也随之加入到等候"大军"的行列中。

眼馋的美食，久久到不了口，这对人既是一种痛苦，也是一种折磨。看着别人在酒桌上狼吞虎咽，风卷残云，心中的那股难受、难挨滋味可想而知。怎奈宾客太多，主人准备不足，有限的桌凳碗筷，难以在短暂的时间内发挥极大的作用，客人们不得不饱受饥饿的煎熬，耐心等待守候了

时间仿佛凝固，等待特别漫长。饥肠辘辘的肚子，一次又一次地提出严正抗议。熬了快一个小时，等候的人有增无减，我在心里暗暗叫苦，还不知要等到猴年马月才能上桌。

耐心不足的客人打起了退堂鼓，开始撤退；大多数人仍不屈不挠，苦苦地坚守着"阵地"。我毅力的城堡，在时间的多次冲锋中，慢慢地坍塌。唉，不就是一顿饭嘛！"九大碗"又不是没有吃过，干吗非要在这吃不可！人到情到，礼钱交了，心意尽到，吃不吃饭，无关紧要。我决定不再等候，步人后尘了。

走出大门，手机响了。

"你好！哪一位？"

"哦，我想起来了，我们好像见过一次面。

"我在参加婚礼，才把礼钱交了！你找我啥事？"

"请我吃喜酒！……"

对方热情如火，坚定执着，锲而不舍，令我招架不住。我苦笑着："好吧！能来一定来，实在来不了，我请人帮把礼钱交了。"

2008 年 3 月 5 日　稿　改

都不想当阿爷

晚上，曲直仁平夫妇接到儿子从省城 C 市打来的电话。放下电话，两口子愁开了。

几年前，曲直仁平夫妇的儿子被 C 市的一所大学录取。毕业后，几经周折，进入 C 市的一家企业。儿子在电话中说，单位修建出售的住房，每套 100 多平方米，内部职工优惠 20 平方米，但必须在年底前缴清首付，否则取消优惠。儿子认为机会难得，请求父母帮付首付，他负责每月按揭。

眼下，全国房价犹如芝麻开花——节节高，C 市的房价也一路飙升，上涨到了每平方米 1 万多块。曲直仁平算了算，优惠20 平方米，就是 20 多万元；首付 30%，要交 30 多万元。优惠诱人，首付愁人。

曲直仁平两口子都是工薪阶层，有 30 多年的工龄，两口子省吃俭用，为了儿子读书和支援儿子买车，几万元的积蓄消耗殆尽。儿子远离父母，独自在大城市里打拼，现在遇到困难，碰上这样的机会，不找父母找谁呢！父母不帮他，谁帮他呢！可这钱毕竟不是个小数目，而且是说要就要，一要就是 30 多万元，一下子到哪去凑这么多钱？两口子想了半天，才想起每月都在扣住房公积金。于是决定申请使用住房公积金，不足部分再向银行贷款。

各自分别拨打电话后，两人一通气，顿时沮丧不已：公积金负责人说，个人住房公积金只能用于本人在当地购房和装修；

银行部门的信贷员讲，年末不贷款，春节后才可以放贷。

两条路都行不通，两口子商量来商量去，最终决定：向熟人、朋友、同事、亲戚求助。

一

一大早，曲直仁平便出了门。

走了四五家自以为关系不错、靠得住的熟人、朋友。对方知道来意后，用各种冠冕堂皇的理由婉拒，有的还不等他开口，便先提出向他借钱，把他要说的话噎了回去。

出师不利。跑了一上午，一无所获。回家的路上，曲直仁平叹着气，想不到，钱这么难借！下午又该去哪家？向谁借？借钱受挫，让他心中无底，愁眉不展。

曲直仁平搜索枯肠，情急之下，猛地想起一个女人。这个女人是个老板，原本和他不熟，因一桩生意上的事，到他的科里办理相关手续。经他指点和出面帮忙，免了许多麻烦，替她省了很大一笔费用。当时，女老板趁无人之时，拿出一叠钱对他表示感谢，被他婉言谢绝。事后，女老板几次请他吃饭，也被他以各种理由推辞。为此，女老板十分感慨地对他说："难得遇上像曲哥这样的好人！以后有什么需要帮忙的，给小妹我说一声，赴汤蹈火，在所不辞。"在曲直仁平看来，所谓的帮忙，纯属自己分内之事，既没违背原则，也是举手之劳，时间长了，便慢慢地把此事忘了。

嗨，我怎么把她忘了呢！她是做生意的老板，家境富裕，经济宽裕，若肯帮忙，借个几万元不成问题。曲直仁平心中一喜，紧皱的眉头也渐渐地舒展开来。

电话拨通好一会儿，才被接听。

"喂，请问你是施老板吗？"

"嗯。你是哪个？"

"我是曲直仁平。"

"哦，是曲哥啊。好久不见，身体还好吗？"

"还行，谢谢！"

"曲哥，我几次去你的单位，都没看见你，还以为你调走了。"

"没有。还在原单位，只是年龄大了，我自己要求换了轻松、清闲点的部门。"

"哦，原来是这样。曲哥，找我啥事啊？"

"是这样，我想找你帮个忙……"

曲直仁平的话还没讲完，就被打断："你要借多少？"

曲直仁平大喜过望："十万不算多，一万不嫌少。"

"曲哥，不瞒你说，我的钱大部分都投到生意上了，现在仅有一笔2万元的死期存在银行。"

"那借我2万也行，利息照付。贷到款后立刻归还，无论如何，最迟不超过明年3月底归还。"

施老板沉默了一会儿，然后说："曲哥，2万元是小钱，也没几个利息。你的人品、信誉是没得说的，我也很想帮你的忙，把这钱借给你，只是怕惹麻烦，不敢帮你。"

"惹啥麻烦？"曲直仁平大惑不解。

"曲哥，你想想，能借钱给你的人，一定是关系不错的人，对吧？我把钱借给你，你的老婆知道后，如果认为我们关系特别，引起误会，找我的麻烦，那我就跳进黄河也洗不清了。"

"你说的情况，根本不存在。借钱的事，她也是知道和同意了的，你就放心好了。"

"不怕一万，就怕万一。我还是小心点好，免得以后惹麻烦，被别人说闲话。曲哥，我还有事要办，空了再说哈。"施老板说完，挂断了电话。

曲直仁平苦笑着摇了摇头，不愿借就算了，还找了个让人哭笑不得的理由。

二

回到家中，曲直仁平把向女老板借钱的事对老婆一讲，老婆便嚷开了："简直太可笑了上生意人，说得好听，实际上根本靠不住。他们眼中，只有金钱和利益，她用不上你，你帮不上她的忙，无利可图，怎么会帮你！"

"哦，难怪她问我调动没有，我还老老实实地跟她说换了个轻松、清闲点的部门。"曲直仁平恍然大悟。

"这人哪，真是知人知面不知心，平时好来好去、称姐道妹的，一到紧要关头就原形毕露。你说这人与人之间的关系，咋个就变得那么庸俗？咋个就缺了真诚、少了信任呢？"曲直仁平的老婆，也感慨地讲起了她借钱的经过。

到了单位，曲直仁平的老婆问了几个同事，都被同事们以各种理由婉拒。后来，听同事说游馨刚卖了套房子，得了20多万元，她心中一动。她和游馨的关系一直不错，平时对游馨也挺关心照顾的。游馨结婚和游馨的老父过世，她不仅送了厚礼，而且还忙前忙后地帮着操办。为此，游馨对她很感激，也曾多次对她说，其他的忙帮不了，经济上的忙不成问题，需要时说一声，一定全力相助。想到此，曲直仁平的老婆满怀希望地走进了游馨的办公室。

"乐姐来了，坐坐坐，喝茶，喝茶。"游馨忙不迭地起身、让坐、倒水泡茶。

"小游，办公室就你一人？"

"他们出去办事，刚走。乐姐，您是贵人脚步迟，难得来一趟。"

"我是无事不登三宝殿，找你帮忙来了。"

"帮忙？"游馨的眼珠快速地转动着。"乐姐您说，只要帮得了的，我肯定帮。"

游馨听完讲话，笑容可掬地说："乐姐，您一直都很关心和照顾我，也帮了我不少忙，我也一直记在心头。您说的借钱的事，如果放在前段时间，借三五万给您，是没得问题的。最近实在不巧，经济有些紧张。要不是您平时对我那么好，我还不好意思跟您说。"

"听说你刚卖了一套房子，有二三十万？"

"嗨，这小地方就是屁大点事说成斗腔大。房子是卖了一套，但没有他们说的那么多。说起来气人得很，钱刚到手没两天，就被老公三天两头吵着要保管。为了这个家，也就只好顺着他。他弟娃听到我们卖了房的消息后，跑来借钱，说是要装房子，一开口就借十万。到底是兄弟情重，他商量都不跟我商量一下，眉头都没皱一下就答应了，我拦都拦不住。更气人的是，他跟别人伙到打大牌，一哈哈就被他日蹋了好几万，气得我和他吵了好几天。婆婆娘晓得此事后，鼓捣他把剩下的那一点点钱拿出来，暂时替我们保管。我现在一下子也不好意思，向婆婆娘开口把钱要回来。如果钱在我的手里，全都借给您，肯定没问题。说实话，借给您我还非常放心。"

"没想到你还有这么多难处！"

"唉——家家都有一本难念的经！乐姐，没帮上您的忙，真的对不起！"

……

"她说的理由那么充足，话语那么诚恳，肯定是真的想帮忙，心有余而力不足吧！"曲直仁平打断了老婆的话。

"起先我也是像你这么想的。后来仔细一想，觉得不对。游馨的老公是出了名的'炮耳朵'，那么大一笔钱，他老公敢管？就是他想管，游馨也不会拿给他管。她们婆媳之间的关系，又不融洽，她会让婆婆娘管钱？她的婆婆娘会替她管钱？完全是城隍庙贴告示——鬼话连篇。说穿了，就是不愿借，怕我借了，不还心疼，催还得罪我，于是编这么多理由来拒绝。你说，关系这么好的人，都对我不信任，我简直想不通。"

"我相信人与人之间，还是有真诚和信任的，只是我们还没有遇到罢了！"

"还是《增广贤文》说得好，'人情似纸张张薄'，我算是看明白了，在钱的面前，情谊、情义脆弱无比，不堪一击。现在的人太现实了！"曲直仁平的老婆连连叹气，显得无比的失望。

"东方不亮西方总会亮。儿子等钱买房，我们还是要想办法才行。"

"可是，到哪里去借？哪个会借给我们呢？"

两口子又愁开了。

"我想起来了，他有钱。去找他借，他肯定借。"

"你说的是哪个？"

曲直仁平拿起笔，在纸上写了一个人名，他的老婆看后，点了点头。

三

曲直仁平和成明远是读大学时的同学。曲直仁平年长成明远两三岁，两人所在的县都同属 Y 市管辖，一个在 N 县，一个在 M 县。新生入学时，两人在车站等候校车时相识，随后同坐一辆校车的同一排座位进校；入校后同住一间寝室，一个在上铺，一个在下铺；班主任安排教室座位时，两人成了同桌。这样一来，两人在校园里、学习中形影不离。班上的同学都说他俩是城隍庙的鼓锤———一对。

毕业后，两人回到各自的县城，都到了企业上班。几年后，曲直仁平通过招考，进入了公务员队伍。成明远离开县企业，到了市企业。在市企干了几年，因担心年老退休无保障，考虑离开企业。恰巧此时，曲直仁平所在的 N 县，面向全社会公开招聘公务员。为免节外生枝和给自己留条退路，成明远瞒着单位报了名。笔试的当天中午，曲直仁平为成明远接风，饭毕让其在家中休息后继续参加考试。笔试成绩公布，成明远排名靠后，显得灰心丧气，曲直仁平为其打气，要他全力以赴地做好面试准备，并利用自己的人脉关系，请参加面试的评委对其予以关照。最终使其总成绩位列三甲，如愿以偿地成了一名国家工作人员。成明远到 N 县工作后，闲暇时，两人常在一起小聚，关系更为密切。

轻车熟路，没用多少时间，曲直仁平便到了成明远的住处。

"笃、笃、笃"，曲直仁平敲了敲门，毫无动静。

这个时间应该下班了，今天又不是周末，人该在啊！曲直仁平心里嘀咕着，加大了敲门的指力。门终于开了。

"敲了半天的门，我还以为没人呢！原来是弟妹，什么时候来的？"

"哦，是曲哥，进来坐。我来你们这办点事，刚到不久。你们两个就像穿连裆裤似的，他前脚走拢，你后脚就到。"成明远的老婆感叹着让曲直仁平进屋。

成明远闻声而出："立客难打发，还不快坐。老婆赶快泡茶。"

"怪不得半天才开门，原来是藏在屋里和弟妹亲热啊！"

"老同学真会开玩笑，都老夫老妻了，还有啥可亲热的。你敲门也太温柔了。"

寒暄完毕，两人落座。曲直仁平呷了一口茶："嗯，味道不错，是正宗的'马牛山'茶。"

成明远笑笑："招待老同学，不敢怠慢啊！嘿嘿，你大白天来我这儿，不光是为了品茶吧？"

曲直仁平叹了口气："遇到一件难事，走了几处，找了几个人，都没解决。想来想去，只好来找老同学帮忙想办法了。"

"你我两弟兄，又不是外人，你的困难就是我的困难。我们是啥关系？'五铁关系'。"成明远慷慨激昂。

"五铁关系？"曲直仁平疑惑不解。

"老同学，你上班在单位，下班待家里，都快成陈奂生了。'五铁关系'就是手机短信上说的五种'铁哥们'：一起吃过糠；一起同过窗；一起扛过枪；一起下过乡；一起……"成明远看了老婆一眼，急忙把"嫖过娼"三个字咽了回去，"我们的关系够铁吧！有事你说话"。

"曲哥，你和明远是老同学，也帮了我们不少忙。再说我们两家的关系又不是一天两天的。要帮什么忙，你直说就是了。"成明远的老婆附和着，

曲直仁平大为感动，开始讲述起事情的原委。成明远听着听着，脸色渐渐地变得凝重起来，他几次用眼神制止了欲言的老婆。

"老同学，我想跟你说真话，又怕你不相信，说我虚情假意，不跟你说真话，又觉得内心对不起你。思前想后，就是得罪你，也得跟你说实话，谁叫我们是老同学、铁哥们呢！不怕你笑话，娃娃学习不好，今年只考了个'三本'，费用又高，每年光是

学费、书费、生活费等乱七八糟的费用，就得花两三万。我和你弟妹工资又不高，一点儿积蓄弄了个精光，搞得我们捉襟见肘。原来还想找你借点钱，把我这儿的住房简单地装修一下，没想到你先开了口。"

成明远满脸诚恳之色，话毕垂下头，他的老婆把头扭到了一边。

曲直仁平满脸失望地起身："真没想到这么不巧，你也遇到了困难，那我就不打扰你们了。"

"老同学，再多坐会儿，吃了饭再走。"成明远边说边把曲直仁平往门口送。

"不麻烦了，我还得去跑跑，想想办法。"

"要不这样，我帮你找人借借。借到别谢我，借不到别怨我。一有消息，我马上通知你。"

"那就让你费心了。"

"你我两个说这些。老同学慢走，不远送了，有空再来耍。"

曲直仁平走了一段路，蓦地想起要问一个同学的情况，便又转身走回。来到成明远家门口，听见屋里有争论声，便停止了敲门。

"你这个人怎么变得这么世故和虚伪，怎么就没有一点儿感恩之心呢？曲哥以往也帮了你不小的忙，家里也还有一两万块钱，我就不明白，你怎么就不肯帮他一下？"

"我知道做人要知恩当报。我不是不想帮忙。我是想帮不敢帮，害怕帮，不敢借。"

"什么意思？你说明白点儿。"

"看来你是没听见过当地流行的说法。"

"什么说法？"

"别人跟你借钱的时候，你是阿爷；你让别人还钱的时候，他是阿爷。我不当阿爷，也不想让别人当阿爷。"

"曲哥根本就不是你说的那种人，我就不相信他会当阿爷！"

"许多事，难以说清楚；很多人，你我看不透。知人知面不知心，害人之心不可有，防人之心不可无嘛！"

……

曲直仁平如遭电击，浑身抖个不停，身子摇摇欲坠，人也险些晕了过去。唉，都不想当阿爷，他也不想当阿爷，我也不会当阿爷，可怎么就没人相信呢！……

2012 年 10 月 11 日　动　笔

2012 年 12 月 19 日　改　定

千万别在夜里进医院

常言道：什么都可以有，千万不能有病。每个人都希望自己的身体健康，都不希望生病。然而，何时生病？生什么病？小病还是大病？犹如生命的密码：生于何方、能活多久、早夭还是长寿、卒在何处、死亡方式等等，是每个人无法预测、破解和选择的。

有病进医院求医治疗，本是正常之事。只是眼下这医院，不是想进就进，谁都能进，谁都进得起的。能不到医院，就最好别去；能在诊所治，就别在医院看；能到药店买，就别去医院开；能在白天进，就别在夜里去。然而，生病不由人，小病小痛可以忍，急病、大病还得进。

前些日子的一天夜晚，我在单位加班没多久，心口处突然疼起来，估计是"老毛病"犯了，只好平躺在沙发上休息。

从去年下半年开始，这种状况已发生了几次。大多数时候，从疼痛发作到结束，也就是几分钟的时间。满以为这次疼痛会很快过去，没想到在沙发上躺了一两小时，疼痛有增无减。看看时间已是十点多，无奈之下，只好去医院。

单位距医院不远，几分钟的路程。由于挺胸、快行都会加剧疼痛，我不得不弯腰曲体，蹒跚而行。行走的时间，比平常多了一倍。

进医院看病，首先便是挂号。现在的挂号，就像查户口似的，

"姓名""性别""年龄""住址"等，都得一一询问和登记，手续比过去烦琐了许多。话虽这样说，规定得遵守。

挂号完毕，我捂着胸口，来到急诊室。身着便服的值班医生简单地问了问，便开单："先去打个彩超。"

"是胆结石发了，开点儿药吃就可以了。"我皱着眉头对医生说。

"你不去检查，我咋个晓得是啥子病呢？你说是啥病就是啥病？你说开药就开药啊？出了事哪个负责？"医生面罩寒霜，语气咄咄逼人。

"可不可以先开药后检查？"我忍着痛小声地说。

"你是医生，还是我是医生？你说了算，还是我说了算？你检查不？"医生愠怒没好气，见我没起身，指指隔壁，"J医生也在值班，你去找他看看。"说完便埋头烤手取暖。

我和J医生不熟，但与他的哥哥是熟人。

"J医生，看病。"我忍住疼痛，敲门轻呼。

"等到，等到。"里面传来不耐烦的声音。

"J医生，请你快点。"我又疼又急，不由得催促起来。

"我晓得了。"

室内发出轻微的响动，接着传来"窸窸窣窣"的声音。响动平息后，门终于开了。戴着眼镜、身体瘦削、个头不高的J医生出现在我的面前。

"哪里不好？"J医生表情漠然。

我指了指部位："这疼了一两小时。站着疼，坐着疼，躺着疼，走路扯着疼，多半是胆结石引起的。"

J医生往鼻梁上推了推眼镜："先去做个检查，确诊一下再说。"

"疼得厉害，先帮我开点儿止痛药。"

"说得轻巧，吃根灯草。止痛药不是随便开的，不检查，哪个敢乱开药。"J医生声色俱厉。

"急诊、急症、急救病人，先检查后治疗，就不怕出意外？"我嗫嚅着分辩。

"像你这种病是死不了人的。"J医生透过镜片射来的光让我不寒而栗。

"J医生，我和你哥很熟的。"情急之下，我使出最后一招。

"桥归桥，路归路。作为病人，也要多体谅医生的苦衷和难处！"J医生的眼神柔和了些，语气也和缓了许多，但仍坚守底线。

人在矮檐下，怎敢不低头。病痛在身上，不得不忍受。我大失所望之下，只好乖乖地拿着检验单去划价、缴费。夜间急诊，彩超费要高三分之一，平时100多元的费用，上涨到近300元。

彩超室在二楼，20多阶的楼梯，在我眼里犹如"华山千尺幢"般的险要。我一只手拉着扶手，一只手捂着痛处，蹒跚着脚步，艰难地往上攀登……

我裸露着上半身，躺在床上，冰凉的器械在疼痛的部位按来按去，痛得我龇牙咧嘴，忍不住叫了起来。我请求医生轻点、快点结束这折磨人的过程，医生却对我说："你疼得厉害，还这么大声？这么多话？"噎得我无言以对。

回到急诊室，J医生看了看检验单："哦，是胆结石。你是打针，还是吃药？"

此时，疼痛有所缓解，但人像虚脱似的，我有气无力地说："开药。"

果然不出所料，处方笺上的药，也就是我以往吃过的那些止痛、消炎类的药。几十元的药费，还不到彩超费的四分之一。

我摇头苦笑，叹息不已。

2014 年 12 月 9 日　动　笔

2014 年平安夜　完　笔

2014 年圣诞节　改　定

一支烟

离下班还有一刻钟，小马的自行车已驶出了单位大门。

烈日高挂在湛蓝的天空，风中也带着热浪。小马右手握住龙头，左手解开上衣扣，提着领口，来回不停地扇动。

刚才，同事小张向他透露了两条最新官方消息：马上要分房和调资，名单还没有最后确定。

不提分房倒好，一提分房小马就满肚子的气。我小马在本单位不算是三朝元老，也算是老资格，工作干得不少，也不比别人差，可分房、调资为啥总没有我？干苦活儿、累活儿就有我，好事就没有我，这太不公平！为了房子，我的婚期一推再推。上次未分到房，女友对我出示了"黄牌警告"，这次再分不到，只怕要被"红牌"罚下，和我说拜拜了。听说此次调资又没有"硬杠子"，还不是他几爷子说了算。不行，得找找有关领导，趁名单还未最后审定，搞定此事。

"小马，下班了？"

嗨，说曹操，曹操就到。

"哦，张科长。散会了？"

"还有半天。肚子早就唱'空城计'了！"

"开会没开饭啊？"

"眼下正反对吃喝风，会议餐也就免啰！这样也好，免得我老是发福。"

天赐良机，小马心中大喜。他一手架住车，一手往装烟的衣袋摸去。真巧！还有一支烟，只好自己克服，让张科长一人享口福了！

小马摸出烟来，正要递出，他的手蓦地僵住了。不远处，出现了矮胖墩实的李科长。

"糟了！"小马皱了皱眉，在心里暗暗地叫苦。这段路竟无一个经销店，实在可恶！一支烟发给谁？干脆装着没看见李科长，发给张科长算了。哎呀，不行！李科长正笑眯眯地看着我，我怎么好拿出手。两个科长，一个管分房，一个管调资，而且他们还是战友加亲家的关系，我哪一个都不敢得罪，哪一个也得罪不起！

李科长大步朝小马走来，他每迈出一步，小马的心就紧缩一下。

真丧门！好不容易碰上张科长，偏偏又来了李科长。平时衣服口袋里的烟总是满盒满盒的，今天就像遇见鬼一样，节骨眼上恰恰只剩一支，早晓得这样，多买一盒或少抽一支不就行了。哎，这李科长也是，早不来，迟不来，早不出现，晚不出现，偏偏在这个时候出现！发一个，必然得罪另一个；不发呢，两个都会得罪，再说烟都摸出来了，怎么好收回去！两个科长，我哪个都不敢得罪！看，张科长好像有点儿不高兴了。老天，我该怎么办？！

李科长和小马的距离越来越近。李科长用更加灿烂动人的微笑招呼着小马。小马拿着烟的手，不停地颤抖着、颤抖着……

1990 年 6 月　稿　改

出人意料

近来，小丁的心里烦透了。

小丁是院里的业务骨干一人年轻，头脑灵活，工作搞得有声有色。可使他烦恼的是，每当遇到提拔、晋级、评奖之类的好事时，几乎没有他的份儿。这不，上半年的评比一揭晓，小丁又名落孙山。

这天傍晚，小丁闷闷不乐地沿着河边小路散步。蓦地，他的眼睛一亮，咦，这不是院领导常坐的车吗？停在这里干啥？小丁近前细看，车内空无一人，再看前方约100米处，"丽人行"歌舞厅的霓虹灯在不停地闪烁着。

好奇心驱使小丁潜入"丽人行"。他倾耳谛听，歌舞厅的某处有隐约的人声。他蹑手蹑脚地走到一间小屋前，透过虚掩的房门，看见院长正坐在床边和一个衣着暴露的性感少女喁喁私语。

小丁为发现秘密而惊喜不已。真乃天助我也！没想到堂堂的一院之长居然到娱乐场所找"小姐"。平时还装出一副正人君子模样！有了这张王牌，今后的好事何愁没有我！不过，得想一个两全之策，暗示暗示院长，既让他心知肚明，又不使他难堪。

第二天，小丁趁送资料的机会，将一张字条夹在其中，放在了院长的办公桌上。做完这一切，小丁满怀希望地期待着。

年终，评奖结束，小丁仍是榜上无名。这下小丁真的有点儿急了，院长不会没看到字条吧！看到了为何还自行车下坡——不睬（踩）呢！是暗示不够清楚，是佯装不知，还是搞忘了？不管怎样，我还得找个机会，适当地提醒他才行。

瞌睡来了枕头。事有凑巧，院长找小丁谈话了。

"小丁啊，你来院的时间不长，业务熟练，工作也很出色。本来，半年评比是有你的，但院里考虑到你的成绩显著，决定在这次年终时一并上报嘉奖。你可不能翘尾巴，要继续努力，好好干哦！"

"还是字条威力大！要不是握住你的把柄，我会被嘉奖？鬼才信！"离开院长室，边走边哼歌的小丁，差点和办公室主任撞个满怀。

"哟，人逢喜事精神爽！"主任满脸笑意。

"喜事？！还不是我——"小丁欲言又止。

"哦，你是说歌舞厅的事？"主任仍旧微笑，却降低了音量。

"你怎么知道？"小丁面露迷惑。

"那天，你走后，我去院长的办公室汇报工作，一不小心，打翻了茶杯。于是我把打湿的资料拿去晾干，结果发现了那张写有'美女出门——打一歌舞厅名'的纸条。'美女出门'不就是'丽人行'吗！其实，院长那天到那里去，是去劝他的侄女离开的。"

"哦——"，小丁顿时怔住了，张开的嘴久久也没有合拢。

2005 年 8 月 19 日　稿

爱情连心锁

风景优美的青城山，英俊潇洒的龙人与金发碧眼的安娜相遇，两人一见钟情，迅速坠入爱河。

两人携手游玩了青城前后山，观看了闻名于世的都江堰；天师洞、离堆、宝瓶口等名胜古迹处，留下了他们甜蜜浪漫的青春靓影。

这天，两人相约来到"夫妻桥"游览。桥的铁索上，挂满了成双结对、形状各异的连心锁。拇指般粗的铁索被坠成一道弧形；桥岸，店铺林立，游客如云。龙人在一摊点处，精心挑选了两把心状铜锁，并让雕刻师在上面刻上他和安娜的姓名，然后再到桥上，将两锁连环锁住挂在铁索上，接着，龙人把钥匙抛入波涛汹涌的江中。

安娜好奇地注视着心上人的一举一动："为什么要抛掉钥匙，把锁留在桥上？"

龙人微笑着说："这叫连心锁，象征我俩的爱情就像两把锁相互锁住，永不分开。"

安娜满脸迷惘："两个人为什么要相互锁住呢？"

龙人满脸甜蜜："因为相爱啊！"

安娜眉头紧锁："难道要锁住才能相爱？"

龙人轻轻一笑："这是中国的传统文化和民间风俗，是一种美好的祝福，同时也是一种承诺。"

"永远相互锁住，还要承诺？限制两个人的自由也是美好祝福？不可思议！"安娜失望地摇了摇头，郁郁不乐。

第二天，安娜提出分手，龙人大惑不解。

"你不爱我了？"

"依然爱。"

"那你为何要和我分手呢？"

"我无法保证和你永远锁在一起。两个人的一生要用锁来锁定，这太荒唐、太可怕了！爱能用锁锁定吗？这份爱太沉重！这样的爱太累了！我不敢接受！"

龙人在心里暗自庆幸："原来她根本没打算和我白头偕老，多亏她现在说出来，省了以后许多麻烦！"

……

夫妻桥上，两把连心锁仍在风中荡悠。

2005 年 8 月 30 日　稿

应 聘

陈恭最后一次在镜子前梳了梳头，理了理西装，然后满意地离开了房间。

他已经记不清自己是第几次去应聘了。每次都是满怀希望而去，失望而归。"陈恭"，"成功"之谐音也。老师、同学都说自己的名字取得好，可就是至今没成功，一次也成功不了。父母、亲戚、同学、朋友，在陈恭应聘几次不成功后，忙不迭地为他进行"会诊"，指出了"病因"：锋芒毕露、脾气倔强、不善察颜观色、不会委曲求全。

出门之前，父母叮咛嘱咐再三：心字头上一把刀，该忍则忍，小不忍则乱大谋。陈恭也在心中暗暗发誓：改改牛脾气，忍得风平浪静，忍得海阔天空。

一路想来，不知不觉已走进 A 公司。大厅里，人头攒动，应聘人员云集，他们三人一群、五人一伙地聚在一起窃窃私语。陈恭悄然地问了几人，不是博士，就是硕士，最低的学历也是本科文凭。见此情形，陈恭的心里又添了一分忧郁，多了一点担心：今天凶多吉少，又难成功，只怕又要名落孙山了！

"陈恭——"

"陈恭来了没有？"招聘人员高声呼喊着。

"来了——"陈恭忙不迭地答应着，跟着进入应聘室落座。对面正中位置上，一个经理模样的中年人对他额首微笑。

"开始吧。"中年人对身旁的招聘人员说了声。

"姓名、性别、年龄、民族、文化程度……"招聘人开始了例行问话。

久经考场的陈恭从容不迫，一一回答。

听到陈恭回答学历时，中年人不经意地皱了下眉，心领神会的招聘人中断了陈恭的答话。

"你说你是大学本科？可我们看你的个人简历和资料……"

敏感的陈恭打断了他的话："我是专升本升上去的，所学的课程和直接读本科的没有任何区别。"

"可我们公司招的是严格意义上的本科。"招聘人咬文嚼字，说得委婉。

陈恭激动起来："能从专科升上本科，说明了我的上进心、事业心和责任感。我的能力并不比直接读本科的他们差。满以为贵公司不拘一格降人才，没想到也是只重衣衫不重人，只看文凭不看才！"

"年轻人，你很自负！你说你有能力、有才干，这仅仅是你的一面之词，我们怎么知道呢？"另一招聘人接过了话。

"我不说有才能，你们怎么知道！我想证明和展示，可惜没有机会！看来是我错误地领会了贵公司的招聘宗旨、选才条件、用人标准。'天生我材必有用''条条道路通长安'。看来贵公司与我理想中的就业单位相差甚远，令我失望，我与诸位无缘。再见！"

言毕，陈恭起身离去。问话的招聘人面面相觑，中年人微笑了一下。

走出公司大门，陈恭才想起父母的叮咛、自己发的誓。嗨！怎么就控制不了自己的情绪、改不了牛脾气呢！一冲动、一激动就什么都忘了。"江山易改，本性难移"啊！

到家，得知情况后的父母，又把陈恭数落了一顿。他默然无语，黯然神伤。唉！只怪自己生不逢时，怀才不遇。这次应聘肯定又没戏了！他多久才能找到失败他（她）妈哦！

一个星期后，陈恭收到了 A 公司的聘用通知书。

2007 年 10 月 7 日至 8 日　稿　改

猎　物

有事无事，艾浣仁总爱到网上逛逛，这个站瞧瞧，那个站看看，仿佛在寻觅什么

这天晚上，他来到一交友网站。忽然，他的眼睛一亮，网页下方的一段小字，紧紧地吸引住了他："真人、真照片，异性白领异常寂寞，大胆、开放，结识同城异性男女，找到异性伴侣，解除情感寂寞。"

极具诱惑、煽动力的文字，让步入不惑之年仍春心荡漾的艾浣仁大喜不止。皇天不负苦心人，没想到还真有这样的美事：同城交友，省钱省事，也免除了诸多的麻烦。

按捺不住、心猿意马的艾浣仁，在用什么账户注册上颇费踌躇。"吹皱春水"太温柔，没有男人的阳刚之美；"宝贝我想你"又显得赤裸和肉麻；还是"渴望激情"较妥，既有非常想念，又有强烈的情感，恰到好处。注册时，他多了个心眼儿，没有上传自己的照片。

一登录，许多青春靓丽、姿态各异、风情万种的美女照片便扑面而来。艾浣仁犹如置身万花丛中，目不暇接，只怨父母少生了几个身子，只恨没有孙悟空的分身术。粗粗地浏览了一些美女资料，找一夜情、找情人者比比皆是，应有尽有，而且都是同一个城市的。更让他吃惊的是，美女们不仅开放大胆，而且取的网名也是直截了当。

美女的"亲吻"，打断了仍在玩味的艾浣仁。虽说这只是

一个打招呼的表情符号，但仍让他激动不已。来而不往非礼也。你抛"媚眼"，我送"秋波"；你"电一下"，我"咬一口"；你让我"亲吻"，我把你"拥抱"，艾浼仁忙不迭地回复。美女们的招呼接踵而来，艾浼仁应接不暇，忙得不亦乐乎。

临近子夜，玩兴正浓的艾浼仁被老婆连续催了几次，才意犹未尽、恋恋不舍地关了电脑。

接连几日，艾浼仁上班心不在焉，下班则在网上与美女们打得火热。不过，他总觉得什么地方有点儿不对劲，但一下子又说不出个所以然来。渐渐地，他越来越不满足于这种望梅止渴、画饼充饥的自慰方式，他急切地希望能早点看到美女们的留言、情书和联系方式，渴望与美女们有更进一步的亲密接触，有更进一步的亲昵关系，而要实现这些愿望，就得付费升级为高级会员。

交钱与否，艾浼仁一时难以定夺。交，怕鸡飞蛋打，人财两空；不交，心里又痒痒的，难以忍受。此时的他，犹如狗舔油锅：想舔，怕烫着；不舔，心不甘。天下没有免费的午餐，舍不得孩子套不住狼。几经犹豫的艾浼仁，一咬牙决定潇洒体验一回。

完成了所有的交费手续，心急火燎的艾浼仁，迫不及待地打开自己的邮箱。一份美女的留言尚未看完，其他美女们的来信却一下子消失殆尽。而后，就连他已阅的信也不翼而飞。

"糟了！上当了！"艾浼仁一声惊呼，不祥的预感顿时弥漫开来。他抱着最后一线希望，忙不迭地给熟识的美女们写信留言，希望美女们看到后和他联系，然而，发出的信犹如石沉大海，杳无音信。

这时，他才发现，信框的左上角一美女头像下写着自己的网名，顿时，他恍然大悟，心中的疑惑随之而解，原来双方性别相同，都把对方当成了美女。难怪会有那么多美女的招呼、来信蜂拥而至；难怪在变更居住地时，所有美女们的居住地也会随之改变而与自己保持同一；难怪在退出登录时，明明已显示退出，却始终保持着登录的状态……唉！都怪自己色令智昏，欲捕猎物，反成猎物，螳螂捕蝉，黄雀在后啊！

艾浼仁一声长叹，为自己迟到的醒悟和被忽悠懊悔不已，他像一只泄了气的皮球，全身瘫软了，

2009 年　月 24 日　动　笔
2009 年 10 月 9 日至 10 日　改　定

差 别

刘川和陈蜀在同一个单位里工作了 20 多年。两人年龄相仿，文化程度相等，能力相当。刘川是单位上的"二号人物"，陈蜀是一般的工作人员。

不久前，陈蜀的 80 多岁的老岳母过世。陈蜀向单位请假办理丧事，单位得知此事后，无动于衷，无所反应，既不通知，也不安排。知晓此事的同事猜想：走的毕竟不是自己的亲生父母，还没达到必须重视的程度。于是，与陈蜀关系平平的同事，知道的装作不知道，不知道的不想知道，乐得节约礼钱。

没过多久，刘川 70 多岁的老丈人去世。获悉此事后，单位办公室人员来了个麻子打呵欠——全体动员，忙不迭地逐一通知所有人员。这一下，乐意的、不乐意的，情愿的、不情愿的，都得解囊，少则两百元，多达数百元，无一漏网。

2015 年 4 月 21 日 写 改

【往事钩沉】（纪实回忆）

题记：谨以此献给我童年时的伙伴们。

童年逸事——星期天拣"二炭"

我童年的大部分时光，是在小县城度过的，而我的少年时代则完全是在乡下度过的。因而可以说，我是乡下的孩子，我的故乡在农村。

我的父母不是本地人。他们于 20 世纪 50 年代初参加工作，为了支援"西康建设"，告别了故乡，和一大批热血青年一起，来到了西南山区的一个偏僻小县城。

我出生不久，便赶上了"粮食关"（"三年严重困难"）。幼年的我，食不果腹，面黄肌瘦，体弱多病，营养不良，身体长得像豆芽似的。那时的父辈们成天忙于工作，几乎没有星期天，根本没时间和精力顾及我，每逢下乡，就把我托付给单位附近的一个年迈的婆婆照管，我就像一匹脱缰的小野马和街上的孩子们一道满世界地疯，大人们经常说我："天上都是脚板印。"

随着父辈们的孩子陆续出生和渐渐长大，我自然而然地成了名副其实的"娃娃头"。同住一个院子的雅兰、丽佳、晓书、刚娃、重心（雅兰的弟弟）等小伙伴也就成了我"麾下"的一个个"小兵"。

童年不识愁滋味。尽管当时的生活条件很不尽如人意，父母们为了工作和生活常常眉头紧锁、长吁短叹，但我和小伙伴们却无忧无虑地生活着。

一天，我和伙伴们在放学玩耍时，不知是谁说起了离县城一二公里的公社铁器厂有"二炭"的事，大家便七嘴八舌地嚷着去拣"二炭"。所谓"二炭"，也就是烧过的没有燃尽的煤渣，俗称"炭花"。想到冬天即将来临，能拣点"二炭"烤火取暖，也算是为家里做件好事，我当即决定：星期天去拣"二炭"。

周日早上，我和伙伴们背着装有火钳、夹子的小背篼，来到了公社铁器厂倒炭灰的地方。"莫道君行早，更有早行人。"其他单位的孩童们，早已等候在此。听说，他们已经来了几次。深秋的季节，寒风阵阵，袭来股股寒意。倒炭渣的时间还没到，我和伙伴们漫无边际地吹牛、嬉戏着。

"来了！来了！"不知谁叫了一声，我们欢呼着停止了游戏。

"让开，快点让开，烫到你们别怪我。"倒炭渣的工人，边喊边推着斗斗车过来。"轰"的一声，刚出炉的炭渣倒在了旧的炭灰堆上。顿时，尘烟四起，烟雾弥漫开来。

尘烟尚未散尽，拣"二炭"的孩童们便一拥而上，顾不得有的炭花还有"火微子"（火星），先用工具后用手，忙乱地拣拾起来。一会儿，我们的两个鼻孔便变得黑黑的，眉毛、头发上都沾满了炭灰。

拣着拣着，晓书向我告状，说她好不容易拣了个大的"二炭"，被刚娃一把抢了过去。两人互不相让地吵起来，好一会儿才被劝住。

其他单位的孩童们有经验，拣得快，抢得凶。拣了一会儿，我们见势不妙，不得不另辟蹊径。我们把背篼口对准炭堆斜放，使劲地把炭渣往里刨，刨得差不多时，再把背篼提到一旁倒出炭渣，慢慢地进行筛选。我们几个刨的"二炭"数量多少不等，多的有小半背篼，少的刚盖住背篼底。

回家的途中，重心突然对着刚娃吼了起来，"快点！你的背篼在冒烟"。

"安逸！该你倒霉，哪个喊你抢老子的'二炭'！"年龄比刚娃大些、嘴巴不饶人、常受刚娃欺负的晓书有些幸灾乐祸。

此时，顾不上争吵的刚娃，飞快地跑到水沟边，倒出"二炭"，手忙脚乱地弄熄了火苗。然后，摘了张南瓜叶，盖在被烧了个铜钱大的洞的背篼底。

回家不久，伙伴们的家长便排着队来告我的状。他们走后，我的屁股"享受"到了父亲奖赏的"竹笋炒肉片"，被青竹篾片抽出了一条条血痕。当然，小伙伴们的情况也比我好不了多少！嘿嘿！

2007 年生日前夕　稿　改

童年逸事——网蝉·捉蜻蜓

雨后的太阳火辣辣的，对于生性爱动、好奇，耍得磨皮擦痒的我们，总想寻找新的乐趣。

听着远处高低起伏的蝉声，刚娃对我和重心说："有耍的了。走，我们去网懒蛇子。"

蝉，昆虫，种类繁多，利用腹部发声。蝉，也叫知了，我们这儿喊"懒蛇子""懒懒洋"。每到春夏相交的时候，就会有种类不同、大小各异的蝉，在树干、枝头、叶子浓荫处，此起彼伏，比赛似的反复吟唱。

说干就干，我们很快找来篾条，将其弯曲成灯泡状——上大下小的弧形，插入竹竿中，做成简易的捕蝉工具。我们提着、扛着工具，在屋檐、壁角、茅厕等处，寻找丝网子，然后，将竹竿伸向丝网子，在手中旋转滚动，把一个个丝网子，一层层地裹在弧形的篾条上。

那时的县医院，是小城树木最多的单位。桉树、梧桐、麻柳树等，应有尽有。种类繁多的树木，为蝉们提供了良好的生存、繁衍条件，使它们乐意在此栖息、聚集。这儿有背部黑黄、腹部扁平、音质浑厚、节奏感强的男中音"莽子"蝉；这儿有大腹便便、"拴着白色腰带"、声音嘹亮、叫声短促的女高音"白带裤"蝉；这儿还有小巧玲珑、声如婴儿、悠长尖细的"差滴滴饿死你"的袖珍蝉。

"喂，快点来，这有好几个懒蛇子！"走在前面的重心激动地嚷了起来。

一棵修长笔直的桉树树干、枝丫上，伏着几个"莽子"蝉，它们正在悠然自得地鸣唱。

"不要慌，我们一人网一个。"我提议。

"嗯！"刚娃同意，重心也点了点头。

三根竹竿同时伸出，各自罩住目标，同时按下，其他的蝉见势不妙，"呼"的一下飞走了。

被网住的蝉，发出急促慌乱的叫声，竭力地挣扎着。我的丝网子被弄破了个洞，蝉成功地逃生了；重心刚把竹竿移开，蝉也胜利地逃亡了；刚娃的网，则牢牢地粘住了一个。

刚娃从网上取下蝉，满脸得意地对我们笑着，我和重心懊丧极了。刚娃对我说："你使的劲儿太大，自己把丝网子弄断了。重心的丝网子，可能是淋过雨的，粘不紧。

刚娃用拇指按了按"莽子"的腹部，接着便骂了起来："妈的，我的运气也不好，网了个母的。"

我和重心迷惑不解："咋个的？啥子母的哦？"

"我爸说，懒蛇子是害虫，小懒蛇子吃树根，大懒蛇子吃树浆。只有公的懒蛇子才发声，我网到的这个不叫唤，肯定是母的。"

"哦！"我和重心半信半疑，"真的啊？等哈哈回家问一下大人就晓得了。

垂头丧气的我和重心，不得不重新去网丝网子，一切又从头开始。

对童年的我们来说，再好的游戏都有玩够和厌烦的时候。网蝉的新鲜劲儿一过，我们便开始去捉蜻蜓了。

蜻蜓，我们这儿叫"地地猫""丁丁猫"。蜻蜓，昆虫，身体细长，胸部的背面有两对膜状的翅，生活在水边，捕食蚊子等小飞虫，能高飞。小时候，"丁丁猫"很多，有普通平常的黄蜻蜓，有遍体通红发亮的红蜻蜓，还有头大身长、绿黑色花纹的"莽子"蜻蜓。

我们将两根竹片，架成"十"字，用线、麻绳扎牢；用细软的篾条，圈成一个圆；再把圈成的圆绑在十字架上；最后将十字和圆圈固定到竹竿上，就制作成了捉蜻蜓的工具。

酷热的午后，夕阳西下的傍晚，是捉蜻蜓的好时光。成群结队的蜻蜓，在马路的上空慢慢地徘徊飞舞。我们站在路中，像严阵以待的将军，端着网满丝网子的网，瞄准迎面飞来的蜻蜓，重复不断地朝上挥动着。不一会儿，我们的网便粘住了一个个猎物。

没捉蜻蜓的时候，我们喜欢去看蜻蜓点水。山雨欲来的早上和黄昏，在池塘、河边的水面上，一队队低飞的蜻蜓，你来我往，弯曲着尾巴，不时地点击水面，然后迅捷地升高、盘旋。后来，我们才明白，雌蜻蜓用尾点水是产卵于水中，繁殖下一代。

一次，我们把网到的莽子蜻蜓、红蜻蜓带回家中，放入蚊帐内，让它们为我们服务——捕食蚊子。几天后，我打开蚊帐，发现蜻蜓萎靡不振。我和刚娃、重心互通了情况，他俩的蜻蜓也是如此。看着奄奄一息的蜻蜓，我们动了恻隐之心：放生，还它们自由。

或许是沾了大自然的灵气，或许是意识到即将重获自由，蜻蜓们在露天坝里显得精神多了。我们托住放在掌心的蜻蜓，轻轻地往空中抛去，一次、两次，三次……蜻蜓终于摇摆着身子，慢慢地飞了起来，浙渐地、渐渐地，越飞越远，越飞越高，彻底地消失在我们的视线内。

……

多年以后，此情此景，仍记忆犹新，历历在目。蜻蜓的被捉到飞走，总会令我情不自禁地想起故事片《宁死不屈》中的一句台词："不自由，毋宁死！"

2008 年 5 月 14 日至 18 日　写　改

童年逸事—假发明恶作剧

　　动乱的岁月开始了，父辈们紧张忙碌地闹革命，我们也被单位发动组织起来，成立了政治夜校学习班，每晚学习1—2小时。

　　生产不正常，工作秩序被打乱，今天这派掌权，明天那派上台，停电成了家常便饭。没电的晚上，我们只好点上用蓝墨水瓶制作的煤油灯学习最高指示、最新指示。有时学习没煤油，就翻窗入室，去偷大人们学习班里的煤油，怕被发现就往他们的煤油瓶里掺水。偷了几次后，大人们加强了防范。

　　一天晚上，刚学习就遇上停电，我们点亮灯时，发现煤油已接近瓶底，此时，商店早已关门闭户，我们无可奈何地等待着油尽灯灭，学到哪儿算哪儿。

　　这时，不知何时溜出去的刚娃端着半瓷盅自来水进来。

　　他揭开灯盖，将水掺满油灯后盖好。灯继续亮着，我们仿佛发现了新大陆：原来水还可以当煤油点！

　　"我们发明煤油喽！"伙伴们欢呼着，为刚娃的"发明创造"惊喜不已。刚娃也是满脸的得意。

　　前来查看学习的大人们，知道真相后，对我们的"发明创造"不屑一顾，嗤之以鼻："水怎能当油用？马上要熄的。"

　　灯继续亮着，我们对大人说的话产生了怀疑。然而，没过多久，灯光越来越弱，火苗摇曳几下后，便熄灭了。我们在颓丧的同时，才明白了大人们说的，"油比水轻，油浮水面，油尽灯灭"的道理，铺天盖地的"革命运动"一个接着一个，小城一天比一天"热闹"。父母们不是紧张地学习就是匆忙地下乡，每天忙得跟陀螺似的转个不停。大人们外出的日子，单位的每个旮旯犄角，就成了有我和伙伴们的开心天地和自由王国。

有一天，大人们又下乡去了。我率领着我的"队伍"，玩着"捉特务"的游戏，从这个院坝跑到那个院坝。玩累了，我们便翻窗钻进单位的会议室里休息。

坐下不久，晓书便惊奇地对我说："你看，刚娃在干烟（抽烟）喂！"

我扭头一看，坐在我身后的刚娃，嘴上衔着一根褐色细长的东西，正吸得带劲。

"刚娃，你在干啥？"

"我在干烟。"

"啥子烟哦？哪里来的？"

"洋烟。"刚娃眼睛都没有睁开地回答。

我凑近一看，原来是刚娃从所坐的藤椅上抽出藤条，用火柴点燃后当烟吸，并美其名曰"洋烟"。

此时，晓书也点了根"洋烟"，用食指和中指夹着，才吸了一下，便急忙往地上吐了口唾液。"妈的，苦唧唧（苦涩之意）的，一点儿都不球好干。"

刚娃笑着说："你干烟的姿势，好像女特务哦！"

我和伙伴们也效仿、炮制，亲身实践。一根根藤条被抽出，几把藤椅遭殃。不一会儿，会议室里便扔满了"洋烟"头。

单位的"头头"发现此事后，把我的父亲找去狠批了一通，说我带着一泼（一群）小娃娃，破坏公物（幸亏没被上纲上线），把椅子都整烂了几把。父亲气得狠狠地打了我的屁股一顿。

动荡混乱的日子里，父辈们整日担惊受怕，忧心忡忡，人人自危，而我和小伙伴们却依然顽皮淘气，自寻乐趣："拍烟牌"（把空烟盒折叠后，一个个地重叠放于地上，轮流用手掌拍，拍翻离堆者为赢）、"斗鸡公"（一腿单立，双手抱着蜷曲的另一条腿，用膝盖撞击对方，双脚落地者为输）、"踩高脚蹬"（踩高跷）、"打土口子"（斗蟋蟀）等游戏，让我们兴趣盎然，乐此不疲。

每逢大人们下乡即将归来的下午，我们便会聚集在单位的后门盼望等待。那儿有一片宽阔的田野，对面是一条窄窄的黄泥碎石公路，也是父母回家的必经之路。这时的我们，便会拍着小手，唱着自编的童谣：

下大雨
刮大风
那个他妈屙潮虫（蚓虫）

唱着、唱着，刚娃便会指挥着他的"兵"——爱和他一起玩、天不怕地不怕、长得虎头虎脑、用刚娃的话来说"我喊他打哪个，他就打哪个"的熊熊，将最后一句词改为"晓书她妈屙潮虫"，兜（惹）得晓书两姊妹和他们对唱着骂，双方吵得脸红脖子粗。

大多数时候，我和小伙伴们异口同声地唱着"欢迎"父母归来的歌谣：

牛来了
马来了
那个他妈回来了

一旦远处出现谁的父母的身影，最后一句歌谣立刻变成：
"××他妈回来了！"

啊，童年！单纯幼稚、天真烂漫、无忧无虑、调皮捣蛋、让父母操心费神的童年！"我不想、我不想、不想长大，长大后世界就没童话；我不想、我不想、不想长大，我宁愿永远都笨又傻；我不想、我不想、不想长大，长大后我就会失去他！"我真的不想长大，好想再回到童年！

2007 年于光棍节　稿　改

题记：谨以此献给我少年时的伙伴们。

少年逸事——"闷子"其人其事

随父母到了乡下，陆陆续续认识了闷子、老盈、西军、老东、四员等少年伙伴。在这些伙伴中，最先认识的就是"闷子"。

农村里，穷人家的父母，怕自己的儿女养不活、长不大，喜欢给自己的孩子取很"贱"的小名。如闷牛、傻猪、蛮狗、兔儿，等等。他们执拗地认为，穷人家孩子的生命，就像漫山遍野不知名的野花，命很"贱"，生命力却极强。娃娃的小名越贱，生命越久长。"闷子"其名，也是基于此。"闷子"在当地的土话中，是"笨蛋""傻子"。其实闷子一点儿都不傻，一点儿都不笨。

闷子姓杜，母亲早逝，家中只有父子二人相依为命。闷子的家外，是一片绿色的田野，田野的尽头是我父母的单位。闷子有事无事，总爱到医院来逛逛，一来二去，我们也就混熟了。每到吃饭的时候，闷子的父亲便立于门外，大声武气地喊着："闷—子—回来——，吃饭啰！"

闷子个子不高，人精瘦，尖下巴，浓眉面黄，读了三四年小学便再也不读了。因长了"癞痢头"（又称"花脑壳""癞痢壳"），一年四季戴着用红布打成的尖尖帽，显得格外地引人注目。年龄和他相仿的孩子，远远地看见他，就会唱起取笑他的歌谣：

癞痢壳

> 棒棒壳
>
> 柑子皮
>
> 蛇脑壳
>
> 你有钱
>
> 我有药
>
> 买回去搽你的花脑壳

每当此时，闷子对比他大、比他强或自知打不过的对手，总是狠狠地咬着牙，怒目而视；对比他弱、比他小、打得赢的孩子，就马上冲上前去，一掌将其推倒在地，用拳头教训和发泄心中的不满。

一次，弟弟和一群伙伴们唱歌逗闷子，被闷子打了一下。我得知后，在田坎上截住他，给了他一拳，他边哭边骂："唔、唔、唔——欺负我们贫下中农。"气极的我又给了他一拳，并威胁着说："你再说一句，打死你！"闷子眼含着泪水，敢怒不敢言。父母知道此事后，把我和小弟臭骂了一顿："欺软怕硬，拿别人的生理缺陷取乐，把自己的开心建立在别人的痛苦之上，算什么本事呢？！……"母亲的谆谆教诲，言犹在耳，至今难忘。

恃强凌弱，大概是儿童、少年时的天性吧！儿童、少年时的伙伴，吵嘴打架是从不记仇的，哪怕刚才还吵得面红耳赤，打得头破血流、鼻青脸肿，一会儿又屁事没有地在一起耍了。用父母们的话来说，叫"狗相好，见不得，又离不得"。

那时，最爱玩的游戏，就是模仿"样板戏"里的英雄人物。我是正面人物的不二人选，反面人物自然是非闷子莫属。一是他略比我小，争不过我：一是他的外形比较接近反派人物。当然，他也十分乐意扮演此类角色，总是把坏蛋模仿得惟妙惟肖。看着闷子的表演，社员们常在一边议论："这个娃娃，好的没学到，坏的装得像，以后长大，肯定不是个好东西！"

我家住处距生产队的晒坝不远，也就是一二十米的距离。每到收割时节，傍晚的时候，我和闷子等伙伴们便会在此相聚，用小竹棍在燃烧的"星秀灰"（渣渣火）中掏个洞，各自将捡到的嫩玉米、青豆角、洋芋等"战利品"埋上，待焖烫熟后刨出，送入口中，吃得津津有味，嘴、下巴都被糊得黑黑的。

岁月的流逝，年龄的增长，我和伙伴们一起的日子渐渐地少了。上高中后，吃住在校，周六回家，周日返校，来也匆匆，去也匆匆，难得见上闷子一面，偶尔遇上，也只是简单地打下招呼。高中毕业，我插队到了山区，闷子的消息就更稀少了。参加工作两年后，我调回父母工作过的乡下，满以为会再次见到闷子，结果却大失所望。后来才听说闷子外出闯荡去了。

若干年后，命运的转折，我到了新的工作岗位，曲线回了城。在几次下乡办事时，曾多次打听闷子的下落，得到的却是众说纷纭、莫衷一是的小道消息：有的说，闷子走后，一直不见踪影，其父死后由邻居埋葬；有的说，闷子的父亲死后，他回来过一趟，带着一个时髦的女人，还打听过我；有的说，闷子在沿海一带走私毒品，被当地公安机关就地正法；有的说，闷子已成为百万富翁，入了某国国籍，至今仍活着。

人的命运，无法预测；人的一生，萍踪不定。悲欢离合，荣辱浮沉，冥冥中早已注定，半点不由人。穷与富，贱与贵，各有各的位置；生也好，死亦罢，各有各的归宿。贫贱莫失志，得意别忘形，顺其自然，随遇而安，知足常乐最好。

2007 年 12 月 3 日　稿毕　改　定

少年逸事——第一次砍柴

漫天的大雾，在头顶轻轻地流动

清晨，我背上小背夹子，别上斧头、拐子，和伙伴们会合后，踏上了上山的羊肠小道。

三个伙伴中，老盈肤色白皙，稳重少言，一副书生相；老东大嘴，常爱咧着嘴笑；西军细身材，薄唇，单眼皮。

"你只带了这点点东西啊？"走在我身后的西军有了新发现。

"嗯。那还要带啥啊？"

"钉牛、绳子、大泼镰。"走我前面的老东解释着。

"大泼镰砍树子周围的藤子、竹子、刺笆笼；钉牛、绳子拉木头。"西军接着说。

走在最前面的老盈开了腔："他是第一次上山，不晓得，我们也忘了跟他说。钉牛和绳子可以用藤子代替……"

"大泼镰借你们的用。"我抢着说。

"到时各走各的，各干各的，离得近还好说，离得远怎么办？"西军担心地说。

"哦"，我感到惊讶。我一直以为，树是连着长在一起，大家都在一个地方砍树，根本没想到还会有东一根、西一根的情况！听伙伴们讲后，我才知晓了砍柴花子的全部过程。找树：树多的情况下，选材质软、易燃、好砍的树。清除外围：砍开、砍掉树旁的藤蔓、灌木、杂竹。砍树：树砍倒后，根据自己的体力，取所需长度宰（斩）断。拉、放、扛木头：平路、上坡拉或扛；

高处到低处，放。劈柴：木头拖到放背夹子处后，将其宰成长度相当的几段，然后花（劈）成一块块木柴。没想到砍柴花子还有这么多的程序，我的心里有些惴惴不安。

"活人还能被尿胀死！没有大泼镰，用斧头也行。最多就是多费点时间，没那么方便。他是新手，到时我们都要帮帮他。"老盈的话，让我的心里踏实了不少。

我们一路说着、谈着，爬上了"大坪"。吼山结束，西军神秘地对我说："走，去看样东西。"

他把我领到一稀疏的竹林中。一块巨石平躺于地，石上刻着女性的生殖器官。他对我说每当太阳升起的时候，直射的阳光便会照着它，因此叫它：晒羞石。数百年前，县城曾是羌人的部落，不知是羌人的图腾，还是上山人无聊时的"杰作"。

见我沉思，西军指着对面雾罩的山峰，滔滔不绝地讲起了民间传说。对面的山叫"龙坪山"，住着条红龙，这边的山住着条金龙，叫"金龙山"。在很久很久以前，二龙为争宝大战，打了几天几夜，红龙打不赢，便向金龙狂喷一口，喷出的唾液化作乱石漫天飞舞，打得金龙头破血流，落地后成了三千多亩乱石窖（据县志载为火山爆发），最远的飞到了"五家口"（雨城区上里镇），龙坪山顶从此凹了下去。红龙的血染红了山上的溪水，"红水溪"因此而得名。

钻入密林深处，我们自寻目标，各自为政。

当我还在笨拙、紧张地忙碌时，老盈已拉着木头下来。他看了看我砍的树："你砍了根黄角楠，又重又不好花（难劈开）。砍都砍了，也只好将就！但两头的尿筒口要宰，不然，拉木头要戳到，放木头要插到。

他三下五除二地帮我宰掉尿筒口，然后在附近割了根粗壮结实的老藤，拴在木头的粗端。这时，老东也和我们会合了。

我们把木头拖到放背夹子处时，西军已在那里。

"你娃娃干得还挺快，老子们还以为你没下来！"老东将绳头抛在地，咧着大嘴，喘息未定地说。

"大家说得好好的，你一个人就跑了，没得意思！"老盈有些不满。

"我忘了。二次一定帮他。"西军解释着。

黄角楠的确很难花，加上我初学，整了半天也没花开（劈开）一筒，后来还是伙伴们轮换着"引斧""打楔"，忙了好一阵，才将木头劈开、劈完。

放哨时，伙伴们向我介绍了上山砍柴花子（认树、选树、领拐、打拐、停拐）的经验和谚语：砍倒青冈，弄到瘟殇，砍倒黄角楠，花（劈）得抠卵蛋；背到复炎树，只当在散步；背到轻弹子，等于跑趟子。掌拐掌得很均匀，背后跟着一群人，前面拐子敲三下，后面晓得歇一下。掌拐莫逞强，长短要适当，窄险不停留，平处最稳当。打拐先试探，溜滑须掂量，歇拐别摇晃，小心闪了腰……

迎着偏西的太阳，老盈领拐，我们开始下山。一行四人，沿着平平仄仄、曲曲弯弯的山道前行。背上的木柴，渐渐地沉重；归家的路，遥远而漫长。

……

寒假里"羊肠""大坪""石夹山""大风水""转角楼""房基坪"等处，晃动着我们弱小的身影，洒下了我们辛劳的汗水。

2007 年 12 月 4 日至 5 日　写　改

少年逸事——去"鬼沱"洗澡

炎热的夏天里，学校放暑假了。我像出笼的小鸟，自由地翱翔。

知了在枝头，反复地絮叨："热了—热了——"热浪一阵阵地袭来。平时，若不是因上学和父母严管，我早就和伙伴们洗澡（游泳）去了。这天一大早，父母背着药箱，到生产队巡回医疗去了，我洗澡的机会终于来了。

心里思量着到哪儿去约个伴，刚巧从窗外看见路过的四员。瞌睡来了枕头。我立即喊住了他。

四员家有六兄妹，他排行老四。他们这姓人，在当地生产队是大户家族，他的大哥是生产队长，说一不二。四员身材结实，面部轮廓分明，年龄比我略大，有股天不怕、地不怕的气势，"砣子"（拳头）也比同伴硬，是伙伴中的老大。

我说明了意图，他欣然同意，决定性地说："下河太远，懒得走，就到'鬼沱'去洗。"

靠山的西边是河，靠山的东边是"鬼沱"。这"鬼沱"呈椭圆形，宽约20米，窄10多米。原是山间一小水潭，因被洪水不断冲击扩大了面积。"鬼沱"的周围，有茂密小竹林和杂树丛；"鬼沱"的上方，两块巨石相峙而立，另一巨石盖于两石之上，形成一巨大岩腔（洞）。溪水从巨石上奔流而下，形成大水沱。"鬼沱"虽不大，但也曾淹死过人。据说夜深人静的晚上，还能听到鬼哭的声音。伙伴们说，一个人到"鬼沱"

洗澡，会被"提带子"（水鬼）缠住脚，往水底拖，因此，好多人都不敢独自去"鬼沱"洗澡。这也是"鬼沱"得名的原因。

我和四员顶着烈日，沿着上山的小路，向"鬼沱"走去。穿过几道田坎，便听见了鼎沸的人声。

"你几爷子还来得早"，四员向早到的老盈、老东、西军等伙伴打着招呼。

四员巡视的目光，很快发现了泡在水里、只露出脑袋的闷子，便喊了起来。

"哪个喊你来的？你的'癞痢壳'，把水都给老子们弄脏了。你信不信，老子把你的'癞痢壳'帽子提来甩球！"

闷子用手紧捂着红色尖尖帽，嘴上嗫嚅着："四爸爸，人、人家，我、我是在、在边边上洗的。'

看见闷子的可怜相，四员的口气软了下来："那你就只准在边边上洗，不准洗你的'癞痢壳'。"

"谢谢四爸爸。"闷子如获圣旨，颠着屁股，又泡到水里去了。

脱掉衣裤，"扑通"一声跃入水中，浑身的暑热顿失。我和伙伴们像一条条快乐的鱼儿，在水中游来游去。

我们在水中比赛着"迷水猫"（扎猛子），看谁的气憋得久，看谁游得快，看谁游得远；我们小心翼翼地爬上巨石顶，然后一个接一个地往深水中跳，溅起一个个高高的水柱，激起一朵朵美丽的浪花，一次次地体会着从空中急速插入水中，然后迅速冒出水面的心跳和刺激。

一次，一伙伴在跳"炸弹"时，脚未并拢，上岸后，两个蛋蛋顿时肿了起来，疼了半天；还有一次，一伙伴跳入水中，未系紧的裤衩离身先浮了起来，惹得我们大笑不止。

玩得尽兴，游得累了，我们便爬上岸来，将秧田里的稀泥涂抹金身，然后随意地躺在平坦的石块上，微眯双眼，望着湛蓝如洗的天空，看着山尖瓢浮的朵朵白云，恣意而尽情地享受着夏日的灿烂阳光。

……

多年后，遇见昔日的伙伴——四员。摆谈往事中，问起"鬼沱"，四员告诉我："鬼沱"早已干涸，剩下的只是裸露、嶙峋的乱石。也许是我们的长大离去，让"鬼沱"感到了难耐的寂寞，加速了它老迈的进程！"逝者如斯夫"，岁月不饶人。当年的毛头小子、懵懂少年，而今已成"不惑""知天命"之人，"天若有情天亦老"，"鬼沱"能不消瘦、能不衰老吗？

2007年12月7日至11日　写　改

少年逸事——上山挖天麻

70年代初，一味普通的中药——天麻，在突然之间身价倍增，成了能治百病的灵丹妙药。

天麻，多年生草本植物，地下茎肉质，地上茎杏红色，叶子呈鳞片状，花黄红色。块茎入药，治眩晕、头痛等。

天麻的行情看涨，欲得之者趋之若鹜。天麻成熟季节，上山采掘者络绎不绝。挖天麻成风，我和伙伴们也为之心动。当然，我们并不奢望能挖到多少，卖好多钱，纯粹是凑热闹、图好耍、寻开心而已。

早上，四员站在小山包上的喊声将我唤醒，我急忙穿好衣裤，带上工具，跨出了家门。

天空乌云密布，山峰雾气缭绕。

"天麻是啥样子的？"没见过天麻的我，有些好奇。

"一根独秆秆，几片叶子，有股马尿味，有点儿像洋芋。"四员介绍说，然后向我讲了有的社员把干洋芋当天麻卖，豁（哄）认不到天麻的城里人的故事。

到了"羊肠"，面前两条路：靠左的到"大坪"，直走的通往"大飞水"。

"我们到哪里？"

"'大坪'的人太多，干脆我们去'大飞水'。"四员一语决定。

"大飞水"要比"大坪"近一两公里，但"大飞水"的几个地方，像"偏桥""漩涡楼"，路陡难行，许多上山的人都宁愿舍近求远，绕道去"大坪"。我和伙伴们砍柴，大多数都在"大坪"

迎着飘飞的细雨，踩着泥泞的山路，我们到了"偏桥"。"偏桥"是"大飞水"的门户，此处两山相峙，山势陡峭，地势险要，水流湍急，可用一个"险"字形容；而"漩涡楼"则是步步台阶，螺旋似的盘旋上升，可用一个"奇"字概括。"偏桥"靠山的岩板小路，长年累月被溪水冲刷，空手上下山的人到这儿时，都得小心翼翼、亦步亦趋地通过。记忆犹新的是，一次和伙伴砍柴，从半山腰把木头放下来后，不敢从"偏桥"上过，不得不忍受冰凉刺骨的溪水带来的疼痛，将木头放到潭中，然后，慢慢地拖出"偏桥"

途中，我们碰上了一个个鞋上、裤脚上沾满稀泥，衣服几乎湿透的下山人。他们说，上面的雨更大。问到挖天麻的情况，他们的脸上写满了无奈和失望。

顿时，我的心里蒙上了一层阴影，有了一种不祥的预感：今天上山挖天麻，只怕是竹篮子打水——一场空了！然而，路已走了一半，我们也只能继续前行了。

登上"漩涡楼"不久，我们到达了"房基坪"。"房基坪"因地形较为平坦而得名，这儿山林茂密，古树参天，是采药、伐木、砍竹的好地方。我们在密林里钻来钻去，眼光在杂草、枯叶覆盖的地面上扫来扫去，搜寻着猎物。一次次误认的惊喜消失后，我的沮丧随之而增。就在我灰心丧气之时，传来了四员欣喜的喊声："快点过来，我这儿有一个！"

我连忙奔了过去，一根杏红色的茎秆冒出地面，顶部长着几片绿叶，叶片上挂着晶莹的水珠。四员正用镰刀尖轻撬周围的泥土。一会儿，一个浅黄褐色、椭圆形的天麻便被挖出。

我在为他收获高兴的同时，心里暗自惋惜：我怎么就没这样的运气呢？要是我挖到它该多好！

林中，雨声一片。密集的雨点，竹梢、树枝头摇落的水珠，肆无忌惮地向我们砸下来。

"雨下大了，快点走，我们去躲下雨。"四员快步向外跑去。我心有不甘地跟在后面。

我们躲在岩腔（洞）里，用手捋着湿漉漉的头发，使劲地拧着水淋淋的衣服。听着外面的风雨声，我的心里难免惆怅。

"这个鬼天气"四员看着外面，"今天划不着，才整到一个。"

"你比我好啊，我还是两手空空呢！

"说多不多说少不少的，没多大用处。送给你！"四员摸出天麻扔过来。

我喜出望外，忙不迭地接着："你真的不要？这是你的劳动成果哦！"

"男子汉大丈夫，说话算话。不就是一个天麻嘛，我等于上山耍了一盘（次）。"

……

人间一切事物中，既有过程，又有结果，但有好的过程，不一定有好的结果；有好的结果，未必就有好的过程，两全其美的事，毕竟少之又少。有时，过程比结果更美、更重要，正如月亏到月盈，月牙的不断变化、增大，直至满月，谁能说这一过程，不如月圆之美呢！

2007 年 12 月 13 日至 20 日　写　改

少年逸事——野外采蕈子

几天前，就和父母说定，星期天去捡（采）蕈子。

那一片蕈子，是我和父亲在一次去粮站买米回家的途中，偶然发现的。当时，我不知道蕈名，能否吃得，便顺手采了朵带回家中，母亲见多识广，看后说是桦桤蕈，她小时候吃过。

那时，当地的社员还没有吃桦桤蕈的习惯，更不知道这种蕈子能食用。在我们没发现之前，都是任其生长，直至腐烂。

终于盼来了星期天。一大早，我和弟弟便不断地催促着父亲出门。

粮站在另一公社的辖区内，坐落在西边山脚不远的地方，我家到粮站有五六公里的路程，走完公路后还得顺山走两三公里的小路，那一片桦桤林，就生长在离粮站还有一两公里的地方。

蓝蓝的天空，飘着朵朵白云；灿烂的阳光，洒满大地；鸟儿鸣啾着，快乐地飞来飞去。

弟弟一路蹦跳着，不停地说这说那。桦桤林位于靠山的河滩上。狭长的林带，长约 500 米，宽约 20 米，林的尽头，有一片平坦、开阔的沙地，沙地里种着生产队的花生。一条小溪，流水潺潺，绕林而过，最后汇入河水奔腾而去。

看准溪中露出水面的石头，我和弟弟跳跃着，父亲不时地提醒着："小心！慢点！"

初秋季节，溪旁、林边，红的、黄的、蓝的、白的不知名的野花，在阳光照耀下，仍显得妩媚和鲜艳：蝴蝶在花朵上轻舞，骗跹着从这朵花飞到那朵花；一棵棵修长的桦桤树，比赛似的争着把头伸向空中；铺着黄叶、红叶的地面，踩上去柔柔的、软软的。

父亲告诉我们，蕈子喜阴好湿，林中的草地、溪旁、沟边，最适宜蕈子的生长和繁殖。

说话间，弟弟发现了几朵，他急忙奔跑过去，拔出蕈子，抖掉泥沙，握在手中，然后跑回来，在我的眼前来回晃动，炫耀着他的"战利品"。

得到父亲的夸奖，弟弟更加得意。"还是我眼尖，一下子就看见了。"

我有些不屑："好事不在忙上，瘟猪儿打前仗。"

"今天你们两弟兄就比一比，看谁捡得多，看哪个厉害。"父亲鼓励着。

"我肯定比哥哥捡得多。"弟弟信心十足，口出狂言。

"骑驴看唱本——走着瞧，看谁笑到最后。"我毫不示弱。

我们沿着溪边，慢慢地进入林中。当我把搜索的目光投向远处时，突然发现前面的一片青草中，隐约有斑驳的颜色。

我快步上前，眼前一亮，一朵朵桦桤蕈，撑着一把把褐色小伞，参差不齐，星罗棋布地点缀在绿草丛中，少说也有四五十朵。惊喜、激动的我，忍不住嚷了起来。

弟弟闻声而来，在发出一声惊叹后，便俯下身动起手来。他边采边说："哥，我来帮你，给我算一半。"

弟弟的贪心使我没好气："我一人采得完，谁要你帮？又不是你发现的，凭啥要给你算一半？"

弟弟开始耍赖："反正我已经帮你了，就要给我算一半。"

"爸，你看弟弟太不讲理了！"我求助父亲评理。

父亲笑容满面地和稀泥："现在大家帮着采，回去再说，回去再说。"

我背着的小背篼底，很快就被盖住，渐渐地有了分量。

随后，父亲和弟弟又在不远处发现了成片的桦枮蕈，我们忙碌并快乐着。

……

在物资紧俏、肉食缺少的年代，那天的晚饭、那一锅香喷喷的桦枮蕈，那独特的香味，至今回味起来，仍令我食虫涌动，馋涎欲滴。可惜那一片茂密的桦枮林，早已被砍伐殆尽，再也采不到那状如小伞、白茎褐帽的蕈子，再也吃不到那口齿留香的桦枮蕈了！

2007 年 12 月 24 日至 26 日　写　改

少年逸事——道班打临工

读完初中，我十六岁。

我们这届初中生，还算幸运，读了三年。以后的初中，缩短学制，就只能读两年了。处于过渡阶段，低我们一个年级的初中生，要提前一学期毕业，也就是说只能读两年半。我们这届春季毕业生，如能继续读书的话，就要等到他们毕业后再一同进入高中，这就意味着我要等待半年，再听凭命运的裁决：或读书，或上山下

父母为我的前途、命运，整日忧心忡忡。母亲始终认为，像我这个年龄，做抵门杠（棒）太短，做吹火筒太长，因而特别希望我能再读两年高中。在那个特别讲究家庭出身、靠贫下中农推荐读书的年代，成绩的优秀并不能为升学增添决定性的砝码。对此，父母不敢有太多的奢望，只能尽人事、听天命了。

前途未卜，等待难熬。在家终日无所事事，也不是长远之计。父亲托人给我找了个事——到道班上去打临工，每天1.2元，干一天算一天，这也算是父母未雨绸缪，为我上不了高中、插队落户提前做的准备。

任家岗道班，离家大约6000米，道班上有8个人，都是清一色的大男人。道班的炊事员，由每人轮流担任一个月并兼任伙食团团长。

把简单的行李安置在陋室，人生中一段短暂的工人阶级生活，从此宣告开始。

　　道班工人的生活，单调而枯燥，机械而重复。平时的工作就是用沙石、泥土，填补公路上的大坑小凼；冬季里锤石子备料；遇上雨季垮方的时候，组织力量抢修，确保道路畅通无阻。雨大没垮方的日子，是工人们喜欢和渴盼的快乐时光——"耍雨班"。

　　出工、收工，日子慢慢地过去。若不是后来发生的事，也许我这段打临工的生活，不会留下深刻的烙印。

　　一天晚饭后，我正躺在床上看书，炊事员骆××在窗前喊着我的名字说："明天我不煮你的饭。"我急忙开门出去询问。他的一张脸黑得像要下雨："没得原因，我说不煮就不煮。"

　　突如其来、莫名其妙的变故，让我百思不解，一夜没睡好。天色微明，我找到在灶房里做饭的他，陪着笑脸，再次询问原因。过了好一会儿，他才振振有词地说："你昨天吃了饭，嘴一抹，碗一扔就跑了。难道说你挣钱，连个碗都洗不得？当炊事员的就下贱？"我恍然大悟，原来如此！当时班长伯伯有事找我，我放下碗就匆匆地去了，因而引起了他的多心、误会和不满。

　　我再三解释，他仍不依不饶，我只好委曲求全，向他"认错"。班里的长辈们也劝说着："算了，算了！他娃儿子不懂事，要贪耍点，下次改正就行了。你就别和他一般见识。"

　　在我的保证和长辈们的解释、劝说下，他才勉强罢休。

　　事后，班里的人告诉我，他这个人心眼多，器量小，嫉妒心强，对别人是马列主义，对自己是自由主义。干重活儿、累活儿时就喊腰杆痛，不干，梭边边。大家都背后喊他"半截腰杆"。你才来不晓得，我们这里是谁当炊事员，谁就负责洗大家的碗。主要是他认为，你是临时工，他是正式工，你是小辈，他是长辈，他不该服侍你。

　　刚准备学游泳，就被呛了一口水；才离开学校，就品尝到了生活的涩味。人心难测量，社会太复杂！

没过多久，段上的会计下来发临时工的工资（临时工的工资，每月下旬由总段会计核实发放），"半截腰杆"硬说会计多给我算了一天，气得我真想和他大吵一架。想到他毕竟年长我许多，我是小辈，况且也就是少一块二角钱，这点钱对我来说，多了富不了，少了穷不了。忍一时，风平浪静；退一步，海阔天空。爪手子洗碗——涮（算）了！涮（算）了！

打临工遭遇的不快，让我更加怀念纯真、美好的学校生活。在严峻残酷的现实面前，我才发现自己的天真、可笑和幼稚。平心而论，道班上的大多数长辈，对我还是挺不错的，但遇上"半截腰杆"这样的人，就像一颗老鼠屎搞坏了一锅汤，令人恶心和反胃。多年后才明白，哪儿都有"半截腰杆"那样的人，我又何必去苛求生活呢！

祸不单行，厄运接踵而至。在扶班上地里被风刮倒的玉米苗，捧刚浇过大粪不久的泥土来垒玉米时，染上了粪癣（钩虫病菌），双手肿得像发酵的馒头，又痒又疼；饮食没注意，一不小心被菌痢选中，一天拉几次，拉得我四肢无力，体重锐减，一下子就折（掉）了10多斤。父母得知后，急忙把我接回家中医治。工人老大哥的生活还没过够，就在无可奈何中结束了。

金秋送爽的日子，终于收到了一纸薄薄的、"沉甸甸"的高中入学通知书。令人向往的金色学生时代又将延续，没有利益之争，没有尔虞我诈，没有钩心斗角的校园生活又将开始，我的心里充满了喜悦、装满了欢乐。像我这样出身不好的孩子，能读上高中是多么的不易！其中的起起伏伏、曲曲折折、明争暗斗，又有几人能知？！……

少年时代的幕布，缓缓地合上；青年时代的帷幕，徐徐地拉开。童年——少年——青年，角色转换。在人生这个舞台上，告别少年的我，将扮演何种角色呢？主角、配角、观众？生活中是没有观众的，每个人都是演员，都在扮演自己的角色。有主角就有配角，有配角才会有主角。主角也好，配角也罢，扮演什么角色并不重要，最重要的是找准自己的人生坐标！

2007 年 12 月 29 日　动　笔

2007 年 12 月 31 日至 2008 年元旦　稿　定

注：此文 2008 年 2 月 19 日发表于《现代家庭报》。

谨以此献给"上山下乡"，在广阔天地里的知青战友们，让我们永远铭记那一段刻骨铭心、难以忘怀的日子——知青岁月。

我的知青岁月片段——插队到山区

高中毕业不到半个月，我便被下放到了一个边远、偏僻的山区生产队。

我能够最终读上高中，确实是很幸运的！我的父母都出生于地主家庭。母亲在读初中时因生病，休学了一段时间。休学期间在家里帮助我的外公外婆料理家务，这一段时间在划成分时，就成了一段说不清、道不明的"不光彩"的历史，因而成为每次运动的重点批斗对象之一。20世纪50年代初，参加工作的父母为支援"西康建设"，来到了一个贫穷落后的边远小县城。

在那个讲究"根正苗红""查三代""老子英雄儿好汉，老子反动儿浑蛋"的年代，父母的家庭出身，不仅使他们自己抬不起头，也使儿女们受到牵连。因为家庭出身，读小学时我迟迟入不了少先队，只能羡慕地站在一旁看着同学们戴上鲜艳的红领巾，自豪地举手宣誓；因为家庭出身，"文革"中不能加入"红卫兵"，只能眼馋地看着戴红袖章的大哥哥、大姐姐们成群结队地进行"革命大串联"，上北京接受检阅；因为家庭出身，每次和伙伴、同学发生争执时，总是被一句"地主娃娃，你要欺负贫下中农嗦"骂得哑口无言，黯然伤心。……

父母调到了乡下医院后，

我在下顺利地读完了小学、初中，在即将进入高中时遇到了"麻烦"。那时，是推荐读书。每个公社只有几个上高中的名额，我所在的公社仅有4个名额。名额由公社党委、大队、生产队三级干部会议决定。"根正苗红"的贫下中农子女，是优先推荐的对象和先决条件，成分的好坏十分重要。第一次推荐时，我连被提名的资格都没有。母亲得知这一消息后，急忙找到我的班主任老师求助。班主任老师连夜找到刚从县上开会回来的公社一把手李书记，经过一番据理力争，终以"'可以教育好的子女'、单位子女只有我一个、成绩数一数二"的理由，将李书记说服，使我上高中一事终以有惊无险的方式如愿以偿。很多年后，我在感恩的同时，不由得深深地感叹：关键时刻一个人的一句话，完全可以决定和改变另一个人一生的命运！

高中毕业前夕，面对"上山下乡"的唯一选择，我毅然向学校党支部、团支部递交了申请书，要求到我县"最艰苦、最边远的地方去，与贫下中农打成一片，滚一身泥巴，磨一手老茧，炼一颗红心"。

选择到生活、劳动条件差，边远、艰苦的山区插队落户，最主要、最真实的原因还是山里人的挚朴、热情和"山高皇帝远"的地理位置。在这儿，家庭成分对我造成的影响、对地主子女的歧视，相对来说要小得多。

与热烈欢送知识青年上山下乡的场面相比，我们的插队落户显得寒酸和冷清。没有鲜花，没有大幅标语，没有惊天动地的锣鼓声，没有欢送的人流，没有依依的惜别。县知青办的一个电话通知，就把我们召集在一起，然后登车绝尘而去。

敞篷货车在经过近两个小时的颠簸后，把我们扔到了一个距县城30多公里的山区××公社。一路上，前途的未卜，使我们默然无语。

我们一行6人，3男3女，2个高中同年级同学，1个××

劳改农场子弟校的高中生，2个应届初中毕业生。在这6人中，有3人的家长或多或少与大队、公社、县上的领导有密切的关系，另外2人插队山区的想法与我大同小异。

我们背着简单的行李，走进公社礼堂。在分管知青工作的公社副书记作了"扎根农村，大有作为，认真锻炼，向贫下中农学习"等类似的政治时髦用语的发言后，我们便被等候在此接领知青的生产队干部领走。在这刹那间，我们完成了一个人一生中，从学生到成人的最重要的角色转换。

接我的是生产队的民兵排长王玉发。他，浓眉大眼，黧黑的脸膛，稀疏的络腮胡，稍厚的下嘴唇。因长得有些像电影《芦笙恋歌》的主角，队上的社员们在背后叫他"扎妥"。路上，他告诉我，队上原来下放了4个成都知青，都先后接班、招工走了。这次，本来队上是不想要知青的，公社安排了，也只好接收。原来的知青都分散住在社员的家里，现在队里的社员都不愿意知青住在自己的家里。队上安排我暂时住在队长的家里，等"公房"那里装修好后就搬过去。他还告诉我，队里最好年头里的劳动日是三角二分，去年的劳动日只有一角六分。

三天后，我搬进了队里在"公房"为我装修的"一室一厨"的新居。

所谓"公房"，也就是生产队召开社员大会，收割时用来堆放麦子、谷子、玉麦（玉米）、豆子（黄豆）等农作物，农闲时烧瓦制造泥坯的地方。整个"公房"空荡荡的，它的北端有一间屋子，是队上用来存放、保管粮食种子和一些公用农具（如拌桶、风斗等）的保管室。保管室里安放有一张窄窄的单人床，专供在这儿轮流守夜的社员睡觉所用。

我的新居就在保管室隔壁，有十多平方米，为保管室的二分之一。住室由杉木寸板拼装而成，室内在安放了一张单人床、一张小桌、一个小木凳后，两人对面相遇，也得侧着身子让行。住房的背面是厨房，厨房的两面，用白夹子圆竹编织而成。看着寒碜、简陋的住处，我的鼻子有些发酸，这就是我的"家"吗？！这就是我要在这儿住不知多久的地方吗？！我的选择错了吗？！……唉，不管怎样，到底有了一个能避风雨、可以休息的窝啊！

蓦地，一首知青歌曲从我的心里油然而出，我轻声地哼了起来：

> ……
> 告别了妈妈
> 再见吧我的家乡
> 金色的学生时代
> 已载入青春的史册一去不复返
> 啊——
> 未来的道路
> 是多么艰难　多么漫长
> 生活的足迹
> 就深深地陷在了偏僻的异乡
> ……

不知不觉中，我的双眼有些潮湿。是啊，我的明天、我的未来、我的前途在哪里？！等待和迎接我的又将是什么呢？！

2006 年 11 月 6 日　稿　改
载于《雅安知青史料》（芦山卷·2008 年）

我的知青岁月片段——"火地"点菜籽

这天，天才麻麻亮，副队长站在人户集中的小溪旁，扯起嗓子喊开了："出工了！男女强劳力，带上家什，上山烧火地，点菜籽。"

副队长喊完三遍，我才揉了揉发沉的双眼，很不情愿地从床上直起身来，开始慢条斯理地穿衣裤。

"咚咚咚"，先是拳头敲击壁板的声音，接着传来人声："喂知青，眼醒没有？今天上火地，你去不去？"

"要去。"我应了一句，心里嘀咕：工分又低，不多出工，多挣工分，年底当"倒补户"啊！

"那你就快点儿，不要紧倒挨，屎都揉到裤裆头。我在沟边等你呵。"

喊我的是昨晚在公房守夜的社员王玉轩。他的左腿有轻微残疾，走路一瘸一拐的，大家都喊他"地不平"。别看他腿不方便，文化不高，言语粗俗，但脑壳转得快，干集体耍滑，工分却不比别人挣得少，做自留地则是数一数二人能比。他还没有结婚，但骚话、骚龙门阵却是和尚敲木鱼——"多""多""多"，这就应了一句俗语：瘸精瞎怪。

"地不平"的一大爱好，就是喜欢摸娃娃儿的雀雀。有一次，一户社员办喜事，亲戚、朋友、客人、社员坐了一堂屋。还没吃饭时，他看见一娃儿长相似男，便从别人的怀中抱过来，"来来来，阿伯摸一下你的雀雀"，边说边将手伸进小孩的裤裆。突然，他的脸红了起来，手也立即转移了地方，然后自言自语地说："哦，阿伯摸一下你的肚肚儿吃饱没有。"话刚出口，便引来一阵哄堂大笑。此事后来也就成了大家谈笑的话柄。

我别上砍刀，带上昨晚剩下的一个玉麦馍馍和"地不平"一道上山了。

我下放的生产队，坐落在大山脚下，有田二三十亩，地一百多亩，全队有三四十户，一百多口人。因王姓家族人较多，人称"王家窝"。队上到"火地"有二三公里的路程。从队里出发，沿着山腰的羊肠小道，绕到山的背面，然后再爬上向上延伸的山坡，才能最后到达。一条干涸的"天王堰"（另一生产队"天盖寺"与"王家窝"在"农业学大寨"中合修的一条人工堰），像一条黄色的飘带，缠绕在半山腰中。

所谓"烧火地"，就是将山上生长的树木、竹林、灌木丛砍掉，把裸露在地面上的树根挖掉，割去杂草，对落叶和浅草进行焚烧。焚烧后在黑黄的土地上撒上玉麦、黄豆、油菜籽等类粮油作物，然后撒上一层草木灰覆盖，以后进行简单的管理，到时收割。很多靠山的生产队都采用这种原始的刀耕火种方式，作为粮食增收的一种快捷途径。

要烧的"火地"位于山顶一凹地处，有10多亩面积，碗口粗的树、茂密的竹林，已被社员当作烧锅柴、二季豆竿竿，砍得稀稀拉拉了。

按照副队长的安排：男的砍树、砍竹、挖疙篼，女的割草。我们很快干开了。顿时，寂静的群山里，"叮咚叮咚"的刀斧声此起彼伏，人声沸腾。

刚干了一会儿，"地不平"便扔下斧头，一拐一拐地朝一灌木丛走去。

"'地不平'，你要干啥子？"

　　"地不平"向"扎妥"瞥了一眼："×大点儿官，啥子都要管。"

　　灌木丛旁，一中年女社员正蹲在那里小便。"地不平"悄悄地走到她的身后，双手扳住她的两肩往后一拉，女社员摔了个四脚朝天，一股细流"突"地往上一喷便戛然而止。"地不平"见状乐得大喊："大家快来看冒水洞啊！"

　　"哈哈哈……"社员们停住了干活儿，大笑起来，我也笑得捂住了肚子。

　　"这家伙，只有他龟儿子才想得起、干得出这种事！""扎妥"骂了句。

　　女社员提上被尿湿的裤子，边追边骂"地不平"。"死汤锅子，短命鬼娃娃，你龟儿子二天生个娃娃没屁眼眼儿。"

　　"地不平"绕着圈子，咧着嘴边逃边笑，女社员见追上无望，便抓起一块石头向"地不平"扔去，被他躲开了。

　　憨厚的副队长止住了笑："别猴了，大家都干活儿了。"

　　经这一闹，劳动的气氛轻松多了。

　　太阳升起来了，洁净无云的天空湛蓝如洗。秋后的太阳火辣辣的，阳光照在人的身上火燎般的痛。

　　干了半天的体力活儿，我的肚子"咕咕咕"地唱开了，在烈日的炙烤下，已浑身是汗，手里的砍刀重如千钧棒，每挥动一下，就像拉风箱似的"呼呼"地喘上一阵粗气，嗓子像是在冒烟，几乎快燃烧起来。我旁边的"地不平"借着脱衣服、放衣服的机会，已经巧妙地休息了一两次。

　　太阳升到了头顶，温度越来越高。男社员脱掉了上身的衣服，露出古铜色的胸膛、胳膊，已婚的妇女们，解开了胸前的衣襟，用食指和拇指夹着来回不停地扇动，若隐若现的奶子上下颤动着。她们三人一伙、五人一群地凑在一起，拉起了家常。"地不平"有精无神地扬着斧头，不远处的"扎妥"也是有气无力、机械地挥动着工具。

"队长喂，还不放哨嗦，肚皮都饿得巴倒背脊骨了！""地不平"终于忍不住了。

副队长看了看无精打采在磨洋工的社员们，下了决心："好，放哨了，大家喝一口水，打个尖，然后接着干。今天要把这塔的活路整完，整不完不收工。"

"队长，放好长的哨？半个钟头吧？""地不平"一听放哨，就像打了针吗啡似的，顿时来了精神。

"半个钟头多吗？"

"那就 40 分钟。""地不平"先看了一眼副队长，然后向我挤了挤眼。

"好！就 40 分钟。"副队长痛快地答应了

"地不平"把头扭到一边笑，我掩嘴偷笑。

"扎妥"看不下去了："你硬是欺负阿大哥老实、没得文化，拿他开心嗦！

副队长知道受了捉弄，佯怒地骂："你硬是没老没少，啥子人都要兜。老子不抖你，你就牛皮子发痒。"

"地不平"急忙认错："大哥，阿么说错了，咋个敢兜你嘛。"

我又累又饥又渴，一屁股坐在地上，摸出冷硬的玉麦馍馍啃起来。馍馍入口，像是嚼着锯末，难以下咽。

"哪里有泉水？"

"地不平"瞪了我一眼："卵子泉水，尿水都没有。哦，'清水茅厕'的水你喝不喝？"

难耐的饥渴迫使我跟在一颠一簸的"地不平"的屁股后，向"清水茅厕"走去。

山区的"清水茅厕"有三种：一种是由地势自然形成的较

大的积雨坑；另一种是人工挖成，在底部和四壁糊上一层石灰浆，以防漏水，用来囤积雨水，浇灌庄稼时用的水坑；还有一种是社员家里用来解便，修好后尚未使用的厕所。

坑边，一群男女社员跪成一排，用手荡开水面上的落叶和上下翻滚的紫红色沙虫子，然后捧起水往嘴里送。极度的焦渴已使我无所顾忌，我拿出擦汗的手巾，平铺在水面，趴在地上埋下头，嘴贴着手巾，"咕嘟""咕嘟"地痛饮起来。

"还是你们知青聪明，会想办法，喝水都比我们先进！"副队长发出感叹。

"山高出鹞子，坝坝头出'鬼灯鸽'，我看你'地不平'

就是鬼灯鸽！你那烂脑壳就想不出这种主意！""扎妥"不失时机地教训"地不平"

"我又没得手帕子！哼，你又想得到？你'扎妥'就只晓得和你的阿妹打秋千安逸。""地不平"毫不示弱，反唇相讥。

"嗨，才十几岁的学生娃娃，就离开父母，远天远地来我们这塔受这凯罪，不容易啊！"

"是哦，要不是响应毛主席的号召，人家咋个会来我们这塔！咋个会受这凯罪！唉——"

……

听着社员们七嘴八舌的议论，我的心里像打翻了五味瓶，酸、咸、苦、辣、麻一起涌上心头。

喝足了水，我将剩下的大半块馍馍狼吞虎咽地吞下了肚。离开工还有一些时间，大家找了块阴凉的地方，坐的坐，躺的躺，开始日壳子。

吹着吹着，"地不平"又开始找乐了

"云峰喂，你的歌唱得好，给我们唱个。往天成都知青也唱得安逸，可惜走了！'样板戏'和那些歌听厌了，还是你们知青的歌听起来舒服。

在当时，知青歌曲是被列入"黄色下流"之列的，唱这种歌要是被"上面"的干部知道了，那就会影响到自己的前途，知青们只能在暗地里背着人偷偷地唱。我为难地看了看分管知青的民兵排长"扎妥"，他仿佛没听见似的，面无表情，"吧嗒吧嗒"地抽着叶子烟。

一部分社员跟着"地不平"起哄："怕啥，这塔又没得大队、公社干部，唱个醒醒瞌睡。"

"大家喊你唱，你就不要客气，唱一个免得他们打瞌睡，一会儿干活儿没精神"，说到这里，副队长顿了顿，板起了面孔，"大家听了就算了，哪里听哪里丢，不要拿起到处乱摆。"

副队长的话，完全解除了我思想上的顾虑。一曲低沉、忧伤的《山城知青之歌》在火地的上空，轻轻地荡漾开来。

......
伟大的祖国
天高地广
中华儿女
志在四方
别了啊山城
别了啊家乡
接受贫下中农再教育
步步紧跟毛主席
接受贫下中农再教育
安家落户永向前
......

浑身的劳累和疲惫在歌声中渐渐融化。其实，身体的劳累和疲惫并不可怕，"哀莫大于心死"才是人生中最可怕的事！此时，我为自己当初的正确选择，在心中暗暗庆幸。

2006 年 11 月 9 日至 10 日　稿　改

载于《雅安知青史料》（芦山卷·2008 年）

我的知青岁月片段——庄稼守护员

"白露"一过，谷子的颜色是一天变一个样。微风拂过，饱满的谷穗弯着腰，翻起一片金色的波浪。

晚上，我正在嚼着玉米馍、喝着玉米粥时，队长光临了我的寒舍。

队长叫蒋松联，40岁左右的年龄，是外来"上门"叫的。他长得白净，长条脸，细眉小眼，瘦高个，给人一种精明的感觉。做农活儿虽不如副队长样样在行拿手，但凭着较高的文化（初中生）、计划性强、有心眼，加上老婆、舅子的家族势力，"上门"不久就当上了队长。他平时不苟言笑，表情严肃，许多社员都对他有一种敬畏感，就连天不怕、地不怕的"地不平"也虚他几分。

我边招呼边让座，心里在暗暗地猜测：队长来我这儿有什么事呢？

队长在我让出的小凳子上坐了下来。几句生活、劳动方面的情况问过后，话题一转："队上研究决定，从明天起派你看谷子，每天10分。那些瘟鸡把公家的谷子糟蹋得太凶了，你好好给我吆一吆，实在不行就给我狠狠地打，打伤打死队里负责。你来后表现不错，好好干，二天有机会我会推荐你的。

在那个年代，20多岁的青年男女仍处于懵懂时期，况且我当时还不到20岁，对于人情世故、交际应酬，看谷子中的"利害"关系一无所知。凭着满腔的热情，在感激队上对自己"照顾"

的同时，我一口应承了这事。

选好一根细长、柔韧性好的竹竿作为工具后，我便走马上任开始巡视了。

起初，那些吃惯了相因的公鸡、母鸡和它们的子女们，根本没把我放在眼里，见了我仍是不理不睬、不慌不忙地啄食。尤其是那只领头的大红公鸡，在田坎上踱着梅花步，不时瞅我一眼，这里啄一下，那里吃一口，既像示威，又像挑衅。我连吼带撵了几次，它才恋恋不舍、从容不迫地撤退。

这天，大红公鸡又带着它的老婆、情人和子女们在沟边的田里大饱口福。我在公房里远远望见，便操起竹竿冲了过去，其它的鸡见势不妙，颠着两腿，四散奔逃。红公鸡充当着掩护的角色，逃在最后。

"擒贼先擒王。"我认准目标，奋力追赶红公鸡。红公鸡大概意识到了将至的灭顶之灾，张开双翅，飞快地翻动着细长的双腿，拼命地逃。快到沟的尽头，我扬起了手里的竹竿，竹竿挟着风声，"叭"的一声，着地后带起一片黄尘，红公鸡在地上扑棱了一下，然后挣扎而起，侧着一只低垂的翅膀，"咯咯咯"的一路惊叫着逃回了窝。

靠近沟边木房楼上的一扇窗户打开了，一对怨恨的眼睛，看了我一眼后，便把脑袋缩缩了回去。那是"地不平"的母亲——"铁老娘"，一个50多岁的老人。

与"地不平"的母亲结"怨"，是我无法回避和迫不得已的事。至今想起，心里尚有隐隐的不安。

9月的一天，大约十一点的光景，队长把我和一中年社员喊到一旁说，有别队的社员在偷割我们山上的草，你们去山路口挡一挡，顺便看一下，有没有队上的社员掰火地里的嫩玉米，给你们算一天的工分。

我们坐在离山路口不远的路边看玉米的棚子里，听着棚外"滴滴答答"的雨声，时间一长，我的上眼皮就像吊着一个秤砣，忍不住往下坠。就在我快要睡着的时候，中年社员用肘碰了碰我，轻声说："喂，有人来了！"

我睁开眼睛，透过木棚的缝隙望去，只见山路口转弯处，有个人背着满满的一背草，低着头，正缓慢地向我们这儿移动过来。

身影越来越清晰，我终于看清了来人。这是一个年迈的妇人，衣裤几乎全湿透。花白的头发上缠着一张白里泛黄的包头帕，浑浊的双眼，脸上密布的老年斑，上身穿一件洗得发白的蓝布对门襟，下边穿一条黑色反扫荡裤，裤脚上沾了不少的泥点，脚上穿了双补了几个疤的半筒水鞋。是她！队上人称"铁老娘"的王杨氏——"地不平"的母亲。

在她快要走拢棚子前时，我向她打了个招呼："阿娘，割草嗦？"

"铁老娘"的身子抖了一下，脸上露出惊慌不安的神情，"嗯……"

"阿娘，草里还有没有其他的东西？"我例行公事地询问，话刚出口就开始后悔。

"铁老娘"嗫嚅着："没、没、没得啥子。"

我旁边的中年社员根本不信："真的没得？"

"铁老娘"垂下眼皮："哦，有几个苞苞。"

"那你陪她把东西交到队上去，我在这塔再守一会儿。"中年社员像指挥官似的对我发号施令。

一路上，"铁老娘"不停地向我诉苦和哀求。她说，屋里头粮食不够吃，才起了掰几个玉米苞苞的心。那个中年社员和她的儿子一次开玩笑开估了，现在报复她。"你就放我一马我会记得你的。"

看着老人乞求的眼神，听着她哀求的话语，我的心里很不是滋味。不想为难她，几个嫩玉米棒值不了几个钱，况且"地不平"对我也挺尊重，但中年社员的"安排"，以及我自身所处的环境，迫使我不得不打消这一念头。

"阿幺，就算我求你，让我回家一趟，倒了猪草就去交苞苞，要得不？"走完山路，"铁老娘"见放她无望，只好退而求其次了。

"行，那我先走。阿娘，你倒完草快点二去，主动去交最好。这件事不是我一人晓得，你不要把我弄来方起。"我知道她是怕以后被别人说"是被知青押着去交的"，丢尽老脸，便一口答应下来。

事后，我听队里的保管说，"铁老娘"交了 5 斤玉米苞谷，被队长扣了 1 天的工分和 10 斤的粮食。

才交 5 斤啊！不连草起码有二三十斤呢！中途，我帮她背过一段路，知道那背"草"的分量。原来她不仅怕丢脸，而且还利用回家倒草时做了手脚，但这事只有天知、地知、我知、她知，也就没必要深究了！尽管我在心里惊讶，但在保管的面前只好缄默不语。

我对"铁老娘"网开一面，但她并不领情，每次看见我，眼里都充满了怨恨。上次的事让她恨意丛生，今天又打伤了她家的红公鸡，真是旧"怨"未了，又添新"恨"。看来我这个"恶人"是做定了！想到此，我突然明白了队里对我的"照顾"安排，原来是利用我单纯、年幼无知、年轻气盛、孤立无援的特点，出面去干社员们不愿干、不想干、不能干，得罪人的事！唉，这粑粑工分不好挣啊！

伤了红公鸡后，社员们见我动了真，便把自家放养的鸡关了起来，我也就乐得早上睡大觉，中午晃一晃，下午逛一逛，优哉游哉，清闲起来。

然而，好景不长，风平浪静了几天，队长又找到了我。

"咋个回事？鸡又凶起来了，好几根田坎的谷吊子都快吃光了！你要看紧点哦！"

队长责备的话语，使我刚刚放松的弦又绷紧了。我不敢怠慢，暗中观察，思索对策。

原来，养鸡的社员们见我松懈起来，便解除了对鸡的约束。而那些鸡在被我用石头砸、竹竿赶了几次之后，变得聪明起来。它们不再吃顺路、靠路的谷子，而是躲在不易被发现的田边、地头，尽情享受。有的甚至钻到谷田的中间踮着脚啄食。吃一次换一个地方，我去它跑，我走它来，和我玩起了藏猫猫的游戏。在几次追撵收效甚微后，我不得不痛下"杀手"

我从供销社买来"敌敌畏"，在公房保管室找了些玉米，将"敌敌畏"倒入土巴碗中，然后放入玉米。待玉米浸泡得发胀透亮后捞出，悄悄地撒放到鸡们经常出没的田坎、地边。

当天傍晚，我帮带一份开会通知给队长。来到他家的屋檐坎下，只见队长老婆正手忙脚乱地在大木盆里烫着鸡，地上着一堆堆湿鸡毛。

"阿娘，杀这么多鸡啊？"话一出口，我突然反应过来，恨不得扇自己一个耳光。

"安逸哦，鸡都闹死完了！你撒药给阿娘说一声嘛，今天没关鸡就遭了！"

"我晓得阿娘一直都是关了鸡的，所以就没给你说。"我揣着明白装糊涂，将计就计顺着说。

队长闻声而出："你嚎啥子，又不是光闹死阿里的闹死算求，闹死有鸡肉吃不安逸嗦！你不管她，一会儿在这塔干饭。"

说心里话，在这缺少油荤的日子里，我很想在队长家享受一下美味的鸡肉，润滑一下肠胃，可当时的情形不允许我想入非非。我迅速地把通知交给队长，找了个理由，逃也似的离开了。

后来，我才知道，我的这次"杀手"行动，让好大一部分社员家的鸡遭了殃，副队长家里的鸡也同样未能幸免于难。意外的是，这次行动也让很多社员对我刮目相看。敢毒杀队长、副队长家的鸡，使他们对我有了一种尊敬和佩服感，就连起初认为我看庄稼是"看人说话，区别对待"的社员，也向我竖起了大拇指。这大概是我看谷子过程中，"无心插柳柳成荫"的一份意外收获吧！说真的，我当时根本就没想那么多！

几天后，队里开镰收割。我守护庄稼的"任务"，也就名正言顺地结束了。

知青生活中，一段较为轻松、愉快、有趣的日子，就这样结束了！

2006 年 11 月 15 日至 17 日　稿　改
载于《雅安知青史料》（芦山卷·2008 年）

我的知青岁月片段——深山中伐木

　　牛毛细雨，让弯曲的山路开始变得溜滑起来。羊肠小道上，我和几名男社员正沿着"天王堰"向深山密林行进。

　　昨晚，队里在"公房"召开了社员大会。会上，队长宣布：大队要修新学校，需要中柱和椽子，每个生产队都分配有任务。我们队是中柱、椽子各5根。队上研究决定，明天抽10名男壮劳力上山砍木头。每根中柱算工分40分，椽子25分。采取自愿报名的方式，由队里最后决定。

　　重赏之下，必有勇夫。一根中柱算4个劳动日，顶4天的农活儿，高工分太诱人了，就连腿脚不太灵便的"地不平"也毫不犹豫地报了名。

　　我忖度了一下，中柱的直径要斗碗粗的木头，长度在三四米，两头大小出入不大，少说也得二三百斤；椽子的直径只有小碗口粗，长度虽差不多，但两头出入稍大，一根椽子的重量也就是100多斤的样子，我可以承受。于是，我也加入了报名的行列。

　　路上，不甘寂寞的"地不平"哼起了跑了调的歌：

> 赶快上山吧勇士们
> 我们在春天参加游击队
> 敌人的末日就要来临
> 我们的祖国就要获得自由解放

"你硬是欢喜得很，昨晚捡到金包卵了嗦。""扎妥"像一只好斗的公鸡，先啄了起来。

"老子是光棍一条，吃不愁、穿不愁，裤子脱了当枕头。像你嗪，结个婆娘就整得鬼神相。"

"你晓得锤子！"老婆体弱多病，少出工，不能干，家里地里（自留地）被弄得一塌糊涂，使身为队上干部的"扎妥"在社员面前说话时，舌头也短了一截，这是他心中永远的痛。现在被"地不平"揭短，"扎妥"恼羞成怒："你是狗欢挨棒棒，老鸹欢喜打破蛋，一脚踩虚，就叫你日塌。"

"清早巴晨的，你就开始咒老子嗪！老子不认黄啰！"

出门、上山之人，最忌讳别人在自己没走前或刚出门时说不吉利的话，最怕说在靶子上。"扎妥"的话犯了大忌，"地不平"急了。

"都不要嚷了，路这么悬四，小心点儿。"同行的社员劝开了。自知有点过火的"扎妥"，偃旗息鼓了。

头上，雨丝纷飞，阴云密布；脚下，刀切崖壁，万丈深渊。走在"天王堰"的最险路段，我们沿着一尺多宽的堰边前行，变得小心翼翼起来。

险路走完，一社员打破了沉默，问了我一句："知青阿哥，走这凯路，你加生不？成都知青第一次走时吓得哭，最后还是从堰沟里爬过去的。"

"没事，和我小时上山砍柴的路差不多。"

社员们恍然大悟："哦，怪不得队长敢同意你和我们一起去砍木头。"

"天王堰"的尽头是位于半山腰的天盖寺生产队。这儿原本林木茂密，但由于过度的砍伐，已很难找到一根像样的树了，要砍到椽子、中柱粗细的树，不得不爬更高更陡的山，不得不钻更深更密的林。

我们吐着粗气，气喘吁吁地爬上了山顶。迎着"呜呜"吹拂的强劲山风，我们一字排开，开始了"吼山"。

"哦……呵……呵……"粗犷、悠长的声音在山谷中激荡起伏，经久不息。

"吼山"是上山人不成文的规矩。每个上山的人到了山上，都要吼上几声，一来是向山神报到，祈求保佑自己一天的平安；二来是借此倾吐胸中的浊气，驱散不快。在"吼山"的过程中，既使山上还有其他人，也不敢乱接应声，否则，必然会遭到一阵不堪入耳的臭骂。

"吼山"结束，我们便分开各自为政了。

在阳山的一斜坡处，我终于寻觅到了一棵符合要求的水实树。我将装有钉牛和玉米馍的帆布书包扔在地上，先用砍刀三下五除二地砍掉树旁的灌木、杂竹，然后抽出别在腰间的利斧，甩开膀子干了起来。顿时，白花花的木屑上下翻飞，四处溅落。

不一会儿，雨变得密集起来，四周雾气笼罩，山林间响起一片"喊喊嗽嗽"的声音。我抹了抹额头、发间的雨水，此时，我听见下方传来沉闷急促的斧声。

"喂，哪个在下面啊？我的树要倒了，让一下哦！"

"晓得了。""地不平"粗声粗气的声音传了过来。

"咔嚓"一声，水实树倒下，压塌一方竹林，砸落一片水珠。

我斩断树尖，剔去枝丫，正准备扛木头时，"地不平"颠了上来。

他看了看木头两端的断口："我还以为你要整成尿筒口，短不到你还是夹窝下生疮——老手。"

砍成"尿筒口"，是初学砍树、初次上山的人常犯的错，就是只砍树的一个部位，树断后断口呈斜边形状，若不将断口处斩齐，在下山放木头时，断口的斜边常常会插入很深的淤泥中难以拔出。

"我从十三四岁就开始砍柴，这点儿常识还是有的。"面对"地不平"的感叹，我轻描淡写地说。

"附近找不到人。走，帮我一下。我一人弄不住，要是倒在岩下就完了！""地不平"终于暴露了他来此的真正目的。

来到"地不平"砍树的地方，看了看他选的树，我疑惑起来："你这棵野杉树，做椽子要不完，当中柱又不够大，能做啥？"

"地不平"狡黠地一笑："这么大的雨，整那么大的树，哪个遭得住！整小的工分又少，划不来，就是这种不大不小的安逸，又省气力又多挣工分。反正是直接交到大队，哪个在给你把细看。"

"你也太精了！"我嘴上说他，心里却叹服他的狡猾和多心眼。

"地不平"砍的这棵树，离岩边有三五米远，由于树干较长，倒下后自身的重量和惯性作用会使它跌入三四十米高的悬崖下的河中。唯一的办法是把它固定住，不让它往山下倒。

"地不平"对准砍口，挥动斧头，又是一阵猛砍，渐渐地，杉树连着的部分越来越少，开始晃动起来。

"差不多了，快点儿把你的索索拿出来。""地不平"急忙扔掉斧头，拿出钉牛，将连着钉牛绳子的这端紧紧地缠绕在势边的一棵大树上，然后将另一端拴在被砍的杉树上。我连忙掏绳索，一不小心将馍馍带落到地，沿着斜坡"骨碌碌"地滚下山去了。

"哦呵，晌午饭没得了。"我懊悔不及。

"嗨，你的馍馍还烙得圆，滚得远。安逸，老子看你吃啥子！""地不平"幸灾乐祸。

"哼，我是好心没好报！"我恼怒地瞪了他一眼，没好气地说。

"地不平"见我动怒，忙陪着笑脸："掉了算了，我这塔有，等哈我们打伙吃。"

说话之中，"地不平"接过我的绳子，把一端牢牢地缠紧在杉树上，我们握住另一端的绳头，背朝山的方向，喊着"一、二、三，嗨"，用力地往怀里拉。

树慢慢地倾斜，发出"嘎嘎嘎"的声音，响声开始越来越大。

"快点让开，树要倒了，不要砸到！""地不平"吼了起来。

说时迟，那时快，我们同时向树的两旁急速闪开。

"嘎……嚓嚓……咚"，庞大的杉树顺着山势轰然倒下，在地上颠了颠后，终于停止了滑动。粗的那头已经伸出岩边两三米远，好险！

去掉树的多余部分后，我和"地不平"一人抱住树干的一端，缓缓地将树抱离了岩边。接着，我们一人扛着一头，分别将野杉、水实扛上坡，扔到了林边泥泞的小路上。

"整累了，歇口气。"

"地不平"的提议正合我意。我们一屁股坐在木头上，胸口急促地起伏着，呼出一团团粗气。此时的我们，像两只抹满泥浆的叫花鸡，显得狼狈不堪。

"地不平"从怀里摸出裹在油纸里的一个玉米馍馍，掰了一大半递过来："来，干点。"

"你体力消耗大，吃多的，少的给我就行了。"我有些过意不去，推辞着。

"贫下中农上讲台——讲屙礼。我饿惯了。再说你的馍馍还不是为我落的。"

我不再客气，接过馍馍，就着雨水，贪婪地、大口地吞咽着。

这时，"地不平"叹了口气，像是自言自语，又像是对我说：

"唉，阿里阿妈岁数大、身体不好，弟儿又小，劳力少，不是图高工分，懒得来受这凯罪！"

顺着他的话题，我向他解释起"挡草"和"打伤红公鸡"的事，他把手一摆："算了，都过去那么久了。那些事也怪不得你，你也是身不由己。"

"云峰，我现在真的服你了，有文化，干活儿也行。嗨，我们本县的知青硬是厉害！"

"人都是逼出来的！就像你的腿不方便，还不是照样上山干重活儿、苦活儿、累活儿吗？"我向"地不平"讲起了童年、少年时抖玉米疙篼、控树疙篼、上山砍柴的陈年往事。摆谈中，他和我之间的"前嫌"，慢慢地冰消雪融了。

简单地充饥、休息后，体力恢复了不少，我们将钉牛钉紧在木头的粗端，开始拖、拉木头。

这是一个约45度的坡，到山顶大概有1公里的距离。路，已被经常拉过的木头轧出了深深的溜槽，连绵不停的雨使它更加滑溜泥泞，沟的两边堆积着黑色的淤泥。我和"地不平"将绳索背在肩头，蹬着弓步，伸长脖子，一手抓住路边的树枝，竹子，一前一后，拖着沉重的木头，深一脚、浅一脚，艰难地向前挪动着脚步。湿透的衣服紧贴着背，脸上已无法分清是汗水还是雨水。

山顶越近，坡度越陡。凭一人之力，要将木头拖上去，是十分吃力的事。我和"地不平"改单兵作战为协力行动，一人前拉，一个后推，我们连拉带推，喘着粗气，终于将两根木头弄到了山顶平地处。

我迫不及待地把几乎虚脱的身体放倒在松软的草坪上，摆成一个"大"字，尽情地享受着卸掉重负后的惬意和松弛。最困难的时刻已经过去，放木头下山，然后扛到大队，相对来说是较为轻松的事。唉！今天的劳累疲惫倒是挺过去了，可明天、后天呢？这样的日子，日复一日，何时才是尽头呢？我的青春、我的抱负、我的命运、我的前途，难道就是"日出而作，日落而息"一辈子面对黄土？……想到这里，我的心里就像坠了块石头，沉甸甸的。

缠绵的雨，收敛了它的淫威，太阳从云层中露出了笑脸。雨后初晴，群峰如黛，苍翠欲滴；林间，鸟儿鸣啾；天空湛蓝如洗，飘浮着朵朵白云。仰躺山顶，白云似乎触手可及，天地似乎连在了一起。

这时，我突然想起了电影《追捕》中的精彩对白：

> 杜丘你看，
> 多么蓝的天哪。
> 一直走下去，
> 你就会融化在蓝天里。
> 走吧，
> 一直往前走，
> 别往两边看
> ……

此刻，我好想把自己化成水滴，蒸发升腾；好想把自己变成山间的岚气，袅袅上升，然后，轻轻地、轻轻地融化在蓝天里。

2006 年 11 月 22 日至 24 日　稿　改
载于《雅安知青史料》（芦山卷·2008 年）

我的知青岁月片段——参加知青会

昨天下午，我接到了公社今天召开知青会的通知。

公社召开知青会，是不定时和无规律的。多则三五个月一次，少则一年也难得开一次。参加知青会，是所有的知青们共同盼望和向往的事。一来队里按一个劳动日，记一天的工分（10分）；二来知青之间也趁此聚聚、沟通沟通。当然，更重要的是可以吃到一顿免费的午餐，打一次"牙祭"，这在物资匮乏、凭票供应的年代；对缺乏经济来源、油荤严重不足的知青们，无疑是一件天上掉馅饼的好事。

睡到九点钟，我才伸着懒腰、打着呵欠从床上爬起来。下乡以来，每天都是迎着太阳出，戴着月儿回，睡眠严重不足，好不容易才遇上这种"十年难逢一闰"的机会，我当然不愿、更不会轻易地放过。

漱洗、生火、做饭……

一碗面条送下肚后，我出发了

开会的时间是十点。农村的会很难准时开起来，起码得推后半个小时左右，知青会更不例外。对知青们来说，开会的内容并不重要，中午的那一顿饭才是最值得关心的事。

到了开会时间，才稀稀拉拉地来了十多个知青，还不到全部知青的三分之一。会迟迟开不起来，来的知青几乎都聚在公社礼堂里看打乒乓球。

表演的主角是理着平头、长得脸方面黄、个头不高的公社武装部的骆部长。能打乒乓球的知青轮番上场，都被他三下五除二地斩于马下。

"你们知青中还有凶的没有？都上来。"骆部长嫌对手太弱，意犹未尽，发出挑战。

"大家看我的。"知青褚成兴，大声应战，接过球拍与骆部长战了起来。

褚成兴是一名成都知青，已经下放了五六年，由于他言语诙谐，巧舌如簧，讽刺挖苦成性和爱提虚劲，生产队、大队、公社干部都对他头疼不已，却又无可奈何，因而每次招工、参军也总是和他无缘。

经历一番顽强抵抗后，褚成兴仍然败下阵来。

"嗨，好久不打手生了。凭我当年的水平，你肯定不是我的对手。"褚成兴提了提虚劲，然后又小声地咕哝了句，"这虾子硬是有点儿厉害！"

"你就爱提劲打靶！你那臭球能赢我！我看你是鸭子死了嘴壳壳硬！"骆部长一脸不屑，接着环顾四周，得意扬扬地说："我看你们知青打球的技术太差，水平不行，没有一个是我的对手！"

"部长，我来向你学习学习。"面对得意忘形、趾高气扬、大言不惭的骆部长，年轻人争强好胜、不计后果的特点让我终于按捺不住。没想到我的一时逞勇，竟为日后埋下了一个不大不小的祸根。

正要散去的知青们见有好戏可看，又纷纷围拢来，褚成兴更是在一旁为我呐喊助威。

在学校读书时，我的体育爱好就是打乒乓球。初中开运动会时，我拿了全校的乒乓球冠军；高中时，我是学校的乒乓球校队代表之一。我暗暗观察了骆部长打球的风格、发球的特点、扣球的线路，他的水平虽然不差，但我要战而胜之，还不是坛子里头捉乌龟——手到擒来的事？

每局 11 分，每人轮换发 5 个球。在知己知彼的情况下，我像秋风扫落叶似的打了他一个 11：4，围观的知青们见我为他们争了光，都开心地嚷了起来。

此时，骆部长的额上已布满了密集的汗珠，他脱掉了外衣，露出鲜红耀眼的运动衫，提议再打一局。

第二局里，他对我的打法有了一定的了解，但对我声东击西的发球线路和侧旋、上旋、下旋、转与不转的变换发球以及势大力沉、刁钻的斜线、直线扣杀，防不胜防，很快又以 6：11 再丢一局。

骆部长满脸涨得通红，心里雪亮，再打下去，仍是孔夫子搬家——尽是书（输），不打呢，面子又放不下。正在左右为难之际，公社邮递员进来通知开会，于是他顺坡下驴："好，去开会。我前边打得太累，劲儿都用完了。下次肯定赢你。"

开会的地点在公社学习室。面积有 10—20 平方米，室内摆放着几排木制桌椅，陈旧的墙壁上，贴着一些伟人语录和流行的宣传画。

会议由分管知青的公社竹副书记主持。此人约 50 岁的年龄，目光阴冷，马脸上缀着几粒细小的麻子，下唇上长着几根稀疏的虾米胡须。因他做报告、发言、讲话，总爱在语句末带着一个"喔"字，大家都在暗地里叫他"喔书记"

"喔书记"皱着眉，看了看为数不多的知青，清了清嗓子，干咳两声，说起了开场白：

"今天到会的知青不多，很不像话喔。简直是无组织、无纪律性喔。我们要对迟到和缺席的人员进行统计，告诉生产队，不得记工分喔。现在我开始点名喔。

被点着名的知青，因慵懒而显得有气无力地应答着。

"褚成兴……"

"在……这……塔……"褚成兴学着当地社员的口音，拉长了声调大声回答，他那滑稽的神态引得我们忍俊不禁，捧腹大笑。

"喔书记"的马脸显得更长了，他的嘴唇翕动着，细麻子急速地颤动起来："你装什么怪？你就不能好好地回答？喔！"

褚成兴一副可怜相："竹书记，你冤枉我了，我咋敢装怪。我是牢记你的教导，虚心接受贫下中农的再教育，向贫下中农学习呢！

"喔书记"脸都气青了："年纪轻轻的，就不晓得学好喔。"

"竹书记，你这话是跟毛主席唱反调！毛爷爷说'人民群众的语言丰富、生动、形象'，我怎么是不学好呢？"

"喔书记"的脸由青转红，恶狠狠地盯了褚成兴一眼："你是茅厕头的青缸石——又臭又硬，别太狂了，有你哭的时候喔。"褚成兴有恃无恐，满不在乎地撇了撇嘴："竹书记，你别动不动就拿招工、参军来吓人，我已经做好了'八年抗战'的准备。我的老把子很快就要退休了，接班是硬政策，你放也得放，不放也得放，到时你就是自来水开关——球法（球阀）了！"

平日里，知青们都对这个善弄权术、心胸狭隘、报复心强的分管知青的副书记没有好感，但因涉及个人今后的前途、命运，又不得不对他敷衍应付，委曲求全。而那些被他在招工、参军时死死卡住不放的知青，对他则是恨之入骨。现在看见他出洋相，大家的心里都泛起了无比的快意。

开场白唱不下去，"喔书记"只得匆匆地进行下一个节目，即转入会议的主题：读报纸、学文件。

报纸还没读到一半，又传来了哄笑、喧哗声。

原来，这是褚成兴故意将屁憋住，然后用力一挣，发出"乓"的一声巨响所产生的轰动效应。看着我们一手捂着嘴和鼻，一手不停地扇，褚成兴挤眉弄眼，满脸得意。

"喔书记"又气又恨地挥动着报纸，几根虾米胡须不停地上下颤动："你的牌子硬是多！一点儿也不自觉，喔。一粒老鼠屎打烂一锅汤，你就不能忍忍喔。"

"竹书记啊，我也是和尚的脑壳——没法（发）。忍了半天，忍不住哇！为了赶开会，早饭都没吃，肚子闹罢工、提意见。你老人家批评得对，我无组织、无纪律性，下次放屁前，一定先向你请示、汇报，获得批准再放喔！"

我们被褚成兴说话的语气、神态逗得前仰后合，开怀大笑。"喔书记"哭笑不得，无可奈何地摇摇头，继续进行他的"重要议程"

冗长的报纸读完，枯燥的文件学习开始。参会的知青们都流露出一种不胜其烦的表情，或倚或靠，斜倚后仰，姿态各异。有的交头接耳，窃窃私语；有的托腮沉思，目光迷离；有的闭目养神，状似假寐；有的伏在桌上，流着涎水，发出鼾声。褚成兴则昂着头，一边悠闲地吐着烟圈，一边低声地哼着改了词的"样板戏"：

盼星星盼月亮
只盼着开饭的钟声快快响
只盼着回锅肉早点来到我身旁
······

歌声使我的肠胃蠕动开始加速，歌声如催眠曲令我昏昏欲睡。"喔书记"念的文件内容，我是一个字也没听进去。

"当当当……"公社开午饭的钟声，终于在期待中响了起来。"喔书记"抬腕看了看表，收起了文件。

我们的精神陡地亢奋起来，欢呼着涌出会议室，拿碗抢筷，抢占有利位置。顿时，"叮叮当当"的筷碗敲击声不绝于耳，而此时突然冒出的十多个知青和我们会合在一起，使公社饭堂变得像赶场一样拥挤、喧哗、嘈杂起来。

20多个知青将两张大圆桌团团围住（公社干部单独打饭菜），一张桌三样菜：一斗碗蒜苗回锅肉，一大盘芹菜肉丝，一大盆红白萝卜汤。哦，还有附加的一碟胡豆瓣。

饭菜上桌，人声渐渐地弱了下来。我和早已饿急了的知青们舞动筷子，"埋头苦干"。那一副"筷子拈到，嘴里含到，眼里盯到，心头想到"，筷子你来我往，两腮不停地凹凸、喉管不断地起伏的饕餮众生相，至今仍清晰浮现，历历在目，终生难忘。

这是我当知青以来，吃得最好、最快、最开心的一顿饭！我真希望这样的知青会能多开、常开、年年开、月月开、天天开！可惜"好花不常开，好景不常在"，以后再也没开过知青会！

美好、甜蜜、幸福的时光，总在短暂的瞬间。因为短暂，才使人趋之若鹜，才显得弥足珍贵且令人难忘和留恋！

2006 年 11 月 28 日至 12 月 1 日　稿　改

我的知青岁月片段——那一份情感

搬到"公房"不久，我便认识了生活中一个平凡而又难以忘却的姑娘。

一天傍晚，收工回家，刚把米淘好下锅，借着灯光的照射，我看见门口站着一个抱着鲜活水灵蔬菜的十七八岁的姑娘。她，黑里透红的肤色，丹凤眼，鹅蛋脸，笑起来露出一对好看的酒窝，一条乌黑发亮的长辫垂至腰间，一件裁剪得当的碎花外衣，将她匀称丰满的身材衬托得恰到好处。她就是记分员的妹妹——队里的妇女组长王霞。

我打量的目光，让她的脸上浮起了一层红云："阿哥喊我给你拿点儿蔬菜来。"

瞌睡来了枕头。我正愁没菜下锅，就有人送菜上门。我心中大喜，连声谢谢。

"都是自家地里的东西，又不是啥子稀奇的宝贝，有啥好谢的。"她笑笑，摆动着长辫消失了

没多久，队里开始薅二道玉米打整地，三人一组负责一片地，打整地的草交队里按斤头记工分。我恰巧被分到了妇女组长负责的这个组。

薅玉米打整地，主要就是把玉米旁的土疏松，然后垒好，将周围的杂草拔除割掉。这项活路是细活儿，看起来简单，做起来不易。

到了地头，组长和另一女社员，犹如比赛似的干开了。劳

动工具在她们的手里，犹如使用绣花针似的熟练灵巧，可在我的手中，犹如千钧棒似的沉重和笨拙。她俩边薅玉米边打整草，一会儿就薅了一大片，弄了大半背篓，而我却还在原地踏步，草也仅仅是把背篓底盖住。

看着我笨手笨脚的样子，组长大步跨了过来。"别着急，我来帮你。这大笔杆也不是一天、两天就能握好的。"

见我有些难堪，她嫣然一笑，酒窝浮现："我们山里人说话直，不会弯环倒拐，你别怄气。"

她干净利落地帮我薅完玉米，然后又拿起镰刀，"嚓嚓嚓"地割起地头坎边的草来，长辫在她的背上左右摆动着。

"组长，差不多了。你休息一下吧！"看着她为我忙碌，我的心里涌起了内疚和不安。

"你也喊我组长？"王霞有些不高兴，她的胸部急剧地起伏着，然后用手背抹了抹汗，"我就叫你峰哥，你就叫我的小名'芬子'吧！

我有些难为情："喊你的小名，那太没礼貌了吧？"

"这有啥呀，你比我大，是哥啊！我哥也是这样喊我的。"

我无法拒绝她的真诚。

她变戏法似的从包着的毛巾中拿出一个玉米馍递过来："峰哥，给你。我在推面时加了些豆子，做出来的馍馍很好吃的，你尝尝。"

"你自己吃吧，我不饿。"我客气地推辞着。

"你是不是瞧不起，嫌脏啊？"她沉下脸，垂下了丹凤眼。

"不是、不是，我是怕你没有。"我急忙解释。

她的脸顿时由阴转晴，"我带了两个呢！一人一个"，说到这儿，她调皮地向我眨了眨眼，"你不是喊我组长吗？组长关心组员应该的嘛！"

　　我朝远处的那个女社员的背影，努了努嘴："那她呢？你怎么不关心一下？

　　王霞佯装嗔怒地盯了我一眼："她有人关心，你就别狗拿耗子——多管闲事了！"

　　我的心里忽地涌起一股暖流，我咬了口馍，口里、心中荡漾着香甜。

　　"嗯，好吃！"

　　"你吃得惯、爱吃，我二天经常给你拿。"

　　后来我才知道，王霞的父母过世早，她很小就和哥哥相依为命。家境的贫寒，使她初中未读完便回家务农，小小年纪便挑起了生活的重担。由于劳动出色，培养妇女干部时被推选为妇女组长。一点儿蔬菜、一个馍对她来说，算不了什么，可对我这个独处异乡、无依无靠的人而言，却是一种莫大的关心。我在感激之余寻思着，以后能帮她做点儿什么。没想到，机会还真的来了。

　　这天晚上，我刚上床不久，就听见"笃笃笃"的敲门声。

　　"哪个？"休息被扰，我有点儿没好气。

　　"峰哥，是我。"

　　听出是王霞的声音，我急忙穿衣起床。

　　"哦，是芬子。坐坐坐，什么事啊？"我把她让进屋，经她倒了杯水。

　　她的脸被寒风吹得红扑扑的，她双手捧着搪瓷茶盅，赧然地说："峰哥，这么晚还来找你，影响你睡觉了。"

　　"你还跟我客气啥，有什么事说吧！"

　　"明天大队要开妇女大会，喊我发言，我想写个发言稿可我文化水不平，写了半天，也没写多少，想请你帮个忙。"

　　"这小笔杆也不好握吧！"我心里早已答应，却故意逗她。

　　她嘟起了嘴："还当哥呢，报复心真强，人家求你，你就熬起了。"接着，她扬了扬眉毛，"你到底帮不帮啊？"

　　"帮，当然要帮。不帮你帮谁啊！你是我的组长，组员帮助一下组长，应该吧！"她甜甜地笑起来，露出好看的酒窝；"你真坏，老是学人家。"

　　我问了问开会的内容，看了看她写的发言稿，便伏在桌上写了起来。大约用了半小时，便完成。

　　"你看看要得不？"

　　"写得真好！符合我们农村的实际情况。我看得懂，她们也听得懂。唉，书读得多就是不一样！"

　　"读得多顶屁用！还不是握锄头把！"

　　"读在自己的肚子里，早晚总有用。我想读还读不成呢！"她感叹着。

　　"峰哥，时间有点儿晚了，那我走了。"

　　"我送送你吧。"

　　"不了，不了，又没几步路。你还是早点儿睡，明早还要出工呢。"她不等我回答，便"噔噔噔"地迈开步子，甩动长辫，很快消失在黑夜中。

　　光阴荏苒，秋尽冬至，春去夏来。一年一度中最繁忙的"红五月"到来了。

　　农村的五月，正是农忙"双抢"（抢收小麦、抢栽水稻）的季节。很多时候，从早上起来，要忙到下午的两三点钟才能回家做午饭，常常是饭还没吃下肚，又要出工了，而这一去就一直要干到天擦黑才落屋。

　　这天，为赶在大雨到来之前抢割几亩小麦入仓，我和社员们又忙到蛙声四起才收工。

　　打开屋门，冷锅冷灶。劳累了一天，真想倒在床上好好地睡一觉，可饥渴交集迫使我强打起精神，生火做饭。

浓浓的炊烟，穿过竹笆缝隙，向"公房"的四周扩散。熊熊的火焰贪婪地舔着锅底、锅壁，屋里有了暖意和生机。

这时，我听见了熟悉的脚步声。

"峰哥，饭做好没有？今晚吃啥呀？"

"刚发燃火。还有啥吃的？还不是烙馍馍、打面汤！"

"今天是端阳，怎么还吃这些啊？！"

"哦，今天是端午节！"

"独在异乡为异客，每逢佳节倍思亲。"一想到有节难过，有家难回，有父母亲人却难以相聚，我的心沉重起来。

"哥，你不高兴啊？是不是想家了？"

我没有回答，叹了口气。

"哥，你就别想那么多了。你把我当你的亲人不就行了吗！我今天就是来陪你过节的。"

"我要是真有你这样的好妹妹，那就好了！"

她好看的丹凤眼一眨不眨地看着我："只要你愿意，我可以当你一辈子的妹妹。

"你是嫌弃我吧？我没文化，又土又丑。"她有些幽幽地说。

"你说哪儿了。我现在是泥菩萨过河——自身难保，怎么能连累你呢！"我急忙搪塞着，赶快转换了话题，"芬子，你来我这儿有事吧？"

她拿出藏在身后的一长串粽子，脸上浮起迷人的酒窝："只顾说话，差点儿忘了。昨晚我多包了些粽子，中午搞不赢，现在给你送来，煮热就可以吃了。"

"这么多我一人可吃不了，你也没吃吧？"

她点了点头。

"那我再做点菜，烧个汤，一块吃吧？"

"嗯。"她高兴地应着，接着便在灶上忙开了。

饭菜上桌，她先剥了两个粽子放到碗里，双手把碗递过来："哥，你肯定饿惨了，快趁热吃吧！"

我不好意思接："你先吃，我自己来吧。"

她似乎看透了我的心思："你还讲啥子礼啊！妹敬哥是应该的呀！"

我无言可对，夹着粽子大口大口地吃起来。这是用上等糯米、红豆浸泡后和着半肥半瘦的腊肉，用新鲜的粽叶包成的粽子。吃在嘴里，油而不腻，黏软清香。在远离亲人的地方，能吃到这样美味的粽子，口福不浅。

"嗯，香，真好吃！"我模糊、含混地称赞着。

"那你就多吃点。"芬子看见我的吃相，想笑又忍住了。她细细地嚼着，我很快就吃完了两个，可她连第一个都还没吃完。

我打着饱嗝，抹了抹嘴，放下了碗筷。她一见，不由分说地抢着收拾起来。望着她忙碌的身影，我心中无限感慨：这样美丽大方、勤劳善良的姑娘，谁娶了她都是一种福气！

"哥，在想啥呢？"芬子的问话，打断了我的胡思乱想。

"没、没、没想啥。"我有些慌乱起来。

"芬子，你忙了半天，赶快休息休息。"

"没啥，比家里轻松多了。"

她在小木凳上坐下来，眼光在屋内扫了扫，像发现新大陆似的："哥，你会拉琴啊？"

"嗯。不过，拉得不是太好，还将就吧！"

"那你拉一首，让我听听。"她的眼中充满了期待。

我从壁头上取下挂着的二胡，坐在床边，调了调弦，"想听什么歌啊？"

她抿嘴一笑："就拉我们队上'那个人'的歌。"

我心领神会地点了点头。我知道她说的"那个人"指的是"扎妥"，她要听的歌也就是电影《芦笙恋歌》中的那首《婚誓》。随着手腕的抖动、指尖的颤动，琴声顿时弥漫开来：

> 阿哥阿妹情意长
>
> 好像那流水日夜响
>
> 流水也会有时尽
>
> 阿哥永远在我的身旁
>
> ……
>
> 弩弓没弦难射箭
>
> 阿妹好比是弩上的弦
>
> 世上最甜要算蜜
>
> 阿哥心比蜜还甜
>
> ……

"真好听，我真羡慕他们。要是我也能像他们那样，那该多好啊！"说到这儿，她扑闪着丹凤眼，"哥，你说我会有那一天吗？"

我心中一动："像你这样漂亮、能干的好姑娘，当然会找到如意郎君啦！"

"人家跟你说真的，你总是嬉皮笑脸当耳边风。我不理你了。"

"好，好，好，都是我乱说的，哥向你认错。你愿意，哥还舍不得呢！"我半开玩笑半认真地说。

"真的？！"芬子的两眼顿时明亮起来，好看迷人的酒窝又浮了出来，此时，她显得开心极了。

……

生活在那个动乱的年代，耳闻目睹的是"大字报"、大辩论、大批判和一个接一个的政治运动，从小接受的是"正统"教育，对于儿女之情、男欢女爱，我在那时的确显得有些懵懂无知。

如果我没有参军、读书、招工、接班的机会；如果我的命运没有转折、不发生改变；如果没有知青的大返城，我不知道这份朦胧的情感，最终能否发展为爱情！能否将一个美丽、善良、能干的少女的憧憬变成现实！我也不知道当这份情感转化为爱情时，最终带给她的是无尽的爱还是永远的伤害！

随着命运的转折、时间的流逝，这份纯洁无瑕、美好真挚的朦胧情感，最终被定格成遥远而又甜蜜的回忆。

2006 年 12 月 10 日至 13 日　稿　改
载于《雅安知青史料》（芦山卷·2008 年）

我的知青岁月片段——腊月"吃血汤"

进入农历的十冬腊月,天气越来越冷,农活儿也渐渐地少了起来,用庄稼人的话来说,叫"活路上坎"。在这个时候,要做的农活儿主要是"点小春"(点麦子)和挖板地了。

节气"冬至"一过,就可以杀年猪、炕(熏)腊肉了。从冬月初几开始,队里就有人家户,陆陆续续地开始杀年猪了。在 20 世纪 70 年代,居民(非农业人口)吃肉是凭票供应,每人每月定量供应一斤猪肉;而在农村中,社员将猪喂肥后(每头不得少于 130 斤)交给公社食品站,交一半吃一半。经济比较富裕、劳动力多的社员家庭,一般都是交一头吃一头,而经济条件差的人户,就只好交半边吃半边了。

队上的劳动日虽然不高,但靠山吃山的独特地理位置和自然环境,决定了粮食足够吃。尤其是那些人口多、劳力足的家庭,挣工分换来的粮食更是绰绰有余,而粮、草的丰茂,也为年猪的喂养打下了良好的物质基础。

这天下午,在地头挖板地放哨时,副队长的老婆便喊我晚上到她家去"吃血汤"。

副队长的老婆叫王玉菲,颀长略显单薄的身材,大眼睛,瓜子脸,薄嘴唇,能说会道,做事泼辣,大嗓门,急性子,与憨厚老实、性格温和的副队长形成了鲜明的对比。她原是生产队的妇女组长,因嫌得罪人而甩手不干后才由王霞接任。副队长的老婆虽说已入"徐娘半老"之列,但仍给人一种风韵犹存之感。

冬月的白天比较短，收工不久，天色如迟暮老人的眼睛，变得浑浊、昏暗起来。

走进副队长家的堂屋，系着蓝布围腰的女主人便从灶房走了出来。

"来了。先坐下烤下火，饭一哈哈就好，"说到这儿，她便开始埋怨副队长，"他要占到在屋头刹贴，揉了半天还没把饭整好。看他做事，我心头就鬼火冒。"

副队长在灶房里瓮声瓮气地回答："面饭马上就蒸好，炒菜快得很，你忙啥子。"

"你还不忙！客人都坐了一堂屋，你还要挨好久？"

"还早，还早。大家摆一下龙门阵耍。"我息事宁人地说。

灶房的对门有一间小屋。小屋的正中，有一个挖了约半尺深，长宽约二尺，四周用石块砌成，用来烤火取暖的火塘。此时，火塘的四方已坐满了等候"吃血汤"的亲戚、朋友和社员。火塘中的木柴，熊熊地燃烧着，不时传来一声轻微的爆裂声，腾起的烟雾，不断地熏烤着挂在火塘上方楼板上，一块块五六斤重、二指膔宽的白净、新鲜的猪肉。

"扎妥""地不平"见我进来，打了声招呼，挪了挪屁股，让我坐下来。

围着暖暖的火塘，大家兴高采烈地冲壳子，脸上洋溢着掩饰不住的喜悦。在农村，"吃血汤"毕竟是一件值得高兴的事，一来大人孩子可以改善生活，二来也是图个热闹、喜庆。

不一会儿，菜便摆上了桌。蒜苗回锅肉、葱叶炒猪肝、红萝卜肉丝、青头萝卜汤。每桌一瓶从公社供销社"开后门"买来的酒。菜冒着热气，令人馋涎欲滴。

"把大家饿安逸了，快点儿来坐起，大人娃娃分开坐。趁热吃，多吃点儿。"女主人殷勤地招呼着，然后又对我说："乡坝头，就是这些菜。不晓得你吃得惯面饭不？"

"没问题，吃得惯。我也是乡下长大的。"

山区地多田少，大米稀少，因此，吃玉米馍馍的时候多。遇上办喜事、修新房、杀年猪等大事情，主人待客和客人享受的最高、最好的待遇就是"吃面饭"了。所谓"吃面饭"，就是先把玉米面蒸熟，再把少量的大米下锅煮到六七分熟时，用筲箕沥起来，然后将两者掺和在一起搅匀后，最后上甑子蒸熟食用。

"玉菲姐，你还少了样菜。""地不平"坐上桌，就有了新发现。

"你硬是好吃！""扎妥"趁机说了句。

女主人往桌上扫了一眼："你看我这记性，把'头刀菜'放在灶门间的碗柜上就搞忘了，马上就端来。"说到这儿，她问了问副队长，"喊你喊的人都到齐没有？"

"松联大哥在县上开三天会，来不了。其他的都来了。"

"'头刀菜'来了，"女主人把白菜煮血旺端了上来，"没得啥子菜，大家都不要讲礼，一定要吃饱。酒呢，就只有那点点，将就了。"

回锅肉一口咬下去，满嘴流油；滑爽的肉丝送入口中，喷喷香；"头刀菜"放进口里，鲜嫩可口；霜冻过的萝卜，炕和微甜。

此时，满屋热气腾腾，空气中荡漾着肉香、酒香，猜拳、行令、喝酒的吆喝声不绝如缕。

……

冬、腊月对于农家来说，是较为清闲的日子；进入腊月，更是农家的闲月。这时，小春已经点完，板地也挖得差不多了，剩下的也就是一些鸡毛蒜皮的小活路，而在这个时候，杀年猪的人家户也一天一天地多起来。有时，队上一天就有几户人杀猪，"吃血汤"都吃不过来。这种有吃、有喝、清闲自在的日子，使人顿生"神仙也不过如此"之感叹。

"吃血汤"中，让我有负疚感的是一次未吃成的血汤。

腊月初几的一天，收工刚拢屋不久，一个10岁左右的小男孩便跑来对我说："知青叔叔，阿爸喊你不要整饭，到阿里去吃。"

这个男孩的父亲叫李本仁。李本仁是上门户，长得身材结实高大，颧骨稍凸。因名字谐音的关系，队上的人都叫他"日本人"。他一家三口，由于是地主家庭出身，平时在队里也抬不起头，没有说话的地位，因而显得少言寡语。

我知道"日本人"请我"吃血汤"，是感激我帮他写过一封信。山里人讲究有恩必报，他们总是用最简单、最直接的方式，来表达自己的真情实意。从内心里来说，缺少油荤的我也很想去吃这顿饭，但在"阶级斗争要天天讲、月月讲、年年讲"的年代，他的家庭出身和我的家庭出身，不能不使我格外注意和心存忌惮。吃饭事小，万一被人知道，借题发挥，说我们互相勾结，上纲上线成"阶级斗争新动向"，那我的前途、命运，就彻底地被断送了。想到这儿，我叫小男孩告诉他的父亲，说我有事要耽搁很久，叫他们自己吃，就别等我了。

不到10分钟，小男孩又来了："知青叔叔，阿爸说要等到你，喊你快点儿去。"

这时，我突然来了小聪明，问了问他们家还去了哪些人。当我得知队上的干部几乎都没去时，我的顾虑更深了。于是，我只好对小男孩说，我现在有事走不了，不去了。

没多久，"日本人"亲自上门来了。听着他的诚恳话语，面对着他那迷惑不解的神情，我只能竭力地编圆谎言，"有几个同学马上要到我这儿来，让我等他们，我实在走不了。你们家的心意我领了。"

"你是不是加生我家的成分？"他对我的话半信半疑，猜测地问。

"不，不是。真的是我的同学要来。"我嗫嚅着，心中充满了愧意。

"日本人"似乎明白了，眼里写满了哀伤和失望，他拖着沉重的脚步走了。

《三国演义》中，刘备为了恢复汉室，一统天下，三顾茅庐请孔明出山相助。诸葛亮受先主三顾之请，是因其有经天纬地、扭转乾坤的济世之才，而我何德何能，仅因举手之劳却被人视为贵客三请而不至，我枉读圣贤书啊！我还是知书识理的人吗？！想我乃一漂泊异乡的"地主狗崽子"，本应和他同病相怜，但却在无意之间往他的伤口上撒了一把盐……

多少年来，"日本人"离去时那哀伤、失望的眼神，老是在我的面前浮现。人生如果可以重来，我一定不会让这种情景再出现！唉，也许生活中偶尔无心的伤害，一个人用一生的岁月也弥补不回来！

2006 年 12 月 20 日至 23 日　稿　改

我的知青岁月片段——参军梦破灭

"冬季征兵"的消息，像长了翅膀似的传遍了公社的每一个生产队。

对于知青们来说，离开农村、改变命运的途径不外乎有以下几条：参军、推荐读书、招工和接班。与招工、接班、推荐读书相比，参军的条件、要求无疑要严格得多。不仅名额有限，下乡要满两年，身体要健康，而且政治表现要好，特别是要过得了政治审查关。在进入体检关、政审关之前，如是没有生产队的推荐和大队审查的同意，那就甭想进入体检关，更别想进入下一关——政审关了！

对我而言，父母离退休还有十多年的时间，推荐上大学的机会很小，比较现实的也就只有参军和招工这两条路可走。参军，当一名光荣的人民解放军战士，是我从小梦寐以求和向往的事。虽然，参军的要求很严，尤其是在政审上，我能不能过关还是一个未知数，但我相信周恩来总理说的"出身不由己，道路任选择"这句话。况且，行不行，不试试怎么能知道呢！

这天傍晚，我来到队长家。还没开口，队长便对我说："你来得正合适，我正要找你。这次招兵，你符合条件，队上已经推荐了你，大队也同意了，下一步就全靠你自己了。哦，差点儿忘记跟你说，明天上午九点，在公社进行体检。"从队长的口中，我进一步知道了征兵的详细情况。这次征的兵种是高原兵，全公社有十几个名额，其中只有一个知青名额，被推荐的另一名知青，是和我一同插队下乡的同年级不同班的同学。

晚上，我躺在床上，心潮起伏，浮想联翩，直到凌晨的两三点钟才昏昏沉沉地入睡。

早上醒来，感觉头有些沉，两边的太阳穴发胀，但窗外的阳光却格外地温暖灿烂。

刚迈进公社大门，没走几步，就听见有人喊。

"小伙子，你是不是来体检的？"一个首长模样的解放军盯着我问。

"嗯。"我停住脚步，点了点头。

他的目光在我的全身上下打量了一遍："你是知青？"

我又点了点头。

"好！不错！"他赞许地点了下头，然后又问："你是什么文化？"

"高中。"

"有没有什么特长和爱好？"

"爱好文学，喜欢写作。"

首长的眼里掠过掩饰不住的喜悦："好啊！我们部队正缺这方面的人才！我是负责这次接兵的，你就叫我陈参谋。这样吧，你先去体检，只要你的身体没问题，我就招了你这个兵。"

幸福突然来临，辛运之神在不远处向我招手。

负责体检的是公社中心医院的两名医生，一名是公社武装部骆部长的亲叔伯妹妹——骆医生；另一名是与我的父母一起共过事、刚调来不久的陶叔叔——陶医生。体检主要由骆医生负责。

在我向陶叔叔打招呼时，骆医生有意无意地问了句："陶医生，你们认识？"

"他的父母和我一起工作多年，我是看着他长大的。"陶叔叔解释说。

视力测试正常，听力测试合格，心肺检查过关……剩下的就只有血压测量这关了。

我把衣袖用力朝上撸了撸，开始接受检查。

水银柱一个劲地往上蹿，然后慢慢地开始回落。骆医生双眼紧盯着血压器，一副全神贯注的表情，我的心"咚、咚、咚"地跳个不停。

时间仿佛凝滞，在漫长的等待中，骆医生终于从耳朵上摘下了听诊器。她那严峻的表情，给我一种不祥的预感。

"血压高"，她冷冷地甩出这三个字，然后在体检表的"血压"一栏中填上：80/140mmHg。

仿佛晴天响起一声霹雳，我被震蒙了，显得有些语无伦次："不、不、不可能！我在队里干重活、累活儿一点反应都没有，上山砍木头都没事。骆医生，再帮我量一次行不？"

骆医生面无表情："我已经测得很仔细了。"

我把求助的目光投向陶叔叔。陶叔叔拿过血压器，戴上听诊器，骆医生狠狠地瞪了陶叔叔一眼。

测量完毕，陶叔叔听了听我的心肺和脉搏后问："你感冒了？"

我点了点头。

"感冒、休息不好、心跳加速、情绪激动，血压偏高一点也属正常。"说到这儿，陶叔叔用商量的口吻对骆医生说："你看能不能让他等一会儿，再测一下。"

骆医生显然很不满意自己的"权威"受到了怀疑，她沉着脸："我忙都忙不完，那么多人，每个人都像他这样，我好久才能体检得完。"

陶叔叔见商量无效，偷偷地向我递了个眼色，并朝站在不远处的骆部长努了努嘴，要我去找骆部长帮忙。

我向骆部长讲了全部情况，他的脸上露出一种幸灾乐祸的神情。

"你说的这件事，不好整。你晓得的，这次招的是高原兵，身体要求非常严。血压高，医生说不行，我也没得法。这次不行，就下次吧！反正二天多得很的机会。"说到这儿，他顿了顿，"就是你的身体过了关，能不能走也说不定。不走也好，不然以后我打乒乓球就找不到对手了！"

锣鼓听声，听话听音。我终于明白了那次开知青会因争强好胜所带来的直接后果。2：0的悬殊比分，让他大失面子，使他至今仍耿耿于怀。找他帮忙，我是烧香找错了庙门。

东方不亮西方亮。我抱着最后一线希望，找到了陈参谋。陈参谋找到骆部长、骆医生，他们三人在离我较远的地方嘀咕着，偶尔还看上我一眼。我就像一个押上法庭的囚犯，心中忐忑不安地等待着最终的宣判。

"合议"结束，陈参谋走过来拍了拍我的肩："小伙子，你先回去，我们再研究一下，有新的结果马上通知你。别灰心，回去继续好好干。"

陈参谋安慰的口吻和充满惋惜的眼神，已经明白无误地告诉我：结果不可更改，一切已经结束，我的参军梦彻底地破灭了！

此时的太阳，似乎格外地刺眼，让我有一种眩晕感。那透过树叶缝隙产生的一个个变幻的光环，就像一串串五彩斑斓的肥皂泡，在我眼前恣意地飞舞着，然后接二连三地破灭了。阳光照在我的身上，感觉不到一点温暖，我像跌入冰窖，从头到脚冷透了。天地间的一切事物，突然在我眼前变得黯然失色。

我拖着两条灌了铅似的双腿，沿着河边的小路行着，我的头似乎更重、更沉，整个人显得恍恍惚惚。

不知用了多长时间，我总算回到了我的窝。打开屋门，我如一滩泥似的软瘫在床上。我的两眼直瞪瞪地望着天花板，脑子里一片混沌和茫然。

没想到满怀希望的我，居然在体检关就被淘汰！希望的大门刚对我打开，就迅速地关上了；命运之神刚要对我垂青，就被不幸惊跑了。哎，他们也太可恶了，连等一会儿重测一次的机会都不给我，尤其是那骆部长更是小人一个。俗话说，"君子报仇，十年不晚；小人报仇，就在眼前"，此话千真万确啊！

常言道：会怪怪自己，不会怪怪别人。谁让我逞一时之强，得罪了骆部长呢！怨谁呢？要怨就怨自己的身体不争气，早不感冒，迟不感冒，偏偏在节骨眼上感冒，关键时刻拉稀摆蛋！我是冬瓜皮做帽子——霉到顶了！命运啊，你为何如此作弄我，让我从希望的顶峰跌到失望的深渊呢！参军梦的破灭，是好运的结束，还是厄运的开始呢？

渐渐地，天色变得晦暗起来，黑夜悄悄地包围了我的小屋。此刻，我的眼前漆黑一团，看不到一点儿未来的希望。如果有酒的话，我一定会大醉一场，将所有的烦恼、忧愁、悲伤全部遗忘。古人云：长歌当哭。我在心里反复地唱着那首烂熟的《扬子江边》：

······

随着太阳出

伴随着月儿回

沉重地修理地球（哪）

是我那神圣的职责

我的命运

啊——

用我的双手

绣红地球

赤遍宇宙

幸福的明天

我们相信

一定会到来

"用我的双手",真的能"绣红地球""赤遍宇宙"吗？！不过是掩耳盗铃、自欺欺人罢了！"幸福的明天",真的"一定会到来"吗？！我怎么也找不到满意的答案。

就在我心乱如麻之际,敲门声响了起来。

"峰哥,你在不在啊？"芬子的声音传了进来。

"没关门,你自己进来吧。"我躺在床上有气无力地说。

"这么黑,还不开灯啊！"她顺手拉亮了电灯,"哥,别枢了,想开点,你是河里的水,迟早都要流起走的,现在只是机会不到,暂时停留在这塔。"

好事不出门,坏事传千里。显然,她已经知道了我体检没过关的事。我默然无语,心里更加难受。

"哥,你咋个这么迂哦,不就是没当成兵嘛！那么多人去当兵,能走的也只是极少数。再说……"她怜惜地看着我,欲言又止。

我两眼盯着她,仿佛在催促:"你说下去啊。"

她迎着我的目光,鼓足了勇气:"条件比你好的都被刷落了,他们比你还怄得凶。你有哈子好怄的！你不是一个普通的男人,更应该打直腰杆！"

醍醐灌顶,一语惊醒梦中人。是啊,征兵名额中,只招一名知青,而推荐的知青有两名,即使我过得了体检关,也闯不过政审关。况且，那名同学的政治条件、他父亲与公社干部的特殊关系（曾经是上下级关系）都是我无法可比的，而且他与骆部长也有一层亲戚关系。其实，骆部长说的"就是你的身体过了关，能不能走也说不定"之语，也向我做了暗示，我顶多也就是扮演一个"陪太子读书"的角色而已！

是的，我是一个男人。男人，就得学会坚强，就得坦然面对一切磨难和不幸，就得用笑脸去迎接生活中的厄运。世间万物中，有阳必有阴，有正就有反；人生道路上，有起必有伏，有甜就有苦。连一点儿打击都承受不了的男人，会有出息吗！鹞鹰要练硬它的翅膀，就得经受风雨的洗礼；人要长大成熟，就得经历曲折坎坷！

鲜花不是生活的全部，荆棘也不是生活的全部，参军更不是我生活的全部。"天生我材必有用""条条大路通罗马"。大丈夫立于天地之间，何愁没有一席之地！我何苦要庸人自扰，自甘沉沦呢！……

想到此，我的心中豁然开朗。我一骨碌从床上翻了起来。

"哥，你要干啥？"芬子对我的举动惊讶不已。

"芬子，你说得对，哥是男人，真正的男人是不能被挫折击倒的。"

"哥，你想通了？真的没事了？"她的丹凤眼中放射出惊喜的光芒，她的脸上浮起了醉人的酒窝。

"嗯。一切已经过去，你就放心吧！"

我微笑着拉开屋门。公房的四周黑沉沉的，站在屋外，凛冽刺骨的雾气向我袭来，大团大团的浓雾笼罩着我。

夜越黑，黎明就来临得越快；雾再大，太阳一出就会消失殆尽。是啊，秋天过去，冬天来临，春天还会远吗？

2006年12月31日至2007年1月4日 稿 改

我的知青岁月片段——看坝坝电影

夕阳收尽天边的最后一抹余晖，麻雀"叽叽喳喳"地鸣叫着开始归巢，又一天的劳作画上了句号。

收工回屋，天色朦胧。刚生火他饭，"地不平"便一颠一颠地走了进来。

"在整饭嗦。走，我们去看坝坝电影。"

"饭都还没有吃！"

"等你把饭整来干了，电影都放完了。我也没干，看了回来再干也不迟。"

"叫、叫追、追啥子。我这个人记性不好、忘性大，一下子想不起来了。"

"《追捕》？"

"好像不是这个名字。"

我搜索着枯肠："哦，是不是叫《追鱼》？"

"对、对、对！你看过啊？安不安逸？"

"我读高中时看过。是一部戏曲片，还不错。在哪里放？"

"高家岗。阿里的一个亲戚，到阿里来要时说的，消息绝对可靠。"

顾名思义，看坝坝电影，就是在露天坝子里看电影。在那个年代里，十天半月，甚至有时一个月也难得看上一次电影，看电影比打"牙祭"还难，遇上这样的机会，一般我们都不愿意轻易放过，但这个片子我已看过，况且肚子还饿着，我有些犹豫不决。

"不要挨了，再挨一哈哈，就看不到开头了！"

"地不平"急了，使出了"杀手锏"，来了个釜底抽薪，不由分说把我灶门里的火熄灭掉，彻底断了我的"后路"。

"还有哪些人要去啊？"

"管他们的。闲事少管，走路伸展。"

"地不平"边说边拿起我灶房里的干竹篙，扎了个火把。

我们刚走出公房不远，便和"扎妥"等几名社员碰上了。大家打了一下招呼，会合在一起，便急匆匆地往"高家岗"赶。

"高家岗"是我们大队的一个生产队，也是大队所在地，距我队有两三公里的山路。因所处的地理位置在山岗上且姓高的人家户居多，故名"高家岗"。这儿有与我一同下放的两个女知青（一个是同年级同学）。

到达"高家岗"，天已黑定，电影尚未开始放映。总算没有白赶，我们都松了一口气。

露天坝子里，已是人头攒动，摩肩接踵。近处、远处的社员，像涓涓细流，从相同和不同的小路上、从高矮不一的瓦房、茅屋中，扶老携幼，争先恐后地向这里涌来。坝子的正前方，白色银幕的四角，已被麻绳系住拉直，拴在两旁的圆木上。坝子的正中，简陋的方桌上面，摆放着8.75毫米的放映机，机头上的灯光，在夜色里让人感到十分亲切。公社放映员正在忙碌着。

来迟不落大头。既没好位置，也无板凳。我们来的人不少，我也不愿去麻烦女同学借凳子，于是，就只好自己想方设法找"座位"了。

我们从路边、地里搬来较为平整的石头，抹掉上面的泥土，安放在距银幕不远的地方，坐了下来。

电影吊胃口似的迟迟不开映。干部开始讲话：大队支书讲了，大队长讲，大队长讲完，民兵连长讲，民兵连长讲完，生产队队长又接着讲。内容不外乎就是一些当时的形势、烦琐的生产安排和注意安全之类的老生常谈。想早点看电影的社员们早已等得不耐烦，在一旁聊个不停，整个坝子变得闹哄哄、乱哄哄的。

"简直是懒婆娘的裹脚布——又臭又长，讲那么多，哪个在听啊！""地不平"早就按捺不住地骂开了。

"就是。太酸当了。好不容易来大队看回电影，都被他们弯酸个够。"同来的社员附和着说。

"他们总有讲完的时候。讲完就没得讲了。当干部也有当干部的难处，有时不讲几句又不行。""扎妥"咂巴着粗大的叶子烟开了腔。

"哼，你倒会围到他们说。说到你们当干部的了，你就不安逸！你们了不起，下不了台。"正一身癞子找不到地方擦痒的"地不平"，找到了发泄的对象。

"你是疯狗啊，到处乱咬。关我啥事，你给我打燃火。我要殃点嗦！""扎妥"开始"迎战"，奋起还击。

针尖对麦芒，两人就像两只斗红了眼的公鸡，互不相让地、激烈地啄斗着。

我本想劝上几句，熄了"战火"，但知道他俩是君子动口不动手，况且电影也还没有开映，让他俩吵吵打发一下时间也好。同来的社员们似乎也抱有同样的心态，都来了个徐庶进曹营——一言不发，乐得在一旁挤眉弄眼，看热闹。

在漫长难挨的等待中，放映机上的灯终于灭了。刹那间，偌大的一个坝子变得鸦雀无声。"地不平"和"扎妥"偃旗息鼓，争吵画上了句号。

这是一部越剧电影。描写秀才张珍，与丞相金旁之女牡丹自幼订婚，后因亲亡家败，至金府投亲。金家上下均嫌张贫，令其在碧波潭草堂攻书。日久感动潭中鲤鱼，化作金女牡丹模样与之相会。而后真假牡丹、真假包公大闹金府……真相大白后鲤鱼精舍弃了修炼千年的道行，最终和张珍结为夫妻的凄美的爱情故事。

影片拍于20世纪60年代，是我国第一部使用特技摄影的戏曲片。在文化生活十分贫瘠、电影又刚刚解禁不久的年代，这对我们来说，无疑是一道美味的精神快餐。时隔两三年后，再次观看此片，仍让我感慨万端，仍让我像社员们一样看得津津有味。

我们随剧情的起伏而叹息、悲愤、感动着。当看到为了和心上人结合，鲤鱼精宁愿褪去修炼千年道行而被观音菩萨用神火焚烧，疼得死去活来，翻滚跳跃，忍受万般痛苦时，全场响起一片惊叹和唏嘘之声。

……

终场的灯亮了。顿时，呼儿唤女、寻兄找弟声，此起彼伏。我们拍拍屁股，站了起来。此时，远道而来的社员们在坝子的四周，燃起了一支支冒着浓烟的火把，"地不平"点燃了火把，我们披着夜色，踩着高低不平的山道，踏上了归途。

一支支燃烧的火把，映红了漆黑的夜空，像一条长长的火龙，缠绕在蜿蜒起伏的山腰。渐渐地，火把犹如一颗颗飘动、闪烁的星星，最终融化在茫茫的夜色之中。

2007年2月24日至25日　稿　改

我的知青岁月片段——别了我的知青岁月

悠悠岁月中，时间进入20世纪70年代的第八个年头。这年的冬天似乎来得特别早，也显得特别冷。

清晨，我和社员们又来到了浓雾迷漫的改土工地。

改土工地位于队里前山的山腰，一面开始褪色的"农业学大寨"的大幅横标，孤独地在寒风中猎猎飘扬。通俗地说，改土就是将高处的土挖掉，搬到低处的地方填上，使新造的地变得平整，然后在地边上用石礤（石条）砌上，谓之"保坎"，用来防止水土流失。在挖土的过程中，还得将长在上面的杂树、竹子、灌木等砍掉，将根刨掉。如果遇到大石头，就得用钢钎、二锤打上炮眼，装上炸药，将它炸掉。

"这鬼天气，人都要冷死了。""地不平"一到工地，就开始骂了起来。

"就你一个人话多，大家都过得，你过不得？""扎妥"和"地不平"仿佛天生就是一对冤家，两人在一起，总有扯不完的筋。

"你们两个就是一对鸡公，见了就抓（啄）。文化不多×话多，男人生张婆娘嘴。"心直口快的王玉菲忍不住了。

副队长见老婆开了腔，在一旁咧着嘴笑。

"大家不要挨了，各干各的事。砍树的砍树、挖土的挖土、砌'保坎'的砌'保坎'，动起来就热和了。"队长见社员们仍在看热闹，开始发话。

冻土，硬得似铁。一锄下去，地上只留下了一个浅浅的黄色印痕，虎口却被震得隐隐作痛。

在这天寒地冻的早晨，社员们的心里十分清楚，要不被冻伤、冻坏，只有用力干活儿。就连一向爱梭边边的"地不平"，现在也不停地挥动着十字镐，刨着埋在土中的石头。

人声在突然之中消失。锄头触地的沉闷声、十字镐与石头的碰撞声、钢钎与二锤的撞击声、镰刀与斧头的砍伐声、急促的喘息声……演奏出一曲改土工地的交响乐。大团大团的热气，拥着浓雾的庞大身躯，轻轻地飘逸，寒冷开始慢慢地撤退。

手脚一活动开，身体开始暖和，社员们的话也就渐渐地多了起来。从田边地角到堂屋灶房，从天下大事到家长里短，都成了摆谈的话题。习惯了山里人的粗犷豪爽，听着他们无所顾忌的谈笑和令人脸红心跳的粗话、荤话，也就不足为奇了。

我机械地挥动着劳动工具，思绪犹如潮水翻腾不息。

几天前，县财贸系统开始在全县范围内招工。当我得知这一消息，参加完县上举行的象棋比赛赶回公社时，报名已经截止了。抱着一丝侥幸心理，我找到了区社的黄主任。

"黄叔，我想问一下，供销社的招工结束没有？"

"哦，是小云。报名早就结束了，你咋个才来啊？"正在下棋的黄主任抬起头来，惋惜地说。

"我在县上参加运动会刚回来，才晓得招工的事。"我心中泛起懊悔。

"哦！我还以为你瞧不起、不愿意呢！"

"不是，不是。确实是我刚刚知道这个消息。"我见黄主任的语气有所松动，急忙申明态度。

"那你愿不愿意啊？"

"愿意，愿意。"我忙不迭地回答着。

"你的情况，我比较清楚。我跟上面说一下，争取给你补报一下。你先回去等候通知吧！"

记得一位名人曾经说过：生活是喜剧和悲剧的不断重复。当你满怀希望，以为十拿九稳会获得理想和圆满的结局时，现实生活却给你当头棒喝，让你从希望的顶峰坠入失望的深渊，正所谓：希望越大，失望越大；而当你认为"山重水复"、希望渺茫时，一个不经意的念头和想法的突然冒出，却使你的命运出现"柳暗花明"的转机，从而产生一种"众里寻他千百度，蓦然回首，那人却在灯火阑珊处"的感觉。

从我的内心里来说，参加财贸系统的招工，并不是心血来潮、一时冲动而做出的轻率决定，是在经过一番长久的思考、反复的权衡后才下定决心的。

全国恢复高考后，我连续参加了两年高考，但都以失败告终。第一次失败，在于我好高骛远。动乱的年代中，本来就没学到什么知识，高中每学期的数、理、化课本，都是薄薄的，而就连这点儿可怜有限的课堂学习时间，也常常为各种名目繁多的学工、学农活动所侵占；英语课本，更是充斥着许许多多时髦的政治口号和名词。基础本不足，知识没学到，却不知天高地厚地去填报"清华""复旦"等名牌大学，对于中专学校的填报却不屑一顾，自断退路，失败也就成了顺理成章和理所当然的事了。如果说第一次的失败，主要是主观原因导致，那么，第二次的失败，就带有一种宿命的色彩。平时，身体壮实的我，居然在考试期间患上了痢疾，拉起了肚子。在每科考试短短的2——2.5小时里，竟然跑了三四次厕所，监考老师见此情形，也只能同情地摇头叹息，考试的结果就可想而知了。

参军，感冒——血压增高；高考，患痢疾——拉肚子。冥冥之中，上天似乎早有安排。我不能不怀疑，命运的无形之手，在时刻左右着我。一同下放的同学，已经走了两个（一个参军、一个考上体校）。而我，参军走不了，高考考不中，也许这就是我的命吧！眼下物资紧俏，到供销社工作是一份令人艳羡的职业。不过，我总觉得这份工作和我的志向、爱好、兴趣相去甚远，不是我理想的职业和最佳的选择。但长年累月的面朝黄土、无休无止的原始耕作、病痛寒冷时的孤苦伶仃等实际问题，又不得不使我变得现实和功利。

"人生不如意之事，十之八九。"在人生道路的选择上，没有一劳永逸的事。既然如此，我又何必去刻意追求十全十美的结局呢！一切顺其自然吧！如果此次能走成，那就把它作为脱离农村、离开"苦海"的一块跳板，等以后机会成熟时，再另想他法，重新选择了！

"放哨了，大家休息一哈哈儿，接到干。"队长的话，打断了我的遐想。

活路一停，寒冷又开始浸入身体。社员们捡来枯树枝、干竹子点燃，然后围成一个大圈取暖。浓烈的烟雾，打滚翻身般地升腾，凛冽的雾气急速地向四周逃遁。

"昨晚的电影才安逸，老子还想看一遍。"身闲嘴不闲的"地不平"，对印度故事片《大篷车》津津乐道。

"你以为老子不晓得，你就喜欢看女的大奶奶。""扎妥"揭了"地不平"的底。

"那奶奶又嫩又胎，你不喜欢？霍（哄）鬼呢！你就是鸡脚神戴眼镜——假充正神。老子的婆娘，要是像那个女的，睡着都要笑眼醒。"

"你们两个，没得名堂。一天到晚，就把这些挂在嘴上，动不动就是奶奶、乖嘴，越说越展劲，硬是没把我们女的当人看！"王玉菲实在听不下去，出面干涉了

"玉菲姐，我们是摆闲条的。我是有贼心无贼胆，说得凶，

没影踪，图嘴巴热和，你别当真。""地不平"知道惹不起老妇女组长，赶紧举白旗。

"地不平""扎妥"一闭嘴，工地便安静多了。就在此时，喊声传了过来。

"喂，你们队上的知青在这儿没有"

我的心中一动："在这儿，啥事啊？"

随声而至的是公社邮递员，他喘息未定地对我说："区社黄主任喊我给你带个信，要你明天到区社报到学习半个月。"

邮递员的话声刚落，社员们便像一群麻雀，"叽叽喳喳"地议论开了。

"地不平"瞥了我一眼，用跑调的声音唱开了：

......

经历了多少苦难的岁月

你才迎来了今天的好时光

......

"扎妥"吸了口叶子烟，轻轻地吐出烟雾："嗨，糠箩筐跳到了米箩筐。"

王玉菲快人快语："你这下安逸啰，马上就是国家干部，到时敲钟吃饭，盖章拿钱，安逸得很！"

副队长憨厚地笑着，队长的脸上露出难得的笑容，芬子则垂下了头。

......

没想到，此次被招工如此顺利。人生中，总有许多难以预料和没有想到的结局。如果我能想到，财贸系统之后的招工单位、工种、条件会一个比一个好；如果我能想到，一个多月后，神州大地会掀起"知青大返城"的强劲风暴；如果我能想到，这次决定，会给我12年以后的重新选择带来那么多的艰难曲折，那我一定会非常耐心地等待，哪怕忍受再多、再苦、再痛的煎熬。

人生的机遇，犹如海滩拾贝。在只能拾取一个的前提下，人们看见第一个贝壳时，有的匆忙拾取，有的毅然放弃。匆忙拾取的人，唯恐没有第二个或再也拾不到比第一个更好的贝壳；毅然放弃者，满以为前面还有比这更好的贝壳，等到寻觅不着，回过头来时，第一个贝壳已被别人拾走。其实，匆忙拾取和毅然放弃，都是一种冒险和赌博。在寻觅的过程中，有可能拾到比第一个更好的贝壳，也有可能拾到的还不如第一个，当然，也有可能一个也拾不到。究竟会出现哪种情况，事前是无法预料和难以做出准确判断的。

15天后，学习培训结束，我最后一次回到生产队。处理完"后事"（炊事用具、劳动工具送给社员），就只剩下简单的行李——一床薄被和一个土气的、用来装衣物的小木箱了。简单地来，简单地去。人来到世上，本来是简单的，只是社会、生活、环境等后天因素，使人最终变得复杂起来。即将离开之际，我心中最大的遗憾，就是新岗位报到在即，无法等到芬子从县上学习归来，不能向她当面告别，倾诉我心中对她的感激之情也许这种不告别的告别，对我和她都是一种最为恰当的告别，它使我们免去了一些离愁别绪。

暖暖的阳光，照着峰峦起伏的群山、破旧的房屋、黄色的土地。社员们都出工去了，偶尔传来的公鸡啼鸣声，打破了农家的静谧。

人就是这样奇怪，没离开时，千方百计地想着离开，可一旦到了真正要走时，又变得恋恋不舍，滋生出一种眷念。大山用宽厚坚实的胸膛，热情地拥抱着我；山里人用真诚挚朴的感情，深深地打动着我；寒冽而甘甜的山泉，像母亲的乳汁哺育着我。在这片贫瘠而又富饶的土地上，留下了我青春流逝的痕迹有我纯真而又朦胧的感情，有我歪斜而又坚实的脚印，有我痛苦而又甜蜜的回忆。忘不了，阴雨连绵的早晨点小春；忘不了，寒风刺骨的冬日挖板地；忘不了，乍暖还寒的春日打土巴；忘不了，打着火把，翻山越岭去看露天电影；忘不了，顶风冒雨，伐木在深山密林里……

时代决定了个人的命运。个人的命运，永远和祖国的兴衰荣辱紧密地联系在一起。我们这一代人，从出生的那天起，就注定要和厄运、不幸结伴同行。长身体时，遇上了"三年严重困难"；长知识时，发生了"文革十年动乱"；要工作时，响应伟大号召"上山下乡"；返城工作后，又遇上强调学历、重视文凭……

孔圣人说得好："天将降大任于斯人也，必先苦其心志，劳其筋骨，饿其体肤，空乏其身。""艰难困苦，玉汝于成。"我们在无奈的人生选择、艰辛的生存环境、恶劣的劳动条件、困苦的生活中，变得成熟；我们在挫折和打击中，学会了坚韧、坚毅、坚强。知青岁月中最大的收获，莫过于此！

诗人泰戈尔说过："苦难是人生的最好老师。"人生犹如四季，既有春光明媚、秋高气爽的好日子，又有夏日炎炎、寒风怒吼的坏天气，人生因曲折而显得瑰丽多姿。从这个意义上说，没有甜酸苦辣的人生，不是完整、完美、真正的人生！

回首望望，身后的田园农舍，依然恬静、安详，耳畔隐约传来改土工地的声声号子。伫立片刻，我又一次挪动脚步。

别了，苦与乐、悲与喜、忧与欢、恨与爱的日子！

别了，我人生长途上，那一份纯洁无瑕的朦胧情感！！

别了，我生命岁月中，那永远难以磨灭的知青岁月！！！

2007 年 1 月 14 日至 17 日　稿　改

后记：

　　一晃 30 多年过去了。30 多年中，我先后回过生产队两三次，因为时间的关系，总是匆匆而去，匆匆而回。尽管只是短暂的停留，但队上的变化却是十分明显。许多破旧的住房，已被漂亮的新房代替；过去褴褛的衣衫，已被新潮时髦的服装替换。生活的富裕，更将他们热情好客、真诚待人的特点表现得淋漓尽致。诚恳的话语、挚朴的感情、坦荡的心胸，使我的心田再次泛起滚滚暖流……

　　我时常怀念着那山那水、那草那木、那片土地，深深地思念着魂牵梦萦的山里人。我是大山的儿子，我还会再次扑进母亲温暖的怀抱里。

　　我忘不了大山、忘不了纯朴诚挚的山里人！

　　载于《雅安知青史料》（芦山卷·2008 年）

办案日记——风雨征途

四月一日 TUE　A3

铅灰色的云团在头顶急剧地涌动，淅淅沥沥的清明雨提前降临。

在邛崃市马湖乡一个偏僻的山村里取完证，天已擦黑。

从早上到现在，滴水未进，每个人的肚子都"咕咕咕"地叫着，早就唱开了"空城计"。看到当事人家中四壁透风，点着黑烟腾腾的煤油灯，抬出杀猪长凳，让我们坐的特殊待客方式，办案纪律的不允许和担心大雨来临被困从而影响取证计划的顺利进行，为此，我们谢绝了主人的真诚挽留，忍着饥饿的煎熬，钻进了"北京212"吉普车内。

飘洒的雨，使黄土机耕道变得泥泞。路中央，堆积的淤泥几乎接近车的底盘；路的两旁，凹陷的辙印中积着深深的泥水。车在狭窄溜滑的路上颠簸，扭起了"迪斯科"，我们与车共舞，五脏六腑舞之欲出。

没想到不足5公里的路，车居然开了约一个小时。当车冲上乡上公路，我们都异口同声地欢呼起来。"吉普车"轻快地低吟，徐徐地停在路边的小食店外，我们的肚子已经忍无可忍。

用最快的速度为肚子落实政策。风雨声中，我们远离了一片片稠密的灯火，远离了一个个乡村。黑黝黝的群山、黑黢黢的峡谷、黑洞洞的深渊，如一头头恐怖的怪兽张着巨口，人、车随时都有被吞噬的危险。

车外，大雨如注。密集的雨点，砸得车头、篷布"噼里啪啦"地作响。风裹着雨，雨夹着风。雾越聚越多，越来越浓，包围着弱小的"吉普车"，车灯如年迈老人浑浊的眼，昏暗的光线，照射仅几米远。寒风不断地透过缝隙，往车里灌，我们蜷缩在车里，心里暗暗祈祷：愿此行顺利平安！

吉普车在蜿蜒的路上，像蜗牛似的缓慢爬行。拐过一个弯，又一个弯；爬上一个坡，又一个坡。到了，到了！车像一头不堪重负的老牛，喘着粗气爬上了山顶。

开始下山，目的地渐渐地近了。就在我们暗自庆幸的时候，车灯的光越来越暗，最后竟然熄灭了。

"碰鬼，又出故障。唉，早该换了！"

凌驾驶无奈地叹了口气，便开始忙碌。我们有劲儿使不上，只能在一旁干着急。查来找去，毛病始终找不到。

"真是急惊风遇上了慢郎中，谋事在人，成事在天啊！赶赴大川镇的取证计划看来要泡汤了！"我暗暗叫苦。

这儿是南宝山山顶，离目的地尚有一半的路程，离劳改农场也还有大约10公里。此时已是凌晨的三点多钟，在这前不着村，后不着店，没有过往车辆的荒凉山顶，死等待援，就只有当一夜的"山大王"了

"下坡滑行上坡推，到有人家户处休息，如何？"

我的提议，立即得到了大家的一致认可。此时，我备用的小手电筒也派上了用场。凌驾驶右手紧握方向盘，左手伸出窗外，打着手电，轻踩刹车，驾车慢慢地向前滑行。

电筒的光，在锅底般黑的夜幕里，显得惨淡而微弱，风雨

仍在肆虐。凌驾驶不时地踩踩刹车，以此来降低滑行的速度。当一个个急弯、陡坡到来，我们的心便不由自主地一阵阵狂跳；当我和同事拖着疲惫不堪的身体，在泥水中蹒跚着步子，吃力地将车推上一个又一个坡时，脸上、身上，已分不清究竟是雨水还是汗水了。

似乎经历了一个漫长而又难熬的世纪，车终于停在了邛崃市南宝山供销社门外。谢天谢地，我们长长地嘘了一口气。

四周一片静谧，春夏之交的夜晚寒气沁人。我们在不远处找着一家鸡毛店。敲了半天的门，店主用手电，从门缝里对着我们照来照去，直到我递上工作证，他反复地看了几遍后，才打开门。

店主是位健谈的老人，他告诉我们："这里离劳改农场很近，时常有犯人逃跑。前几天，两个犯人逃出来，抢了我们这里的一户人，还杀伤了人。听你们的口音不是本地人，天又这么晏，怕你们是逃犯，不得不小心。真对不住你们。"

老人边解释，边把我们往房间里领。"都四点多钟了，你们赶快休息。没想到你们办案也这样辛苦，还有女同志，不简单啊！"

明晃晃的灯光，使人倍感亲切；洁净而略带润湿的素花棉被，让我感到温馨。与那些早已躺在被窝、做着美梦的人们相比，我们的确不幸；但与执意留在外面守车、至今仍在经受风雨袭击的凌驾驶相比，我们拥有的幸福何止十倍！每个人，只有在最危险、最困难、最需要的时候，才能深刻领会到"幸福"一词的真正含义。

天亮，风停雨住。鸟儿在枝头鸣啾，缕缕雾气冉冉上升。山尖上飘浮着朵朵白云，天边露出一抹朝霞。一夜的风雨洗礼，群峰青翠欲滴，更显妩媚。我们贪婪地呼吸着清新的空气，告别了一生难忘的南宝山，告别了店主老人，精神抖擞地踏上了最后行程。

1998 年　稿

2011 年 6 月 10 日　改

让人间充满爱

——"春雨工程"旺苍行纪实

阳春三月，我踏上了旺苍之路。

此行路程上千公里，来回四天。周五出发，周日晚上回蓉，周一才能返家。由于涉及上班的时间，行前曾担心能否请到假。当我将情况向领导说明后，领导慨然准假，我的旺苍之行也就得以成行了。

匆匆地处理完工作上的事，时间已是11点多，我开始了第一站的行程。

从县城到达雨城交通车站，不到12点半，离15点半的会合时间尚有3个多小时，而要赶到会合地点西藏饭店，大约需要两个半小时的时间。满以为时间充裕，却没想到外出打工的人挺多，12点半到成都新南门的票早已售罄，下一班的发车时间又太晚，我只好立即打的到旅游车站，看能否买到13点之前的车票。

旅游车站的情况，同样让我失望。此时，心急火燎的我，不得不退而求其次，选择一条较远的线路：到西门车站去乘坐到成都石羊站的车，然后，再换乘公交车，赶往会合地点。

谢天谢地，终于买到了12点40分到成都的票，我松了一口气。汽车徐徐离站，一颗悬着的心，才彻底归了位。

途中，"春雨工程"的"曾经动心"打来电话，要我到站后原地等待，他们来车接我。我心中大喜：免了再受转车之苦。

16点许，我终于和志愿者"曾经动心""鱼鱼天上飞""打火机是我"会合。

车在高速路上快速平稳地行驶，窗外的景物一闪而过。绵阳路口上车的"小四"，为我们的"旅途"增添了不少活跃的气氛。

天气晴朗，麦苗青，菜花黄。可一想到贫困山区的孩子读书难，我的心就像压了块石头，沉甸甸的。

暮色四起，华灯初上时，到达了广元市。在一小饭馆里，我们快速地往饥肠辘辘的肚子里填塞了些食物后，来不及浏览一下市容风貌，又匆匆地上路了。

一小时左右，我们的身影出现在旺苍县城的街头。住宿安顿下来，我们就近找了家茶楼，一人一杯最便宜的茶，借此场地，探讨、斟酌、商量此行的有关事宜、注意事项和明日的行程。

次日7点多钟，在路边小食店里，每人花了平均不到3元钱，搞定了早餐。马达低鸣，我们一行5人开始了当天的行程：看望走访"两校"（盐河小学校、大两小学校）被认助的贫困生。

离开盐河小学，穿过旺苍县城，车一驶上通往大两小学的路，便颠簸起来。渐渐地，山越来越高，路越来越险。离大两乡尚有18公里时，泥泞的路已使小车无法前行。好在已和学校取得联系，杨校长带着"面包车"赶到了。

车在坑洼不平的盘山险路上颤抖。头上是高耸入云的山峰，脚下是奔腾湍急的河流，这让我想起了家乡那狭窄、陡峭的矿山公路、悬崖峡谷。有所不同的是，这里的山，四处都是黄土和裸露的石头，草木稀少，犹如和尚的脑袋，远没有故乡的青翠。

同行的老师介绍，大两乡山高、地多、田少，土地贫瘠，几乎不产蔬菜，没有场集，老师们吃的蔬菜，全靠从三江镇运上去；乡民们吃的菜，大多是自做的豆豉、辣椒、豆瓣。小学的住校生，小的七八岁、大的十二三岁，从家里到学校，少则走一两个小时，多的要走三四个小时的羊肠小道。周一至周四住校，周五下午放学回家，周日赶到学校。一个 15 平方米的房间，安 6 张床（上下铺），每张床睡 5 个人（上铺 2 人、下铺 3 人），住 30 个学生。在学校，80 分以上的成绩，算是优秀。住校学生的生活，仅仅是校伙食团蒸一碗白米饭（米由学生自带），菜是学生从家里带来的腌菜、榨菜、豆瓣和校外小食店里买的香辣酱……

我的心被强烈地震撼，在这样艰难困苦的条件下，教书育人、追求知识，要耗费多少的心血、得有多大的毅力啊！

短短的 18 公里路，居然行驶了近一个小时，到达学校，已是下午的四五点钟。由于正逢周六，学生回家尚未到校，我们在校长办公室稍作停留。"小四"见缝插针，用全校唯一的一台电脑，发出了"旺苍途中报告帖"。接着，我们便开始了下一步的行动：走访看望贫困生。

走访看望的第一个学生，是家住大两乡幸福村六组的一年级学生杨桂兰（女，7 岁）。她的家在距学校 5 公里路程（机耕道 3.5 公里、上山路 1.5 公里）的半山腰中。

学校找的"拖片车"，把我们送到机耕道的尽头，我们安步当车，开始步行上山。随同前往的还有学校的正、副校长和一名老师。他们指着挺立在山腰的一棵核桃树对我们说："那里就是杨桂兰的家。"民谚云：抬头看见山，出门走几天。看着近，走着远，1.5 公里的路不算长，可由于山高坡陡，走起来并不轻松。

爬上一个又一个坡，走过一道又一道弯，累得我们拉风箱似的喘着大口大口的粗气，心剧烈地跳着，仿佛要从胸膛里蹦出来，额头流着汗，背上黏乎乎，腿像灌了铅似的发沉。我们一行 8 人，走走停停，停停走走。随着路的延伸、坡度的增高，我们之间的距离拉得越来越长……

一块平坦的天然巨石，倒放在半山中；一幢黄土垒成的房屋，矗立在巨石旁。两间小屋：灶房里，靠门的火塘中，半明半暗燃烧的柴火，熏烤着吊在铁丝上的一把黢黑的小茶壶，大锅中装着半青半黄、尚未做好的腌青菜；住室里，没有窗户，床上的被子破旧而凌乱，地上高低不平，几根圆木支撑着倾斜的墙壁、檩子。

看着破旧的住房，听着杨桂兰父亲木讷的回答，我的心里很不是滋味。

走访看望完第三个贫困生，四周已是一片漆黑。返回路上，凹凸不平、硬硬的山道，使我在一下坡处扭伤了脚。随后，鱼鱼险些重蹈覆辙，好在他年轻，反应机敏，最终化险为夷。我拖着一条伤腿，硬撑着走到停车处。

回到学校，脱掉鞋袜，右脚背靠外踝关节处，肿起了铜钱大一个包。学校的老师，为我找来"红花油"，我不停地涂抹、揉着患处。睡觉的时候，只得采用和保持仰卧、左侧卧睡的姿势。

当我醒来，天色已大亮。屋外，天空中飘洒着牛毛细雨，山间缭绕着蒙蒙雾气。这是，我细细地打量着大两乡的山形地势。大两小学，背靠高耸入云的双峰（也许这就是校名的来源吧），面对挺拔的群山。山脚下，一条清澈的小溪，潺潺地流着；校门前，一条不足 20 米长的"街道"公路，蜿蜒着通向山里、山外。与盐河小学相比，无论是自然条件还是学习环境，这里都逊色了许多。

大概是下雨的缘故，老师们通知的被认助的 42 名学生，只来了一小部分，我们只好耐心地等待着。在老师的帮助下，我见到了被认助的四年级小学生——仲 × ×。

这是一个文静而又腼腆的 9 岁女孩。她，衣着朴素，脖子上挂着的细线上拴着几把钥匙。起初，她的脸上没有一点儿笑容，问一句，答一句。从交谈中得知，她的父母（生父在她 4 岁时去世）过完年后，已外出打工，家中还有年迈的爷爷、奶奶和年幼的小弟。在家时，要帮着做一些事。从家到校要走 1—2 小时，家里每周给她 5 元钱，作为生活费。上学期的数学、语文成绩，均为 70 多分。

当我把带来的衣物、学习用具交给她时，她爱不释手地抚摸着。她还没有见过、使用过这样"高档"的学习用具。生长在贫困山区的孩子，其学习条件、生活环境，令我百感交集。

很想带她到校外的小食店去吃顿饭，但时间已经来不及了；很想多给她一点儿钱，买些生活用品、学习用具，但为免她产生依赖心理，仅给了少量的钱，算是尽我一点儿小小的心意！在我看来，对孩子精神上的鼓励，比物质上的给予更重要！

10 点多钟，借用的一年级教室里，陆陆续续地来了 22 名被认助生。室内光线较暗，10 多平方米的教室，竟然密密麻麻地安了二三十张简易的课桌，50 多个学生的坐凳五花八门：长凳、方凳和圆凳。简陋的学习环境，让人感慨万端。

……

霏霏细雨中，我们告别了大两小学。此次旺苍之行，每个志愿者都是饭没吃好，觉没睡足。值得一提的是，"曾经动心"作为一名女性，和我们一起，饱受奔波疲惫、舟车劳顿之苦，走访看望，自始至终，不能不让我深深地叹服；"打火机是我"一人驾车，行驶近千公里的路程，确保了我们此行的平安往返，功不可没。同行的志愿者们，都为"春雨工程"旺苍行尽了自己的绵薄之力。但与几十年如一日，长年累月，坚守在山区，传道解惑，教书育人，一生没到过省城和旺苍县城一次的老师相比，我们所受的这点苦，就微不足道了！只要孩子们能在祖国的大花园里，健康、快乐、幸福地成长，成为对社会有用的人，我们再苦再累，心里也会充满欣慰、甜蜜。

慢慢地，简陋的学校、贫困的学生、贫瘠的山区，被转动的车轮甩到了身后。然而，那一张张天真无邪的脸庞，那一双双渴求知识的眼神，却老是在我的眼前浮现。出身无法选择，贫穷不是罪过。同样都是孩子，他们的智商、身体、毅力并不比城里的孩子差，他们应当拥有幸福生活的条件和愉快学习的环境。每一个有爱心、有良知、有责任感的人，都应当真诚无私地去关心、爱护、帮助他们。"只要人人都献出一点爱，世界将变成美好的人间。

用我、你、他（她）的手，共同建造"春雨工程"——爱的彩桥；用我们的爱心行动，去播洒滋润孩子们心田的春雨，让人间充满爱。

2007 年 3 月 20 日至 23 日　稿　改

孩子，我只想对你说……

上四川《天府论坛》后，陆续地从"春雨工程"板块中，了解到贫困地区孩子们的学习、生活情况。没想到，在我国实行多年小学义务教育的今天，仍有不少的孩子因为贫寒的家庭、艰苦的生活环境和贫困的经济条件，而无法跨入校门学习或不得不中途辍学。

今年3月9日，我和"春雨工程"的志愿者们一同走访了旺苍，看望了贫困山区的孩子们，与他们进行了零距离的接触，也与我"一对一"帮助的学生进行了面对面的交流和沟通。孩子们的学习条件、生活环境令我深深地震撼。

走访归来不久，在家中和单位，分别接到了孩子和她的亲人们打来的问候、感激的电话。听着孩子稚气的问候语，我的心一直被暖暖地感动着。我想，如果我的儿子年龄和她相同，未必能做到。我认真、仔细地倾听她报告自己的学习情况，详细地了解她的整个学习、生活情况，给予她更多的鼓励和关注。对她的亲人的来电，我更多的是希望他们在学习上、生活上多多关心孩子。

短暂的接触，她留给我的印象是：善良懂事、性格腼腆，一个成绩中等的小女孩。她的来信，使我对她的了解更进一步加深。

9月初，收到了孩子写的《致××爷爷的一封信》。

故爱的 ×× 爷爷：

您好！

谢谢您帮助我，我一定好好学习，不会让您失望的，我会多看课外书，上课认真听讲，有题做不起就问老师。现在的我，已经不是以前的我了，现在的我懂事了，知道要好好学习，才能报答您的恩情。有一件事想请教爷爷

就是我除了上课认真听讲，不懂问老师问同学外，还有什么办法让我（的）学习提高，用更高的分数回报您，请您指教。

总之说来说去，我心里只数（想）着怎样报答您和怎样去提高学习成绩，怎样才能取得前五名，这些问题时时刻刻都在我的脑海里萦绕。

爷爷，谢谢您，无论怎样我都会想办法提高学习成绩。

敬祝

长命百岁！

四一班 ×××

5 月 12 日

来信用圆珠笔书写，一笔一画，字迹工整，没有一点儿墨迹，看得出是先写好后眷抄。信纸是从"工作笔记"本撕下来的，纸的四周，边缘齐整。怕我不回信，随信附了一页空白"工作笔记"纸。当地的邮戳时间为：2007.08.28.15：00；收信地的邮截时间是：2007.09.04.18：00。不难看出，孩子年龄虽小，心思细致。写这封信，有所考虑。

孩子的来信，反复提到"报恩"一词，看得出她是一个知道感恩的孩子。其实，对我而言，也就是仅仅资助了一点钱，尽了一点薄力，小事一桩，何能言"恩"！根本谈不上"恩"！

根本不值得"报"！

　　收信后的那段时间，事情实在太多，而且急等处理，于是迟延了几日方提起笔来。

　　×× ：

　　你好！

　　来信已收到。由于近段时间，单位上的事挺多，工作较忙，时间较紧，故未能及时回复你的来信，在此向你表示歉意，道声对不起。

　　关于你在来信中提到"如何提高学习成绩"的问题，思考了一下，简要答复于下，供你参考。

　　能想到提高学习成绩，说明你是一个懂得上进、喜欢学习的好孩子。据我多年的学习经验，要提高学习成绩，除了上课认真听讲，不懂就问，还得多读、多看、多写、勤于思考、善于思考。尤其在读小学时，要把基本功（读、看、写）练好，把底子扎牢，为你的以后和将来奠定坚实的基础。"多读、多看、多写、多思"，说来容易，做起较难，但只要你能持之以恒地坚持下去，必将收到很好的效果。如果你缺乏一些学习书籍和资料，可以随时来信告诉我，我一定会想方设法帮你解决。通过多读、多看多写、多思考，能帮助你拓宽视野，开阔眼界，使你的学习成绩百尺竿头，更进一步地提高。在提高学习成绩的问题上，没有捷径可走，必须脚踏实地，一步一个脚印地走下去。

　　学习的过程中，要注意保护自己的身体。在校多参加一些适合你的体育活动，以强健你的体魄，磨砺你的意志；在家做一些力所能及的事，为父母、爷爷、奶奶减轻一点点负担；在生活上一定要有规律，饭要吃饱，尽量地注意营养。父母或爷爷、奶奶发给你的生活费，不要太节约，不要亏待自己的身体。如果生活费用存在困难，可及时告诉我。

至于你在信中谈到"报恩"之语，我认为大可不必。只要你能成为对社会有用的人，长大后懂得关心、帮助贫困的学生和需要帮助的人，我就达到了自己的初衷，就心满意足了。我们的社会，还有一些贫困地区的孩子上不了学，读不了书，我们在力所能及的条件下，帮他们一把，也许会改变他们一生的命运！

最后需要说明的是，我的年龄仅比你的父母大10多岁，比你的爷爷、奶奶小了10多岁，以后就别再喊我爷爷，就喊我伯伯，好吗？

此次暂谈到此，有机会、有时间，我会再去学校看望你的。祝你好好学习，天天向上！在祖国的天地里幸福地生活，健康快乐地成长！

　　祝

健康、进步！

　　　　　　　　　　　　　　　　　　伯伯：××

　　　　　　　　　　　　　2007年9月9日于办公室

　　附：联系电话：（××××）×××××××

将信投入邮筒，才发觉还有一些该说的话，忘了对孩子说。学习生活上的事，已经说得较多，就不再唠叨多说。孩子，我只想告诉你，我只想对你说：知恩必报是做人的一种美德，施恩不图报也是做人的一种美德！

2007 年 10 月 11 日　写

注：孩子信中括号中的字为笔者所加，信的格式略有调整。

又走旺苍路

又到了春季开学报名的时间，又到了看望认助贫困生的日子。一行五人在蓉城会合，正式踏上了去旺苍的路途。

国华中学、盐河小学、三江中学、大两小学是我们此行的目的地。

前面的路，崎岖而漫长。

岁月在时间的长河里悄然流逝，不知不觉中又是一年过去。记得一位哲人说："人不可能踏进同一条河流。"这是从哲学发展、变化的观点，辩证的角度而言的。那么，时隔一年，又行旺苍，重走旺苍路，算不算"踏上同一条路"呢？！此行，人员虽未减少，但却换了些不同的面孔，也算是承前启后，继往开来吧！

阳春三月，柳丝初长。飞速旋转的车轮，将一个个城镇、一片片田野、一个个村庄，抛在身后，蓉城远了，旺苍近了。

带着风尘，拖着疲惫，我们出现在走访的学校里。顾不上歇歇气，来不及喝喝水，便开始了简单而又烦琐的"工作"议程：发放认助款；捐赠图书；询问学习、生活情况；交换意见……忙了个不亦乐乎。"春雨""鱼鱼天上飞""雨城冬雪""农场主"成了最忙碌的人。

为了等候我们的到来，学校的部分老师放弃了休息；为了孩子们的明天，两位女士在遥远的山区，度过了自己的节日——三八妇女节；为了爱心的传播，我们放弃了假日和亲人团聚的机会。这一切，皆缘于我们都是"春雨工程"中的一分子。

蓝天，白云，阳光，学校。

在大两小学的操场上，终于见到了提前到校、我认助的学生×××。为了见我一面，爷孙俩走了约两小时的山路赶来这让我在感动的同时心生内疚。

仔细端详着眼前的小女孩，她仍有以前的羞涩和腼腆。令我欣慰的是，她的学习成绩有了明显的进步。据班主任老师讲，排全班第 11 名（全班 49 人）。作为"一对一"的认助方式，认助人最关心的并不完全是被认助学生的学习成绩。成绩差点没关系，但一定要爱学习、要有上进心、要有进步。

应我的要求，她引领我到了她的住处。这是一个 10 多平方米的简陋房间，狭窄的空间安放着 6 张学生床，上铺睡 2 人，下铺睡 3 人，小小的屋子，竟然住了 30 个人，房间虽小，却打扫得干干净净，生活用品也摆放得井井有条，我震动、感慨不已。

她的奶奶是一位花甲老人，眼角刻着道道皱纹，脸上沟壑纵横，写满了人生的艰辛和岁月的风霜，看上去比实际年龄苍老了许多。老人用朴实无华的语言，不断地重复说着"感恩""报答"之类的话，令我不安和惭愧。毕竟我做得太少、太少！名不副实！！

……

太阳西斜时，我们踏上了归家的路。路在车轮下，不断地延伸，似乎无穷尽。在这条路上，还会走多少次？！还会留下多少车辙和足迹？！只要还有贫困失学的孩子需要帮助，我们就会在这漫漫长路上走 N 次！想起了一位伟人曾经说过的话："一个人做点好事并不难，难的是一辈子做好事。"是的，这就是"贵在坚持"之真谛！

2008 年 3 月 13 日　写

来自旺苍的残缺报告
——清明小长假走访贫困生纪实

走访时间：2011 年 4 月 2 日至 5 日

走访地点：旺苍县福庆乡（农经村、光辉村、牌坊村等）、万家乡（自生村、金星村）

走访人员：第一小组（紫伊、叶落知秋、旷哥、刘姐、周女士）

走访对象：贫困高中生（学校老师提供名单：李鸿、刘飘、康秦、尹术华、唐玲、曹楠、隆春梅等）

我的行程：

第一天（2011 年 4 月 2 日）：

1.9：30—12：00 从县城车站乘车至成都石羊汽车站；

2.14：50—21：10 成都一旺苍；

3.21：10—22：00 参加商量安排次日走访路线；

4.22：00—23：00 晚餐；

5.23：00—7：00 就寝。

第二天（2011 年 4 月 3 日）：

1.7：20—8：00 早餐；

2.8：30—18：30 到福庆乡农经村八社、光辉村三社、牌坊村等村走访尹术华、唐玲、李鸿、刘飘、康秦等贫困生；

3.19：00—20：30 汇总当天走访情况，参加商量安排次日走访路线；

4.21：00—22：00 晚餐；

5.22：00-7：00 就寝。

第三天（2011 年 4 月 4 日）：

1.7：20-8：00 早餐；

2.8：30—17：30 到万家乡自生村五社、金星村十一社走访贫困生曹楠、隆春梅；

3.18：00—19：00 汇总当日走访情况；

4.19：00—20：00 晚餐；

5.20：00—21：00 到旺苍东城中学看望贫困生康小燕、向彩虹；

6.22：00-7：00 就寝。

第四天（2011 年 4 月 5 日）

1.7：20—8：00 早餐；

2.9；00—14：30 旺苍一成都；

3.15：30—18：00 从成都石羊汽车站乘车返家。

走访记录：

4 月 3 日 SUNA34

按照昨晚的安排，此次参加"春雨工程"清明小长假走访贫困高中生的 13 名志愿者被分成 3 个小组，紫伊、旷哥、刘姐、周女士和我分在第一小组。我们组今天的任务是走访距旺苍县城 60 多公里的福庆乡境内的 5 名贫困生。

到达乡上，天上飘起了牛毛细雨，山区的较低气温，让我们尝到了倒春寒的滋味。为节省时间，早些完成走访任务，我们 5 人分成了 2 个小组，紫伊和我为一组，负责走访家住农经村八社的尹术华、光辉村三社的唐玲；另一组 3 名志愿者，负责走访牌坊村的 3 名贫困生。

乡上的李书记开车把我们送到通往农经村八社的岔路口时，早已等候在此做向导的村文书接上我们。村文书姓卢，22 岁，椭圆脸，矮胖，身材敦实。据他介绍，到尹术华家来回大约要走 4 个小时。

走完一段平坦的水泥路，我们踏上了窄、险、陡的山道。走山道，尤其是爬山，既要有体力，还得有经验，稍有不慎，就会摔跤。我是山区长大的孩子，走山道小菜一碟。令我感到十分意外的是，在大城市长大的紫伊，居然能走那么险的路，能爬那么高的山！不得不让我刮目相看！起初，我并不明白，她为何要把自己安排到边远的乡村，后来才知道，她是担心首次参加到"春雨工程"中来的志愿者们太辛苦、太劳累！

一段段泥泞、险峻的路；一个个溜滑、陡峭的坡，渐渐地被我们甩在身后。山腰中，一块块坡地里，金黄色油菜花在风中摇曳，散发出阵阵芳香；一片片叶子上，汪着一颗颗晶莹剔透的水珠。抬头望望远处零散分布的农家，我们加快了脚步。

到达尹术华家，已是 12 点。陈旧的房屋、简陋的住处、烟熏火燎的灶房、光线昏暗的火塘、不忍一睹的三角棚厕所，距住处百来米远的坡下小溪旁的石缝里缓慢浸出的一汪水，供着 4 户 20 多口人的生存，舀满一背水，少则 10 分钟多达半小时。据了解，这儿 70 多岁的老人，无论天晴下雨，不管山道干燥泥泞，也得背水回家中做饭……这一切，无不令人感慨万端，唏嘘不已。

我们对尹术华的学习、生活情况做了必要的了解后，又继续行程。为省时不绕路，我们请尹术华的父亲带路，抄近道前往唐玲家。

一路上，走在前面的尹父不时地挥动着砍刀，斩去拦路的荆棘、树枝，为我们开路。由于走的人少，几乎看不出是路。山路时陡时缓，枯叶铺道，脚踩上去软绵绵的，感到舒适和惬意。

爬上一个山头，尹父指着远方山峰下的一处房屋，对汗流浃背、气喘吁吁的我们说："那儿就是唐玲的家，再翻两座山就到了。"我们听后不由得吐了吐舌头。行至此地，已没退路，唯有向前。

唐玲得知我们要去她家，到乡上没找到我们后，又从家中匆匆地赶来，经过一番小周折，终于在途中接到我们。

了解、询问唐玲的过程中，她的眼泪一直不停地流，哽咽地诉说着不幸的往事和强烈要求继续读书的愿望。在唐玲家短暂停留后，我们开始返回。唐玲把我们送了很远，仍不愿离去。我们走出很远很远，回头望去，她那矮小的个子、弱小的身影仍在山头伫立，仍在向我们久久地凝望、不停地挥手……

4 月 4 日MONA2

继续走访贫困生。

越野车在蜿蜒、险要的盘山公路上向着万家乡疾驶。

万家乡是旺苍县最边远的山区乡之一。乡政府所在地与陕西省汉中市接壤，到达万家乡时，我们的手机已接收到汉中电信部门发来的欢迎短信。

曹楠家在自生村五社，距乡政府有3—5公里路程，容易找到，我们没花多少时间便完成了对她的走访。与曹楠家相比，隆春梅家住在金星村十一社，距乡政府20—30公里的路程。从"天花板"（地名）公路下车，走完一段毛坯公路，还要翻山越岭、爬山坡、走田埂、穿竹林，最后才能到达位于半山之上的隆春梅家。与昨日相比，路途虽然遥远，但险峻程度明显不如昨天。

　　我们一行五人，在隆春梅和她堂弟的带领下，走走停停，停停走走，向着最终目的地前进。

　　山道上、路途中，偶遇正在地里劳作的村民，他们或驻足停步，或放下手中的农活儿，热情地和我们打着招呼，他们的眼里充满惊讶和赞叹，笑着询问我们从何处来？到哪家去？然后详尽地告诉我们如何走、怎么行。他们的身上洋溢着真诚和挚朴。

　　全天走访结束，下山的脚步显得轻快起来。田坎路边的野韭菜、折耳根，令志愿者们欢呼起来，他们的双手忙碌起来。在采撷野菜的过程中，尽情地享受着城里人难以得到的这份惊喜和快乐。

4月5日 TUEA34 清明节

　　清明节来临，旺苍县城下起了雨，使人不由自主地想起"清明时节雨纷纷"的诗句，走访活动结束，这雨来得恰到好处。

　　说来也是奇怪，走访这几日，除了到福庆乡那天飘了点牛毛细雨，其余的时间都是阴天。也许是志愿者们的精神、爱心感动了上苍，得到的回报。

　　9点，我们从旺苍启程，返回蓉城。

　　一路上，唐玲哽咽诉说的情景、渴求知识的眼神、伫立山头的身影，始终在我眼前浮现，久久地在我心上萦绕……善良、懂事、礼貌、成绩优良的山区贫困孩子们，更应得到爱心的帮助，更应健康地成长。

　　已有两年没到旺苍，我帮助的小女孩已进入初中。据老师介绍，她的成绩居班上前几名。此次走访，颇想见她一面，多了解点她的学习和生活情况，为她提供一些帮助。然而，由于走访不顺路，未到她就读的学校和生活的乡村，心中难免留下一丝遗憾。令人颇感欣慰的是，此次参加走访活动志愿者最多，有 13 名（历次活动之最高；其中还有 3 对年轻小两口），走访了 31 名学生，志愿者们在活动中认助了 8 名贫困生。

如果我们的"队伍"，能够日益发展和不断壮大，那因贫困而需要帮助的孩子就会逐渐减少；如果人人都能奉献一点儿爱心，那得到帮助的贫困孩子就会越来越多，世界就会变得更加美丽。

再见孩子们！再见旺苍！我会再来的！！我们还会再来的！！！

2011 年 4 月 6 日至 11 日　写　改

凉山走访喜与忧

草根组织发起的"春雨工程"活动，在风风雨雨中，步履蹒跚地走过了七个年头。

每年一次的春季、秋季走访贫困生活动，成了雷打不动的主题。

走访的时间，都是利用节假日进行。走访的目的地，是旺苍县、西昌市境内的几所小学和中学。也许是机缘巧合，也许是机遇使然，旺苍去了多次，凉山却一次未去。此次，凉山秋季走访，刚好与走访旺苍的时间错开，因而得以成行。

7点，运行了九个多小时的列车，徐徐驶入西昌站。我、"春雨"、"佛跳墙"父子、"被解放"、"雨城冬雪"夫妇和她的朋友一行八人，步出车站，天边红云朵朵，朝霞弥散，浑身的疲惫消失，顿感心旷神怡。

首次到西昌，阳光如此灿烂。后来才得知，此前已经下了一个星期的雨，是我们赶上了好天气。

"大部队"和提前到达的"自由的精灵"会合后，便开始了一天的行程：走访螺髻镇小学和永安乡中心小学。

螺髻镇小学位于普格县螺髻镇螺髻山山腰，距西昌市五六十公里的路程。螺髻山，因其形状像一只硕大的海螺和妇女盘在头顶的髻而得名。车从山脚沿盘山公路螺旋似的上升，驶入学校用了约半个小时。

据学校的老师和早期参加"春雨工程"活动的志愿者介绍，

螺髻镇小学最早叫盖云顶小学，原来的教室、校舍，破旧简陋，学习环境差，教学设备严重缺失，后因中国娇子集团援建，学校终于旧貌换新颜，成了今天的模样。

学校的变化、老师和"春雨工程"志愿者们的共同努力，有些不想读完小学的学生，坚持读到了毕业；有些只想读完小学的学生，读到了初中、高中，这让我们颇感欣慰。这儿的学生几乎都是彝族学生，受民族传统风俗习惯的影响，父母对子女的学习态度、学习成绩，没有过高的要求，仅仅满足于读点儿书、认点儿字。尤其是女孩，读书发蒙迟，出嫁早，小学还未读完就到了十五六岁该出嫁的年龄。如果家庭贫困，兄弟多，女孩少，那女孩的辍学、早婚现象的发生，就更是不可避免。

在现实生活中，彝家的嫁女，实际上就是卖女。少则几万元，多则几十万元。女孩的文化程度越高，出售所获的金额也就越多。当地的一名彝族女大学生，被卖到了60多万元的最高纪录。这一方面凸显了知识的价值，另一方面也让学校的老师叹惋和无奈，我们听后也心酸不已。

记得一位哲人曾经说过：习惯的传统势力，是最可怕的势力。要彻底地根除这种陋习，不是一朝一夕的事和凭借个人的力量就可以做到的，它需要全社会的大力支持和几代人乃至更多代人的不懈努力。

2011 年 11 月 2 日　完　笔

母　爱

"一江春"小食店里，热气腾腾，食客你来我往，不时传来服务员的吆喝声。

这是一家专以经营稀饭、包子、馒头等主食，兼卖泡菜的老字号餐饮小店。稀饭的品种有：菜稀饭、豇豆稀饭、绿豆稀饭、八宝粥。包子的种类有：芽菜肉包子、白糖花生包子、豆沙包子。每次出差，都少不了来这儿饱口福。一是物美价廉、经济实惠；二是味道不错、挺合肠胃。尤其喜吃个大、皮薄、馅多的白糖花生包子。轻轻地一咬，糖、油随着口角外溢下滴，嚼着脆脆的芝麻、花生，从嘴里香、甜到了心里，差点儿连舌头也吞下肚去。

办完事，进得店来，已是10点左右的光景。此时，早饭时间早过，距午餐时间尚有一段距离，食客相对来说要少一些。选了个座位，点了一份菜稀饭、两个白糖包子、一份白味泡菜，津津有味地吃起来。

这时，一少妇手牵一个三四岁的男孩进入店内。母子二人在我的对面坐了下来。

"乖乖，你要吃啥子？妈妈给你买。"少妇细声柔气地问着儿子。

"我要八宝粥和白糖包子。"小男孩大声地叫着，一对溜圆的眼睛盯着我手上的食物。

"好、好、好，妈妈晓得我的乖乖肚肚饿了。乖乖等一下，

159

妈妈马上给乖乖买。"少妇边安抚儿子，边点食物。

食物上桌，小男孩抓起包子，大大地咬了一口，吞下了肚。

"乖乖，慢点，慢点，小心哽到（噎着）。"少妇关心之余端起八宝粥，"乖乖，来，妈妈喂。"

"嗯嗯嗯……"小男孩扭着身子，蹬着脚反对。

"好、好、好，乖乖自己吃。乖乖慢慢喝，不要烫到。"少妇伏在儿子的身边，把粥碗轻轻地放到了他的面前。

小男孩埋着头，用调羹（勺子）舀了一大勺放入口中，粥一下肚，便"哇"的一声大哭起来。

少妇见状，急忙抱过儿子，用手轻轻地、不停地拍着他的背，颤抖着声音说："都怪妈妈不好，把乖乖烫到了。不哭，不哭，乖哈。还是妈妈喂乖乖。"

少妇端过饭碗，先吹了吹，然后用调羹沿着粥的边沿，刮一勺吹吹喂给儿子，嘴里还念念有词："乖乖，你看，就像妈妈这样，先吹吹，再舀边边上的，再吹吹吃，边边上的冷得快，不烫，就烫不到乖乖了！"

小男孩眼含泪水，似懂非懂地点着小脑袋。

……

2007 年 10 月 8 日至 9 日　写　改

吃串串香纪实

发生这事已经有些日子了，本想把它深深地埋藏在心底或彻底地遗忘，但却如鲠在喉，不吐不快。

外出归家，因事需办，和朋友在蓉城稍作停留。事毕，已是暮色阑珊，华灯初上。

常言道：无事一身轻。来蓉一趟不易，不顺便逛逛天府广场、百货大楼、盐市口、人民商场，难免会留遗憾。当然，繁华而著名的青年路也是必逛的地方。逛得久了，走得累了，口里渴了，肚中饿了，就想找个地方坐下来，一来恢复体力，二来补充能量。

青年路卖服装铺子外的街沿边，一排排"串串香"摊子依次排开。每个摊子上，摆放着用细软竹签插着的一串串鲜嫩水灵的荤、素菜。小钢锅内，汤料沸腾，牛油、花椒、红辣椒等调料漂浮其上，在浓烈的汤汁中翻滚，热气腾腾，香味扑鼻，令人馋涎欲滴，脚步停滞。这种"串串香"，实际上也就是人们通常所说的"麻辣烫"。将洗净切好的肉食、蔬菜穿在竹签上，在沸腾的汤料中烫熟，在配好的油碟中蘸食。

心有灵犀一个点通。我和朋友相视会心一笑，不约而同地坐到了一张简易的小桌旁。

"大哥，来，坐坐坐。吃点啥子？荤素二角，味道巴适得很。"摊主是一看上去满脸老实本分相、二十出头、一米七左右的瘦青年。见来了客人，热情地招呼安排。

"每样先拿几串，吃完再说。"我和朋友馋虫涌动，有点儿迫不及待。

瘦青年忙碌着，拿了些串串放入锅里。他的动作显得生硬而笨拙，令我们有些不安难耐。

此时，来了一少妇。"看你笨手笨脚的样子，把客人都要撵跑完，你去整其他事，我来烫。"

少妇动作麻利，边配油碟，边烫串串。我们见烫得差不多，正要伸手去取时，少妇阻止了我们。

"大哥，别弄脏了你们的手，让我来。你们就只管动嘴，我烫你们吃。吃完数签签，每串才两毛，便宜得很。"

说话中，少妇将烫好的一些串串取下，把签签放在她的面前，把食物放入我们面前的瓷盘中。饥肠辘辘的我们，夹起食物，在油碟中蘸了蘸，连忙放进口中吞下肚，那味道简直堪比山珍海味，巴适惨了！

少妇很健谈，边烫串串边和我们摆龙门阵。她告诉我们，她是成都人，下岗后为了生存，在前边摆了个串串摊。瘦青年是她的弟弟，在前面开了个服装店，生意好得很，关铺子后闲不住，硬要摆个串串摊，才开张不久。我们忙于埋头苦干，听在耳里，支支吾吾地应付着。

渐渐地，锅里的串串越来越少，少妇面前堆的签签多了、高了起来。

吃着、吃着，我总觉得哪里有点不对劲儿，可一时半会儿又说不出来。朋友也放慢了吃的速度，目不转睛地盯着签签发愣。

我终于反应过来，串串的签签有假。

"我们没吃好久，也没吃好多，咋会有这么多的签签？"

朋友恍然大悟，附和着说："就是啊，我也在想，正想说。"

"大哥，你们咋个这样说呢！都是你们吃的啊！"少妇的神情变了变，瞬间恢复了正常。

"我们肯定没吃这么多，你的签签有问题。"朋友心直口快，声音高了起来，过客和旁边的摊主投来目光。

"那你说没吃过，行了吧？不给钱都可以。"少妇彻底变了脸。

"钱肯定要给，但你的签签不合适。看样子也有几百根签签，吃也要吃个时候。况且这么短的时间，我们根本吃不了！"朋友据理力争。

听见争吵，瘦青年赶了过来。"你们看看，我的签签又软又细，百十根也只有一点点。你们没吃，那是我们吃的啊？"接着，他对少妇说："你去忙你的，这儿的事别管，有我。"

"我们确实没吃这么多。我们跟你说过，每样拿几串，对吧？我数了下，你的品种总共也只有10个，每样几串也不到100串。"我心平气和地说。

"我给你们说过，每样多拿些。每种我都拿了一二十串。"瘦青年分辩着。

"你好久给我们说过每样多拿些？哪个喊过你拿那么多？你多拿也要给我们说一声啊！"朋友愤怒地反驳、怒斥着。

"我说了的，是你们没听见。你们想给好多就给好多，不给都可以走。"瘦青年以退为进，软中带硬。

蓦然之间，想起了前些日子在《华西都市报》上看到的有些串串香摊主趁顾客不备，偷放签签的文章。没想到我们也遇上了。

出门在外，遇上这样的事，我不想扩大事态，尽量地想大事化小，小事化了。"那你数数，多少签签。"

数了好一会儿，瘦青年才抬起头来："478。"

"就照你说的，每种给我们拿了一二十串，也没有这么多啊？你把我们当外地人、乡巴佬烫嗉！"朋友吼了起来。

"反正是你们吃的，不给那么多钱，我看你们走得了路！随便你们。"瘦青年变得蛮不讲理，语露威胁。

看着眼前面目狰狞的瘦青年，最初对他的一点儿好感，在顷刻之间荡然无存。

我强忍怒火："你不愿好说好商量，那我们就只有报案，让有关部门来处理了。"

他的脸上闪过惊慌的神情，嘴上仍然强硬："随便你报，哪个来都不得怕。"

此时12315已下班，我只好拨打110。接电话的是一位女警官，声音甜甜的。在问了原因、位置、门牌号后，让我们在原地等待，不要离开。

刚打完电话，一个中年妇人走了过来。"算了，算了，你们看给好多钱？给了走。"

"也就是100多根签签，最多30元。"我说。

朋友接过话，"30元都多了，最多给20元"

"少一分都不行！"瘦青年嚷着，中年妇人狠狠地瞪了他一眼。

"都要养儿育女，少赚点黑心钱。"朋友针锋相对。

"你不同意，那我们就等110来处理。咋个处理，咋个接受。"我的态度开始强硬起来。

眼看争吵又要升级，旁边一女摊主对我说："大哥，一直闹起不安逸。娃娃不懂事，别听他的，他妈说了算。就按你说的给。"

我看了看中年妇人，她点了点头。我摸出钱，放到桌上。

路上，朋友不解地问："咋个要给他那么多钱？你可以利用一下你的身份嘛！"

"出门在外，人生地不熟，势单力孤，安全第一，少惹事端，花钱免灾。职业只是一种谋生的手段，用来吓人未必有效。况且，有时暴露身份还会弄巧成拙。"我解释着。

"哎，你说要是没打通110，或者110又来不了，我们咋办？"朋友突然发问。

我笑了笑："打不通，也要继续打，装着打通了的样子。反正通没通，对方说什么，他又不知道。110来不了，那就随机应变，灵活处理。虽说我们没吃那么多，但我们毕竟没有亲眼看见他把签签加进去，最多也就是赊（蚀）财免灾吧！"

"没想到你还挺会演戏的，真鬼！我服了你！"朋友半赞扬半戏谑。

"这不是狡猾，是智慧和艺术，也是被逼出来的经验。出门在外，有时不得不演演戏。"我振振有词。

人在江湖漂，哪有不挨刀。生在尘世，活在世间，每个人难免都有受骗上当、挨宰的时候。人们在经历了一次次被骗挨宰后，才渐渐地变得聪明起来。"不经一堑，不长一智"嘛！

有的人哪，为了一点孔方兄，就变得面目全非、六亲不认。是我不适应这个社会，还是这个社会变化得太快？！

2007 年 10 月 9 日至 11 日　写　改

弟弟参军

对渴望当兵的我来说，没当成兵是我一生的遗憾。在我当知青的年代，曾有一次参军——改变我人生命运的机会，但由于意外的原因，终未穿上绿军装、戴上红领章、走进红色大学校——绿色军营里。每当我想起当时的情形，心里便浮起深深的失落和遗憾。

然而，没想到的是，我当年的当兵梦，会很快由弟弟帮我圆。我的当兵梦，破灭两年后，弟弟参军入伍，我也在同年的年底，离开了山区供销社，调到了父母工作的地方工作。这一年，对我们全家而言，是好事成双，双喜临门。

弟弟高中毕业不到三个月，一年一度的冬季征兵开始。高考不尽如人意，正待在家中等待安排工作的弟弟闻知此事，便成天向父母嚷着要去参军。

父母在弟弟要求参军的态度上迥然不同。母亲坚决反对，父亲鼓励支持。当时，国家正在拨乱反正，中越自卫反击战，大仗已结束，小仗很频繁。母亲是担心，弟弟缺乏锻炼，自立能力弱，受不了当兵的苦，也怕他参军后被送上前线；父亲认为，弟弟更需要到部队去锻炼。这样的机会，如果放在几年前，像我们这样出身不好的子女，连想都不敢想。不如让他去试试、去闯闯，报效祖国，理所应当。

父亲和母亲谁也说服不了谁，我一下子成了举足轻重的关键人物。

　　弟弟和我相差五岁，由于他是幺儿，在家庭中得到的宠爱自然要比我多一些，这倒也符合"皇帝爱长子，百姓爱幺儿"的中国传统习俗。基于此，他吃的苦、受的磨难也比我少得多。记得他第一次和我上山砍柴时，硬要砍一棵我拉起都十分吃力的树，劝也劝不住，结果木头拉不动，急得"哇哇"大哭，被我训斥几句后，竟弃我而去。母亲的担心不无道理，父亲的想法也合我心意。

　　我对弟弟说："参军是件光荣的事，你想参军我支持，但部队的生活很艰苦，想参军就要有吃苦和上战场的思想准备。如果是去图好耍、图虚荣，最好别去！"

　　看着我严肃的表情，弟弟认真地点了点头。

　　我投的赞成票，让弟弟参军得以在家中顺利通过。

　　报名顺利、政审通过、体检过关，接下来就是等候通知。

　　弟弟三天两头往公社武装部跑。父亲总是面带微笑，"快了！到时会通知的"；母亲的心里希望弟弟走不了，好早点儿参加工作，表面上却不动声色，"是你的跑不掉，不是你的得不到"；我则戏谑地说："面包会有的，牛奶会有的，一切都会有的"。

　　忐忑不安中，弟弟终于收到了入伍通知书。

　　父母的单位，在弟弟即将离家的头天晚上，举行了欢送会。会上，心情激动的父亲，在发言时竟将"小儿"说成了"小朋友"，引得大家掩口偷笑。穿着新军装的弟弟，应长辈们的要求，用浑厚的嗓音，唱了一首当时流行的军歌：

再见吧妈妈

军号已吹响

钢枪已擦亮

行装已背好

> 部队要出发
>
> 你不要悄悄地流泪
>
> 你不要把儿牵挂
>
> 当我从战场上凯旋归来
>
> 再来看望亲爱的妈妈
>
> ……

一曲未终，母亲已经擦了好几次眼角溢出的泪水。弟弟参军，圆我当年梦，我的心情也处于极度的兴奋之中。

第二天一大早，在阵阵锣鼓声中，我加入送兵的队伍，把弟弟送到了 10 公里外的县武装部。

一声令下，新兵登车。军车启动的那一刻，我向弟弟挥了挥手，同时也在心里为他默默祝福：再见吧弟弟！愿你从此开始新的人生！愿你像山鹰在辽阔的天空里，展翅翱翔，搏击长空！

2009 年 9 月 14 日至 15 日　写　改

风不干的回忆·旅途逸事两则

　　一个人的记忆中，有许多事会随着时间的流逝而淡漠、遗忘，但有一些事不仅不会模糊、忘却，反而会变得逐渐清晰起来。那发生在四年前的往事，犹如昨天般鲜活。

距　离

　　当我还是懵懂少年时，一首雄浑粗犷的《牧歌》使我深深陶醉。我的眼前时常浮现湛蓝的苍穹、飘浮的白云、涌动的羊群、奔驰的骏马、洁白的毡房、袅袅的炊烟……辽阔无垠的大草原，让我向往憧憬。

　　不惑之年的第九个年头的 8 月初，少年时的夙愿终于得以实现。

　　带着蒙古高原的灿烂阳光，带着呼伦贝尔大草原的清香芬芳，也带着满身的风尘，我回到了呼和浩特站。

　　出站的第一件事，就是直奔售票厅，购买回家的卧铺票。然而，情况令我大失所望：硬卧票已售到了四日后，当天的硬座票也售罄。无奈之下，只好先买明日的硬座，看上车后能否补到卧铺票。

　　被迫滞留，心有不甘。一天之中，到售票大厅去转了几趟，希望撞到好运，碰到一张退票。

　　晚上 8 点半了，两手空空，正欲离去，一个提着大旅行箱

169

的清秀瘦高的女孩迎面走来："你要买票吗？"

"我买到成都的硬卧，你有吗？"

"没有。我到张掖，不知票价多少。"

见她孤身一人带着行李，我自告奋勇地前去询问，并将结果告诉她。她听后面露难色："白天没票，晚上的又太贵，算了！明天再走，先去找住宿。"

我热心地告诉她，在哪儿寄行李，哪儿有住宿，边说边伸手帮她拎行李，她的右手往后缩了缩。

意识到自己的莽撞，走出售票大厅不远，我掏出了工作证。

"放心吧！我只是想帮帮你。"

她接过证件扫了一眼后还给我："你怎么不穿警服啊？"

"不办公事没必要。"她把我当成了警察，想想反正也差不多，我也就将错就错。

走完车站广场，我指着对面的"通达饭店"："我就住在那儿。"

"警察也住旅店啊？！"她一脸的惊讶。

"警察也是人嘛！"

为彻底解除她的戒备，我拿出身份证："你看，上面有我的照片。我是四川的。"

"四川也有我很多的朋友，有南充的，有宜宾的。"

"你是第一次出远门，怕遇上坏人吧？"我理解地说。

"我长这么大，还没碰到过坏人。不过，社会太复杂！"她自豪的话语中，戒心不减。

路口，车水马龙，来往如梭，我们停住了脚步。一会儿，绿灯亮了。

"走吧！我带你去找住宿。"

"你先过去吧。"她的脸色依然平淡、冷漠。

我的心再次被刺痛。我礼貌性地向她说了声"再见"，然后迈开大步，把她甩在我的身后。

人与人之间，最远的不是时空上的距离，而是心与心之间的差距。心灵相通，哪怕相隔千山万水，远在天边，也如近在眼前；心有隔阂，即使朝夕相处，近在眼前，也是远在天边，"咫尺天涯"！

接 力

又将在硬座车厢里煎熬近 40 个小时，这也是没法的事。在家千日好，出门时时难。外出旅游，很多时候就是花钱买罪受。

没想到，呼和浩特一成都的火车是如此的拥挤不堪。

车内人满为患。人多车脏，车一启动，列车员便销声匿迹。而推着流动售货车的列车员，十分钟左右就要光临一次，这种情形，一直持续到凌晨 1 点。

一天一次车，做生意的、打工的、回家的、办事的，不得不往这次车上挤。行李架上，横七竖八地堆满了一个个鼓胀硕大的编织袋；九口之家的回民，挤在六人的座位上，老婆怀中抱着哺乳的婴儿，丈夫腿上坐着好动的稚童；狭窄的过道上，站满了神情倦怠、昏昏欲睡的旅客；困倦至极的旅客，顾头不顾腿地钻到坐凳下，蜷曲着入睡……

我身旁民工模样的男子与坐在我对面带着一男孩的男子很熟。男孩大约 11 岁，长得虎头虎脑，言语不多，显得文静。上车伊始，两人便围着小男孩忙个不停：打开水、买食物、泡方便面、陪同上厕所……挤进挤出，忙前忙后地照顾着。

"呜——"，列车一声长鸣，即将驶入天水站，

两男子不约而同地起身，向窗外探望，相互交换了下眼神，

然后将目光投向我："大哥，我们想请您帮个忙。

"帮什么忙？请讲。"

"我们在这一站下车，你回成都，这个娃娃也回成都。请您帮着照管一下，把他送拢，交给他的家人。"

"我一直以为你们是他的家人！"我既惊讶又感动。

"是他的家人送他上车后，把他托付给我俩的。"

"把他交给我，你们放心？"

两人笑笑："大哥真会开玩笑。一眼就可以看出，您是一个好人。"

赤裸的信任，让我心里感到暖暖的。本想拿出证件，但又觉得不妥和多余。人与人之间的信任，毕竟不是仅凭证件能够证明的。

"谢谢你们的信任！我一定把他照顾好，把他安全地交给他的家人，你们就放心吧！"

小男孩用恋恋不舍的眼神凝望着他们，用感激的目光看着我。

到站了，两人先后同我握握手。"谢谢！""谢谢！""慢走！慢走！"

目送着他们离去，敬佩之情油然而生：一诺千金，护送至天水，不是亲人，胜似亲人。

看着眼前满脸稚气的孩子，我的心中惊喜交集：小小年纪，孤身一人，独行千里，没有甘愿吃苦的精神，没有非凡的勇气，没有足够的胆量，绝难做到！让孩子在独立的空间里，在流动变换的时空中，经受磨难，锻炼意志，去品尝生活的甜酸苦辣，去体会人生的欢乐痛苦，提高独立生存的能力。父母卓异的育才方式，卓尔不群的胆识，令人钦佩！这样的孩子，无疑是生活的强者，长大成人，大有出息，堪当大任！

晨光曦微，列车徐徐驶入终点站。

我背上行囊，提着旅行袋，领着身背小背包的小男孩，随着涌动的人流，走向出站口

此前，我已在脑子里设想和准备着他的亲人没来接他时，我该采取的方案。事实证明，我的担心是多余的。

走出出站口没几步，小男孩如一只快乐的鸟儿，欢叫着向不远处的亲人飞奔过去。看着他们有说有笑地远去，我的心里充满了甜蜜。那曾经有过的不快，那长途旅行的疲惫，顿时消失殆尽。

据 2006 年 8 月 7 日至 9 日　日记整理
2010 年 1 月 19 日至 21 日　稿　改

初冬旺苍行

又到了一年一度走访贫困生的时间。

自从芦山"4·20"地震后，因忙于抗震救灾，重建家园，抽不出空，请不到假，已有三四年没有参加走访。临近退休之年，终得闲暇，得以参加"春雨工程"组织的活动。

初冬的早上，天气晴朗，阳光灿烂。12点，与同行的志愿者"飘雪梅花"到蓉城与"356""红牛"等人会合后，向着旺苍进发。

旺苍之行，志愿者18人，队伍庞大，为历年走访之最。分乘4辆小车前往，所有费用开支仍为AA制。因要赶赴学校，在学生上晚自习时进行座谈，其他车辆，九十点钟便已出发。我们这辆车，有志愿者需处理公事而耽搁，晚了些出发，因而落在了最后。

夜　谈

到达旺苍，与"先头部队"会合后，已是夜幕笼罩，华灯齐放。来不及晚餐，便随"大部队"前往旺苍中学。

几年未参加活动，除了组织者中的"鱼鱼天上飞"和个别志愿者认识，其余的大多是初次相见的青年男女、情侣夫妻。所有参与者中，我年龄大、资格老，算是名副其实的老人。多了些年轻陌生的面孔，增添了新鲜血液，这是值得高兴的事。

此行旺苍的任务，就是对已资助的高中贫困生进行回访、座谈、发放助学金；对学校提供的新增高中贫困生，进行家访、核实，最终确定是否予以资助。事前，组织者们已与学校联系妥当。当我们到达学校时，班主任老师已在教学室处等候。随后，被资助的30多名学生陆续进入教学室，正式拉开了夜访座谈的帷幕。

为节省时间、提高效率，大部分志愿者和学生们分成几个小组进行交谈。向他们了解学习、生活情况，记录他们提出的要求和建议，最后由他们签名领取助学金。未被安排到的志愿者，负责用相机、手机进行拍照，记录座谈会的整个情况。

参加座谈的学生，均为"00后"，大的17岁，小的15岁。他们衣着朴素，稚气未脱，腼腆文静。从温柔的言谈和渴盼的眼神中，强烈地感受到了他们如饥似渴的学习态度和对美好生活的热爱和憧憬，这让我们颇感欣慰。

座谈结束，走出学校，已是晚上9点。此时，大家早已饥肠辘辘，解决饥渴成为当务之急。在饭店等候上菜的间隙，组织者们见缝插针，对第二天的走访活动进行了安排和布置：志愿者们划为四个小组，被走访的学生名单分配到组，每个小组乘一台车（志愿者个人车辆），深入贫困生家中，进行实地家访。

我所在的第三小组，共有成员五人，其中：三名女士（"刘丽""飘雪梅花""小飞侠"），两名男士（"日月明——水兵"和我），"刘丽"任组长。小组分工明确：组长负责跟被走访学生的家人进行交谈并记录；"小飞侠"负责拍照、发布信息；我和"飘雪梅花"协助组长访谈；"日月明——水兵"负责驾驶车辆，保证行驶安全。

起初，组织者们考虑到我所在的小组，女性多、人员年龄偏大，把我们组安排在县城附近、路途平坦、任务不重的乡镇村组。然而，组上的女士们，希望能更多、更真实地感受、体验、掌握边远乡村贫困生的家庭情况、生活环境、经济状况，与我商量，提出调换到任务较重（2名小学生、7名高中生）、较为艰巨的小组，我慨然应允。身居大城市的女性，尚能自告奋勇，敢担重任，身为男子汉的我，经常跋山涉水，又岂甘落后于人呢！最终，组织者们满足了我们的要求。

家 访

朝霞漫天的早晨，我们开启了由远及近（大两乡—万家乡——三江镇——黄洋镇）的走访模式。

沐浴着灿烂阳光，又踏上了熟悉的路途。那山那水，那草那木，仍是往昔模样，那路却已今非昔比。昔日通往乡镇高低不平、坑坑洼洼的泥土碎石路，已被平坦宽敞的水泥路取代。

从大两乡转来，因为顺路，先去古天村柳嫂家。人生地不熟，几经问询，迂回反复，终于在机耕道旁的山腰中，找到了柳家。修了一半的砖木结构房屋里，没有像样的家具，堂屋里放着用编织袋装着的谷子、玉米、黄豆和一些简单的农具。一家大小，仍在破旧简陋的老屋居住。

柳家访毕，继续上路。溯流而上，顺山前行。公路沿河谷延伸向前，脚下是湍急的河水，头顶是陡峭的高山。如果说去柳家，只是略有周折，那么，去何雪梅家，算是费尽周折，提心吊胆，惊险曲折，颇有走长征路的滋味了，而这一切缘于依照路标走错路。

进入万家乡境内，车驶过岔路一二十米时，"日月明——水兵"发现公路旁的路标标着"长征村"字样，于是将车倒回驶入正道。半小时后，到了山脚的分路口，找当地人询问，村民指着远处山顶的白崖对我们说："爬上崖顶，下山后便是长征四组。"

单行车道，坡多弯急。行约个把小时，临近崖顶，车累人倦，停车小憩，得以欣赏风景。极目远眺，蓝天白云，群峰绵延，苍山滴翠，峰峦含烟。树上，鸟儿鸣啾；谷底，村庄农舍。公路蜿蜒盘旋，时起时伏，通往山顶。路边的树上，挂着一个个红红的成熟柿子，让人馋涎欲滴。山间空气清新，环境幽美，令人心旷神怡。

到达山顶，开始下山。陡坡，一个连着一个；急弯，一个接着一个。有的坡度约70度，有的弯道几乎成了90度的直角。稍有不慎，就会跌入深谷，车毁人亡。驾车人小心翼翼，坐车人惴惴不安。然而，"日月明——水兵"凭着驾驶技术娴熟，行车经验丰富，化险为夷，渡过难关。可惜当时心无旁骛，无暇他顾，未能将此惊险场景，摄录记载，留下遗憾。

弃车步行，边走边问，在竹林、树木掩映的山坡上，找到何雪梅的家。陈旧的木房，不平的地面，简单的家具，土气的穿着，粗陋的食物……昭示着一家低下的生活。

再次上路，已近15点。我们在路边一煤矿小食店，匆忙地吃罢午饭，又上车出发，开始走访下一家。车到来时的岔路口，我们才彻底醒悟：上山绕了路。如果没看见路标，一直向前；如果看见路标，将错就错，则会省了不少时间，少走许多弯路。然而，耗时绕路，历经险境，却体验了"无限风光在险峰"的美景，正是有所失就有所得！

当我们走出最后一名（第9个）贫困生赵玥的家，结束走访之时，已是夜色茫茫。披着夜色，踏上归途，离开黄洋镇天池村，轻松、惬意溢满全身，一天的疲惫消失殆尽。

2017年12月13日至19日　写　改

【情感涟漪】（散文类）

我给儿子包饺子

儿子喜欢吃饺子。许多天以前，我就对儿子许诺，却因种种原因，一直未能兑现。一说起此事，儿子就嘟起了嘴，说我骗人。

周末傍晚，我郑重地向儿子宣布："明天吃饺子。"

在我再三的保证下，儿子才高兴地拍着小手蹦跳起来："噢，我们明天真的要吃饺子啰！"

翌晨，我采购好菜，刚走到家门口，儿子像只小鸟似的从屋里飞跑着迎了出来，他翻动着我手中的菜篮子，眼睛笑成豌豆角，稚声稚气地唱了起来：

> 我有一个好爸爸、好爸爸
> 做起饭来"当当当"
> 洗起衣服"嚓嚓嚓"……

在欢快的气氛中，我捋衣挽袖，开始了操作。儿子紧紧地挨在我身旁，瞪着乌黑的眼珠，目不转睛地看着，并不时用他那胖乎乎的小手，一会儿摸摸这儿，一会儿摸摸那儿，竭力地模仿着。

"爸爸，饺子是咋个来的呢？"

"古时候，除夕零点叫'子时'。在这个时候，家家户户都要吃除夕晚上包好的饺子，取'更岁交子'的意思。象征着旧年过去,新年开始。到了今天,包饺子吃就成了很平常的事了。"

"爸爸,除夕零点是啥?会睡饺子又是啥子东西呢?"儿子盯着我发问。

刚才的解释对儿子来说,深奥了些,于是我尽量选择比较通俗的语言对他说:"除夕零点,就是大年三十,也就是过年头天的半夜。"我轻轻地刮了一下儿子粉嫩的脸蛋,"不是'会睡饺子',是'更岁交子',也就是年与年的更替、新年代替旧年的时候。"

儿子静静地听着,似懂非懂地点了点头。

饺子包好,锅里的水也沸腾了,儿子和我抢着端起饺子。

"哗"的一声,月牙儿似的饺子沉入水底。我用勺子推了推,盖上锅盖。一会儿揭盖,饺子们便高兴地打着滚、舒服地翻着身,一个接一个地争着浮出了水面。

"爸爸、爸爸,饺子咋个要浮起来呢?"儿子拉着我的衣角,眨着眼问。

"饺子刚下锅时,肚子里空气少、身体重,水的浮力载不起它,它只好沉到水底;等到煮熟的时候,它肚子里的空气增多,身体变轻,小于水的浮力,于是就浮了起来。"

"浮力是啥子东西呢?"儿子打破砂锅——问到底。

我抚摸着儿子的头:"浮力不是东西,是物理学上的一个名词,等你长大读书时就知道了。"

"爸爸,我长大要读好多好多的书哦!"儿子一本正经地说着。

……

蓦地,我心里一动:人如饺子,有沉有浮。饺子从锅里浮起来是成熟的表现,那么,人在生活中浮起来呢?!……

1992年3月 写 改

中国红花岗石断想

（一）

幽暗地府，沉睡千年。

"养在深闺人未识。"你的伙伴，从来都只把你当作他们家族中最普通的一员。

哦，掩饰住你天生丽质的是——

破旧、褴褛的衣衫！　2011年2月16日四改

（二）

地底千日，人间千年。

星移斗转，时来运转。一夜间，丑小鸭变成白天鹅，垂髫村姑出落成玉环、飞燕。

黄种人、白皮肤、蓝眼睛、高鼻子……被你的美貌颠倒神魂。

一封封火热的情书，飞越千山万水，捎来无限的相思、无尽的爱恋。相逢不恨晚！

声誉鹊起，身价百倍。

哦，从此你的芳名，响亮而又动人！

（三）

岁月无情，韶华易逝。

二八佳人，也会有人老珠黄、山穷水尽时！

百年之后，你是否还楚楚动人？！是否还有迷人的风姿神韵？！是否还有谁再为你钟情？！是否还……

青衣羌国的儿女们，你寻到阻止、避免、减少"中国红"惨痛呻吟的灵丹了吗？！你觅得延缓、遏止衰老，让她魅力永存、青春永在的妙药了吗？！……

哦，但愿我没有杞人忧天！

1992 年 11 月 3 日　初　稿

2006 年 11 月 6 日　三　改

2011 年 2 月 16 日　四　改

过去的岁月

16年前，我插队落户在一个边远的山区生产队。

这是一片贫瘠的土地，最好的年景一个劳动日的工分也只有三角二分。

队里在公房保管室的隔壁，用竹子和木板为我装了一厨一室，我便有了一个温暖的窝。衣着几近褴褛的山民，为我送来新鲜蔬菜；直爽的问候，洋溢着山里人的热情、真诚。

天高云淡时，我们用黄澄澄的玉米苞，将背篼填满，插成山尖，从地里背回一个金色的秋天。晚上，全队的男女老少，聚在公房明晃晃的电灯下，围着玉米堆，摆着龙门阵，边撕边择。玉米撕光择净过完秤，公房里已鸦雀无声，社员们仔细地听着会计挨家挨户地喊名分配，然后一家家背走一年的喜悦和来年的希望。

一天，上火地点油菜籽。秋老虎晒得人头昏脑涨，喉咙干得快冒烟，四周却找不到溪水山泉。山民们跪在清水茅坑边，用嘴吹开水面上翻滚的沙虫子，"咕噜咕噜"地喝，我也抵御不了诱惑，将手巾平铺水面，用嘴贴着痛饮。

腊月，是杀年猪的月份。每天傍晚收工回屋，总有山民前来，执意请我去"吃血汤"。这仅仅是吃一顿饭吗？！雪花飘飘的寒夜，我和守公房的山民，隔着板壁，躺在被窝，海阔天空地"冲壳子"，也常常为小事争得面红耳赤。

十多年过去，我时常怀念那片土地，思念纯朴的山里人。

高橙汁的甜蜜，无法和清水茅坑水相媲美；家里取暖的电炉，远不如改土工地的篝火暖人。忘不了，阴雨连绵的早晨点小春；忘不了，寒风刺骨的冬日挖板地；忘不了，乍暖还寒的春日打土巴；忘不了，打着火把，翻山越岭去看露天电影。我不怨时代留下的磨难，我不恨生不逢时，我不叹怀才不遇。那一段过去的最艰苦、最难忘的知青岁月，成为我人生旅途上宝贵的精神财富。

发表于 1993 年 6 月 11 日《雅安报》

出　征

月光如水，山路弯弯。

啃一口干硬的面包，喝一口冰凉的山泉，寒风拂去一身的疲倦。

鸟儿沉睡，心儿骗跶。家中的娇妻，是否还在窗前望眼欲穿；梦中的爱子，可曾轻声呢喃。漂泊不定的小船，何时才能驶进温馨的港湾。

情和爱献给了神圣和庄严，留给妻儿的是大多的歉疚、重复百遍的诺言。多少次信誓旦旦：不再干这苦差事，和你依偎到永远。警笛长鸣时，却又将誓言抛到九霄云外。匆匆而别，将绵长的思恋和期待，寄托于下一次短暂的相见。

啊，月不圆，何惜？人不圆，何憾？一家不圆，但愿千家万户圆！

发表于 1993 年 12 月 26 日《姜城》

漫谈曲线

曲线与直线是一对孪生兄弟。数学中的三角、几何图形，将两者做了最直观的描绘。

学生时代，曾向往那一直向前、无限延伸的直线，也曾幻想人生的路像直线一样的笔直。几十年的风风雨雨，使我最终明白：人生的路不可能笔直如线。曲线是磨难的体现，曲线比直线更富有魅力。它的转折、它的起伏、它的弯曲，验证着人类社会和事物发展"螺旋式上升，波浪式前进"这一古老的哲学命题。

风光无限的山峦，因为蜿蜒不绝，因为起伏连绵，因为高低不同，才有动人的美感，才引得无数游人流连忘返、遐思无限。华山险峻、泰山雄伟、峨眉秀丽、青城幽静……无一例外地展示了大自然的神奇曲线。

奔腾入海的江河，它的行程也是曲曲弯弯。高山阻挡、巨石横亘，要到达终点，最佳的前进方式只能是曲线。千里长江、九曲黄河，如不迂回曲折，就只能原地徘徊、停滞不前，永远也不会有雄奇、磅礴、壮观、豪迈。

小树要长成参天大树，它的根也只能选择曲线成长。当它遇到坚硬的岩石，直线行不通，就不得不选择曲线的方式，绕道前进。生存方式，决定了根的弯曲；弯曲程度的大小，反映了生命力的强弱。

乡间小路的坑洼不平，高速公路的宽敞平整，都是曲线的延伸。人生的路，更多的是坎坷崎岖。每一位名人、伟人的人生历程，莫不如此！人生的曲线，如一道亮丽的风景线，生命因她的点缀而瑰丽多姿。

女人的外表美，也需要通过曲线来证明。女人不希望自己的身材，像搓衣板似的平坦。缺乏曲线的女人，与美丽动人无缘，更不会令人浮想联翩。

我们的生活中，有太多太多的曲线。珍爱生命，就请你热爱曲线，敢于向命运挑战，让生命的价值在曲线中，得到最充分、最完美的体现。

1997 年 6 月　改

感慨过年

我的童年是在乡下度过的。

那时物资奇缺，食盐、火柴、肥皂、猪肉等生活必需品，都是凭票按月供应。

童年记忆中的过年，就是在大年初一的那一天，穿一身平时没有穿、不能穿的新衣服，衣服口袋里装一些父母在三十夜晚上熬夜炒的爆玉米花，干胡豆和发的几角、块把过年钱，然后约上几个小伙伴，顶风冒雪，走一二十里山路，到县城去买些"天地炮""地老鼠"之类的爆竹燃放，哪里人多就往哪里钻。等过了爆竹瘾，每人再花上 5 分钱，到电影院售票口去挤几张电影票，看一场电影。电影看完，已是中午时分，肚子开始"咕咕"地叫，于是，伙伴们便各自选择自己喜欢的食物，或花几分钱买上一两个夹有红白萝卜丝和粉条的锅盔，或用二两粮票、一角四分钱来上一碗炸酱面充饥。耍到人少声稀时，才余兴未尽、大步流星地往家赶。

告别童年和学生时代，我插队落户到了广阔天地。那一年，我因被"提拔"为改土工地的成员，便无可奈何地用实际行动响应公社党委提出的"过一个革命化春节"的号召，留在了生产队。

腊月三十的傍晚，队上的社员将我连推带拉地请到家中。围着暖暖的火塘，喝着辣辣的烈酒，吃着黄酥酥、一咬就流油的腊肉，陋屋中弥漫着浓浓的真情。子夜时分，民兵排长用他打猎的沙枪鸣响了辞旧迎新的"礼炮"，我和几个青年社员聚在一起，拿出从改土工热偷存下来的雷管燃放后，继续待在熊熊燃烧的火塘旁，天南地北地冲壳子，度过一个无眠而又难忘的大年三十夜。正月初一的早上，吃罢自做的汤圆，九十点钟的光景，顺着河边的小路，会合着穿得花花绿绿、新崭崭的男女老少，到街上去走一遭，看看热闹，年也就算过了。

走上工作岗位，工作性质决定了每年的腊月总是和繁忙连在一起。从腊月初一，一直要忙到大年三十的中午才能松一口气。等到将工作上的事料理完毕，才归心似箭地踏上蜿蜒崎岖的山道，跋涉几十里，匆匆忙忙奔回家，和家人父母团聚。调回父母身边后，每年的过年在繁忙的同时，少了一份奔波之苦，多了一份欢聚之乐趣。

后来，我成了家，有了儿子。年岁的增长和物质的丰富，使我对过年渐渐地淡漠和陌生。当一年一度的团圆饭桌，被丰盛的佳肴堆满，儿子感觉寻常，挑挑拣拣；当儿子面对父母亲人发给的成百上千元拜年钱，犹嫌不足，不屑一顾；当一家人看着春节晚会，静静地等待着新年的钟声敲响和四面八方响起密密实实的鞭炮声时，逝去的过年情景，就像电影似的一幕幕在我的眼前浮现，令我感慨万端……

我好怀念清贫岁月里，过年时的那一份乐趣。

1998 年 1 月 9 日　稿

2007 年 2 月 6 日　改

写在重逢相聚的日子
——三十年同学会

尊敬的老师、亲爱的同学们：

金色的秋天里，我们相聚；火红的夏日中，我们分离。人生有聚有离，岁月匆匆流逝。转眼三十年过去，我们怀着喜悦激动的心情，重逢相聚在一起。

生于忧患，时代馈赠给我们的礼物，是贫寒中的开心、乐观和太多的磨难。两载同窗里，我们同呼吸、共命运。忘不了老师的谆谆教诲；忘不了教室里的琅琅书声；忘不了篮球场上的激烈争夺；忘不了校园礼堂里的文艺演出；忘不了宿舍里的欢声笑语；忘不了修堰工地的劳动号子；忘不了"五七"农场途中运沙背砖的汗流浃背；忘不了抗地震日子里的相依相偎、团结一心。

呵，青春的岁月里，有我们的追求和希冀；生命的旅途上，我们用满腔热血浇铸着对时代的忠诚。我们也曾彷徨，我们也曾沮丧，我们也曾失望，但最终却选择了坚定、坚强。我们的人生之路虽然蜿蜒崎岖，但前进的足迹却清晰而又踏实。

春去春会来，花谢花又开。三十年同学会重逢相聚的日子，在望眼欲穿中姗姗到来。当年天真烂漫、单纯懵懂的少女少男，已成矜持稳重、耳鬓斑白的妇女和男子汉；当年青春年少、挥斥方遒的莘莘学子，已成不惑和知天命之人。尽管岁月的风霜已在我们的眼角、额头，镂刻下一道道鱼尾皱纹，但我们的心依然年轻，血仍然热。无论今后的生活中还有多少曲曲弯弯，不管个人的命运里还有多少坡坡坎坎，我们都将坦然面对，视若等闲。

让所有的忧敌都过去；让所有的快乐都来临。生活的坎坷，命运的颠簸，人生的磨难，已成我们的宝贵精神财富和奋进动力。人无高低贵贱，英雄不问出身。只要找准自己的坐标，不管你是农民还是工人，不管你是下岗人员还是上班一族，你的人生都一样的精彩和壮丽！

人生能有几度春！人生能有几个三十年！师生情浓，同学情重，同窗是缘。我们拥有一个共同的名字：高中1976级4班。我们将永远铭记住"7月15日"这个永恒的日子。

尊敬的老师，无论你走到哪里，都永远是我们赖以信任的师长，都永远受到我们的爱戴和尊敬；亲爱的同学，不管你在农村还是工厂、在乡镇还是城市，你都永远是高中1976级4班中的一分子，我们都会永远铭记住你！

漫漫人生路，望君多珍重。衷心希望和祝福：在未来的日子里，在茫茫的人海中，在下一次重逢相聚时，仍然有你、有我、有他（她）的亲切声音和熟悉的身影。

敬祝各位老师，健康长寿，一生平安！

祝愿每个同学，健康快乐，一生平安！

2006年7月15日　写

2011年2月22日　改

一个月饼

明月几时有？

把酒问青天。

……

人有悲欢离合，

月有阴晴圆缺，

此事古难全。

……

每当我吟诵着东坡先生的《水调歌头·明月几时有》这首词时，眼前就会浮现出那年中秋节的情景，那一个月饼就像天上的圆月，牢牢地、长久地镶嵌在我的记忆里。

那是很多年以前的事。物资异常匮乏，不仅煤油、火柴、肥皂、电池等日常用品凭票购买，就连食盐、清油、猪肉、大米、面粉等生活必需品也是定人定量，按月凭票、凭本子供应。这让我们正处于生长发育阶段的三姐弟，肚子常处于一种半饥饿的状态。

母亲是一个勤劳、能干、坚强而富有同情心的女人，父亲则是一个少言寡语的老实人。物资虽然紧缺，但母亲总是凭着巧手把我们的生活安排得有条不紊，变化多样，例如一个星期吃一回擀面条，半个月打一次"牙祭"，米不够吃蔬菜代，等等。

"穷人的孩子早当家。"开始懂事的姐姐，带着年幼的小弟，经常抢着帮母亲干这干那，而我则利用星期天和寒假的日子，同伙伴们一道上山砍柴、挖树疙篼、抖玉米疙篼（干玉米桩），以解决家里做饭的烧柴问题。日子虽然过得清苦，但我们一家却也其乐融融。

"少年不识愁滋味"，光阴在无声无息中流逝。

这天，我和往常一样，背着书包到约两公里远的公社学校去上学。最后一节课时，班主任兼语文老师告诉我们："今天是中秋节，我国有吟诗赏月、品茗吃月饼的传统风俗。试想，当你面对玉盘一样的圆月冉冉升起，啜一口清茶，咬一口月饼，再吟上一首好诗，这该是多么惬意的事！古人对中秋月有过许许多多美好的描绘，但意境最美、情景交融、流传千古的绝句，当数苏轼，即东坡居士的《水调歌头·明月几时有》这首词。"老师说完这番话，冒着风险为全班同学高声朗诵起来，随后做了豪情飞扬、激情迸发的精彩讲解和评点。

放学的路上，我情不自禁地对姐姐和小弟讲起了老师所说的话。姐姐听后一声不吭，小弟则兴致勃勃地问这问那，充满了对月饼的渴望。虽然我对老师讲的"但愿人长久，千里共婵娟"理解不深，但对中秋节也有一种憧憬和遐想，也希望在这天里品尝品尝月饼，但在肚子尚不能完全填饱的年代，赏月、品茗、吃月饼无疑是一种太高的奢望。

夜色朦胧，父母才拖着一身的疲惫回到家。饭桌上，父亲黑着脸，母亲也比平时少了些言语，眉宇间不时流露出一种忧愁。从父母只言片语的谈话中，我们得知母亲今天遇上了一件"大事"：上班拿药时，母亲看见一个病人太穷，实在拿不出取药的钱，就悄悄地给她取了药，并准备在下班时把钱交到收费人员的手里。不料被路过药房的院长看见，将此事汇报到公社的李副书记那里，李副书记立即联想到母亲的地主成分，认为是"阶级斗争新动向""慷公家之慨，拉拢、收买、腐蚀贫下中农"。当即召开机关单位人员大会，对母亲进行了上纲上线的批斗。

父亲眉头紧皱："你解释过没有？"

"他根本就不让我解释。会上就只叫我做检讨，我没有办法！"母亲显得很无奈。

父亲深深地叹了口气，姐姐却愤愤不平："这太不公平了，还讲不讲理啊！"

"是啊，太欺负人了！"我也随声附和。

"他是土'皇帝'，哪个敢惹？给他讲理管屁用！他欺负的人还少吗？"父亲的声音高了起来。

"算了，要过日子就会遇到不公平、不顺心的事。要过下去，就得面对。这个年头也有好人啊！"母亲忍气吞声地说。

屋内的气氛有些压抑、沉闷；屋外秋雨淅沥，像是在流泪哭泣。

一会儿，母亲的脸上恢复了平静。她把我们姐弟三人喊到一起，像变戏法似的打开右手掌心："你们看……"

这是一个圆圆的、薄薄的、比纸杯口略小些、正面为酱红色、一两粮票、一角六分钱一封两个的那种月饼。

"啊，月饼！"小弟两眼发亮，嚷了起来。

"哦，是月饼。"我的声音有点发颤。

"妈，哪儿来的月饼？"姐姐似乎无动于衷，盯着母亲问。

"别管它是哪儿来的，你们就放心地吃吧！过节了，月饼不好买，你们就把这个月饼分了吧！"

"妈，你和爸上班太累，要多加强营养，你们吃。我刚吃了饭，挺饱的，吃不下。"

我拿起放在桌上的月饼，慢慢地递过去："妈、爸，姐姐说得对，还是你们吃吧！"

小弟紧紧地盯着月饼，使劲地咂了咂嘴。

母亲接过月饼，眼睛有些湿润地看了看父亲，父亲摆了摆手。

"云芝，"母亲叫着姐姐的小名，"你爸胃不好，我呢又不喜欢吃甜食，还是你们三姐弟吃。"

"妈，我真的吃不下。让二弟、小弟吃吧！"

"我不饿。"

"我，我也……不……不饿。"小弟的声音小得像蚊子。

"云芝，你是姐姐，听话，带个头，你把它分了！"

望着母亲严厉的面孔，姐姐才很不情愿地接过月饼；小弟咧着嘴，身体不停地动来动去；我的心里却别有一种滋味。

姐姐把手中的月饼，首先掰为两半，将其中的一半递给小弟，然后再将另一半掰为两块，大的一块给我，她自己只要了小的那块。

小弟拿着月饼，大口大口地吞咽着，他的两腮不断地凸凹，刹那间那半块月饼就被他吃了个精光；我捧着月饼，小口小口地、慢慢地吃；姐姐则拈着月饼，一点一点，轻轻地咬、细细地嚼……

看着我们的"吃相"，母亲把头扭到了一边，偷偷地用手在脸上抹了一下。父亲斜躺在椅子上，似乎睡着了。

"等以后日子好了，妈给你们多买点儿，一定要让你们吃个够！"母亲发狠地对我们说。

后来，我们才知道，那个月饼是母亲那天被批斗完，在回家的路上，公社供销社的柳阿姨悄悄塞给母亲的。我们这才明白了母亲那天说的"这个年头也有好人"的缘由。

……

许多年过去，物质生活的富有，已使当年稀罕的月饼"飞入寻常百姓家"，中秋佳节，赏月、品茗、吃月饼，已成极其普通平常的事。然而，奇怪的是，再香再甜的月饼进了我的嘴，却变得索然无味。我也曾竭力去寻觅当年那种"患难中相濡以沫，贫困时互相帮助、相互谦让"的真挚情感，而现实却让我一次次地沮丧和失望！……

我好怀念那年的中秋，好怀念那一个圆圆的、薄薄的、甜甜的、8分钱一个的月饼！真的！！

2006 年 9 月 21 日　稿　毕

注：此文获 2006 年 12 月 30 日《四川日报》中秋大型有奖征文二等奖。

我和儿子放风筝

"春分"一过，大上的风筝便一大一大地多起来。看着迎风招展的风筝，儿子像牛皮糖似的黏着我，要我和他一起放风筝。我被缠得没法，只好答应下来。

那时，小城里还没有风筝出售。人们放的都是自制的、几乎是清一色的"王"字风筝。当然，也有一些高手、巧手能制作出难度较高、较为高档的"蜜蛾"（蝴蝶）风筝。

利用闲暇时间，我找来一根"白夹竹"，剖开划成1厘米左右宽的竹片，刮掉篾片上的青色，剔去白色部分，斩成三段相等、一段不等的四截，将篾条按"王"字形状摆好后用线扎紧，糊上白打纸（白纸），最后系上风筝线。一个简易的"王"字风筝就这样诞生了。

日子，一天天地过去；儿子，一遍遍地催促。我却一点儿也不着急，我在选择和等待一个放风筝的最佳日子。

转眼之间，到了农历的三月。俗话说：三月三，风筝飞满天。望着满天飞舞的风筝，儿子催促得更勤了。

"爸爸，还要好久才去放风筝啊？我都等够了！"

"快了，快了。"我应付着。

"你每次都这样说，到底是哪一天嘛？"儿子越来越不满，小嘴翘起来可以挂上一个油瓶子。

我查了查日历，正巧清明节那天是周日。于是，我对儿子说："就这个星期天。"

儿子紧紧地盯着我："爸爸，你说话要算话哦！"

"放心吧！爸爸说话不算数，就让狼吃掉。"

"拉钩。"

儿子粉嫩的小指和我粗大的小指，紧紧地缠绕在一起。

清明节的早上，和风轻拂，阳光灿烂。老天作美，正是放风筝的好日子。

我变戏法似的拿出风筝，儿子欢呼雀跃起来。

"爸爸、爸爸，你哪里来的风筝哦？我咋个都不晓得呢？"

我抚摸着儿子的头："是爸爸自己做的。不告诉你，是为了给你一个惊喜啊！"

"'悄悄地进庄，打枪的不要。'共军狡猾狡猾的。"儿子竭力模仿着我说话的腔调，逗得我哈哈大笑。

儿子一路欢蹦乱跳，我们很快来到河边一块平坦、开阔的沙滩地，开始了风筝的试飞。

风筝刚离开地面几米，便打着筋斗，一头栽了下来。

"爸爸、爸爸，我们的风筝咋个要掉下来呢？你看他们的，飞得好高、好高哦！"

"风筝的头太重了，等爸爸处理一下就行了！"

儿子扑闪着眼睛："咋个头重就飞不起来呢？"

"如果一个人头太重、身体太轻，他走路倒不倒呢？"我启发性地打着比喻。

儿子想了想："要倒。"

"回答正确，加 10 分。风筝就像人一样，如果它的头部重于身体，身体无法支撑头部，当然就要摔跤了！"

"哦，我明白了。"儿子像大人似的点着头。

我拿出早已准备好的，两条又粗又长的尾巴，粘在风筝的尾部。

"好了，我们再来试一试。"

"1、2、3，放！"

我在柔软的沙滩上奔跑起来，儿子松了手，风筝渐渐地升了起来，儿子拍着小手欢呼着："噢，我们的风筝飞上天啰！"

我慢慢地开始放线，风筝迎风飞舞，越飞越高，越飞越远，渐渐地成了一个小白点，在空中伫立着，两条漂亮的尾巴来回飘动。

这时，我将风筝线头交给儿子，他用胖乎乎的小手握着，风筝在空中摆动几下后，恢复了正常的状态。

"爸爸，风筝会不会飞走呢？"儿子突然提出"怪"问题。

"只要不松手、线不断，风筝就永远都飞不走。"

儿子的话，让我陷入沉思默想。

风筝离不开线，靠线牵引着才能升高飞远；儿女和父母，犹如风筝和线，他们之间被一条无形的情感线连接牵引。风筝飞得再高再远，只要线不断，迟早都会回到握线人的身边；儿女长大成人，离开父母，哪怕走到天涯海角，漂泊在异域他乡，只要感情的丝线不断，都会相互思念，就会有相聚团圆的那一天。

2007 年 2 月 8 日至 9 日　写　改

考　试

上班签到，几行白纸黑字跃入眼帘：

通　知

明日上午九点，所有人员在县委党校参加"×××××教育考试"，请大家准时参加。

办公室

× 月 × 日

"考考考，老师的法宝。"校园流传的民谣，而今眼目下，也在"冒号"们的身上流行开来。

纵观了金钱至上、物欲横流的拜金主义现象，完全、彻底地领会到了开国领袖提出的"政治挂帅、思想领先"原则的博大精深。后来者们，继往开来，承前启后，深刻领会"教育"之精髓，发扬光大，匠心独运，于是乎，×× 教育、×××× 集中教育、××××××× 教育、×××× 作风整顿建设等各类政治教育活动，如雨后春笋般层出不穷。

老师检验学生成绩的最佳方法，就是考试；领导检测教育成果的最好手段，也是考试。不考你们，你们就敷衍了事；不考你们，你们就极不重视；不考你们，你们就不晓得领导的水平；不考你们，你们就不知道领导的英明。"冒号"们深知此理，深谙此道，考试热潮也一浪高过一浪，方兴未艾。

在科室里屁股都还没有坐热，办公室便打来电话，要我立即到会议室开会。

会议的内容与考试密切相关：明天，省市的督查组要亲临考场检查、摄像，全体参考人员着装、佩戴徽章；提前20分钟到达考场，提前15分钟进入考室；一人一桌，对号入座；考试时间为1小时，答题卡必须用2B铅笔涂抹……

不就是一次考试吗？搞得兴师动众，就像参加国考似的。常言道：兵来将挡，水来土掩。进入21世纪至今，参加的五光十色、各种各样的考试还少吗！不是也照样考过来了吗？"东风吹，战鼓擂，现在考试谁怕谁"，单位考试全照抄，你也抄、我也抄，大家抄得笑哈哈。不过，话又说转来，既然上面如此重视，还是小心点为妙，不妨看看书，"一颗红心，两手准备"嘛！

清晨如期而至。在要求的时间里到达考场，在要求的时间里进入考室。寻找座位，对号入座。哦，参加考试的还有同一系统的兄弟单位人员。

须臾，监考官进入，他的目光在四周巡视了一下，然后将一牛皮纸大信封高举："大家看一下，这是没有拆封的试卷袋。"言毕，用小刀开始拆封。

试卷很快发到手中，我快速地扫描了一遍。答题共有50道，题型不外乎就是"填空""单选""多选""判断"之类的、有固定答案的题。难度不大，不用翻书、不用查资料就能完成的。无意之中，抬头一看，我的前面左右，都在埋头苦干，紧张地忙碌：有的将书本、复习资料公然摆放在桌，堂而皇之地翻找；有的悄悄地从抽屉里拿出标准答案，看一眼抄一下；有的交头接耳，窃窃私语；有的探头探脑，眼睛"下乡"。不过，这也难怪，时间少、工作忙、内容多、年龄大、记忆差，谁有那么多时间去看书复习、谁能记得住啊！悠闲的考官们在考场门口喁喁私语。

这年头老实人吃亏啊！大家都在抄，谁信我没抄。要抄大家抄，为了一个共同的目标，看谁抄得好，看谁抄得妙。嘻，榜样的力量是无穷的，我也懒得动脑筋，开始了"比、学、赶、帮、抄"。

"吭、吭！"正当抄得兴致勃勃、兴趣盎然时，传来了监考官的咳嗽声，凭着多年的"对敌作战"经验，众"考生"知道："消息树"到，敌情出现，"鬼子"就要进村了。顿时，个个收书、藏资料，一副低头沉思、冥思苦想、目不斜视状。

果不其然，扛着摄像机、挎着照相机的督查人员鱼贯而入。在摄像镜头的来回移动和相机的"咔嚓""咔嚓"声中，他们胜利地完成了此行光荣而又重大的任务。

"敌情"解除，"考生"们恢复常态，继续忙碌。没过多久，考试就在轻松、愉快、友好的气氛中圆满结束了。

走出考室，阳光灿烂，欢声笑语一片。人人过关，没有理由不高兴，没有理由不欢喜。"轰轰烈烈搞形式，扎扎实实走过场。"这样的考试，令人厌烦而又喜欢！

2007 年 3 月 29 日至 30 日　稿　改

漂在他乡

漂在他乡，有说不完的相思，诉不完的忧愁。喝一口火辣辣的烈酒，思乡之情萦绕在心头；唱一首家乡的歌谣，双眼变得朦胧、模糊。城市的车流高楼，他乡的明月清风，系着漂泊游子无尽的遐思、甜蜜的梦。

静谧的夜晚，月儿圆来人难圆。"举头望明月，低头思故乡"被吟诵多遍，栏杆拍遍，秋水望穿，唯闻孤雁悲鸣在天边。好想亲人入梦来，可恨今夜又无眠。任泪水轻轻地滑落，任思念无边无际、无声无息地蔓延。"家乡"二字好沉重，想提起，却又怕勾起没完没了的乡愁，只好把它强捺在心中，等到回家那一天，才敢向亲人尽情地倾诉、畅谈。

离家的日子越久，归家的念头就愈加强烈、浓厚。将绵长的思念密封，装进漂流瓶，带着深深的祝福，漂到故乡的河流；放飞心中的纸鸢，捎去他乡游子浓密厚实的问候：父母是否安康？亲人是否无恙？故乡是否一如往常，还是改变了模样？……

漂在他乡，有太多的无奈，有太多的创伤。哭的日子，无人安慰；笑的时候，无人分享！饿了，谁来关心？累了，谁能看见？伤了，谁人知晓？茫茫人海中的匆匆脚步，烈日风雨中的忙忙碌碌，艰辛岁月的雪雨风霜，悄然爬上了眼角、额头。

漂在他乡，有太多的疲惫，有太多酸楚的泪。那一首思乡的老歌，会时常在耳畔响起："踏着沉重的脚步，归乡路是那么的漫长。当身边的微风轻轻吹起，吹来故乡泥土的芳香。归来吧，归来哟，浪迹天涯的游子……我已厌倦漂泊。……"

人生在世多磨难。"再苦再难也要坚强，只为那些期待眼神。"回家的路，纵然蜿蜒崎岖、荆棘密布，也要勇敢地踏上去，坚定不移地走下去。

啊！流浪在外，漂泊他乡的游子，愿你一路走好。

2007 年 4 月 11 日　稿　改

人到中年

动笔前，查了查《现代汉语词典》，对中年的解释是：45岁的年纪。中年的年龄止点是多少？书上无记载。个人认为，也就是不超过60岁吧！

依照这个标准（45—60岁），我早已步入"不惑"，跨入中年之列，即将"知天命"，"奔五"而去了。人到中年，青春不再，生命的里程已走过大半，心中总有许许多多的感慨。

《增广贤文》曰："月到十五光明少，人到中年万事休。"此话虽说对人生看得悲哀了些，多了点"落花流水春去也"的伤感味道，但也道出了人到中年的哀伤、无奈。月圆月缺，月缺月圆，自然界的轮回周而复始，人的青春、生命有限，一旦失去，就永远不会重来。沉溺过去，喟叹现在，倒不如达观地面对未来。

人到中年，飘走了美丽的梦幻，憔悴了年轻的容颜。少了些冲动浮躁，多了些冷静思考。不再有指点江山、激扬文字、挥斥方遒的豪情壮志，却有着对人生、事业、爱情、亲情等内涵的深刻了解和理性认识。人生的太阳虽然倾斜，但毕竟还有炽热的阳光和无限美的夕阳。

人到中年，冷却了多少昨日的浪漫，告别了多少心动的缠绵。年少的轻狂，青春的飞扬，已成过眼云烟。多了沧桑，添了责任感。上对社会、国家，下对父母、妻子、儿女，不敢有丝毫的懈怠，沉重的担子压在双肩，虽然山高路远，也得负重向前。

人到中年，抛弃了许多好高骛远、不切实际的幻想。身体虽不如年轻时结实、硬朗，但承受灾难、痛苦的心理能力更强。告别了"嘴上无毛，办事不牢"的年纪，岁月带走的只是懦弱、彷徨，留下的却是成熟、坚强。不再有令人艳羡的年龄优势，却还有健康的四肢、发达的大脑。自然界的法则无法改变，就让我们倍加珍惜今天、明天的时光。

人到中年，得与失，已看得很淡；喜与忧，已来去自然。虽没有年轻时的矫健步伐，却有着壮年人的坚实、稳健。少了躁动，多了坦然。只要不懈地进取，辛勤耕耘，哪怕过去一事无成，命运之神终会垂青，定会向我们绽开如花的笑靥，大器晚成的日子就不再遥远，辉煌的明天就一定会到来。

人到中年，不用沮丧，不必悲观，只要时刻保持年轻的心态，"60 岁的年龄，20 岁的心脏"的奇迹就会在你、我、他（她）的身上出现。岁月的风霜可以毁灭我们的青春容颜，却无法改变我们无悔的追求、执着的信念。

啊！人到中年，青春离我们很远、很远，但我们的血仍然热，心仍然年轻，依然期待着一个更加美好的明天！

2007 年 4 月 17 日至 18 日　稿　改

相识风雨中

"偶然相遇，还记得那时的风、那时的雨吗？！照片会随着时间的流逝，渐渐地发黄。就让它染上时间的痕迹，留份纪念吧！也许沿着记忆的小路回溯，还会想起曾经走过的路、经过的事、路过的风景和遇见过的人……"

那天那时的风、那天那时的雨，我能忘吗？我会忘吗？看着照片中被大雨淋得略显狼狈的我，读着照片背面的题记，那扑面的雨，淋湿了如烟的岁月；那迎面的风，吹开了记忆的大门。

两个孤男，萍水相逢在天下第一雄关（嘉峪关）。共同的爱好，让我们在雨中结缘。狂风怒号，掀翻了我们的雨伞；大雨如注，为我们免费沐浴。你给我拍，我帮你照，相机的"咔嚓""咔嚓"声真实地记录着我们落汤鸡似的狼狈不堪。也许是上天的安排，拍得正欢时，我的相机罢工——没电。于是，有了用你的相机替我拍，留下我的联系方式，以后寄照片给我的临别留言。

原以为就这样分手不再相逢，却不料又和你在莫高窟相遇。简短寒暄后，你我又匆匆汇入人流，各奔西东。看惯了世态炎凉、人心不古，早已将你寄相片之言，当作是一句客套的应酬。

日子渐渐地过去，记忆慢慢地模糊。直到那一天你发来"照片即将寄出，因忙晚寄，略表歉意"的短信，我的心被感动着。为了那一份真挚的情感，忙不迭地回复："谢谢您，萍水相逢的朋友！"你的信息很快又到："赠人玫瑰，手有余香；萍水相逢，也是缘分。"当我收到照片的那一刻，心中荡漾着暖暖的情意，人类的语言在此时已显得苍白无力，真不知该说什么才好！

"人海里漂浮，辗转却是梦。"茫茫人海中的偶然相遇，也许是前世修来的缘分。尽管现实生活中充满了钩心斗角、尔虞我诈、逢场作戏，但人与人之间也不乏真诚友善。只要真诚待人，就一定会实现你梦寐以求的夙愿。缘来相聚，缘尽分离。虽说分飞各天涯，却愿他日再相逢。

既然相识风雨中，那就寄相思于风雨中吧！纵然我们今生不再相逢，那时的风、那时的雨、那风雨中的相识，也是你我一生记忆中，一个令人遐思而又甜蜜美好的梦！

"沿着记忆的小路回溯"，那"曾经走过的路、经过的事、路过的风景和遇见过的人"，我今生不会也不敢忘记！

啊，寄相思风雨中！路漫漫，望君别后多珍重。

2007 年 6 月 16 日至 17 日　稿

信缘·随缘·惜缘

《增广贤文》曰："有缘千里来相会，无缘咫尺不相逢。"词典对"缘分"一词解释为：民间认为人与人之间命中注定的遇合的机会；泛指人与人或人与事物之间发生联系的可能性。"缘分"包括：人缘、友缘、情缘、姻缘等。

世间的一些人和事，总有许多巧合之处，这也就印证了"无巧不成书"这一谚语的精当。对于"缘分""巧合"之说，过去我曾半信半疑，抱着姑妄信之的态度，但生活中发生的一系列难以解释的事，却彻头彻尾地改变了我的看法，让我不得不信缘，不可不信缘，不能不惜缘。

和她相遇、相识在"论坛"，最终成为网友，乃至以兄妹相称，不能不让我感叹：极其巧合而概率很低的事，在我们之间发生了。

初入网络，考虑到已近"知天命"之年，取名为"一叶知秋"，寓意人生饱经沧桑，生活阅历丰富，能够洞察幽微，从发现一点预兆就能料到事物发展的趋向。想法不错，却无法注册，有人捷足先登了。虽如此，仍对此名情有独钟，初衷不改。于是，换汤不换药地变为"落叶知秋"，还是不被接受。周折一二，终成现在的网名"叶落知秋"。

对文学的爱好和执着，闲暇之时，总爱溜进"论坛"看帖、发帖。在我毫不知晓和不经意间，已被她悄然关注了。这一切，缘于我和她一个十分近似、几乎全等于的马甲。

男性与女性相比，要粗心大意得多。网络中，因文字相识，因文字结缘，跟帖、顶帖是极为寻常之事。起初对她中肯、独到的评论，并未引起特别的重视，只是例行程序、礼节般地复帖感谢。直到她亮出那个马甲，我才有了几分惊奇。

拥有十分相同的马甲，使我们的距离进一步地缩短，互加为好友，也就是水到渠成的事。随着网上接触的深入，她把她的姓，坦率地告诉了我。不听不知道，一听喜眉梢，我再次感到了惊奇。世间竟有这么巧的事，她的姓居然和我……为了以后给她一份惊喜，暂时没把我的姓告诉她（当然她也未要求）。后来，我还知道，她名字的字数也和我一样多。上苍的安排竟然如此神奇，让我们以这种喜剧的方式，在网络中不期而遇。

我张开想象的翅膀，任遐想尽情地翱翔。我坚信：既然老天让我和她在网海中相遇、相识，就必然会有相见、相逢的日子。没想到的是，这天会很快地来临。

单位派我到外地培训学习近一月。巧的是，学习的地点距她的工作单位很近，最多也就是三四公里的路程，搭乘公交车也十分方便。由于时间不合，机缘不巧，同时也担心给她带来不便和麻烦，虽渴望一见，但一直未敢轻易前往造访。

教室—宿舍—餐厅，每天三点一线；上课—下课—休息，生活单调一如既往。一天，晚饭后漫步，突然接到她的短信，问我在干啥。须臾，她发来的信息告诉我，车已到我学习处的门口等候。第六感告诉我，此去"凶多吉少"，但也只好义无反顾。

职业的缘故、应酬的需要，她结识的朋友不算少。饭桌上，领略了她的风采：热情、好客、豪爽、侠义。虽对酒精过敏，但在朋友的面前仍豪饮不止。轻易不沾酒的我，也深受感染，与其及朋友推杯换盏，来者不拒（幸亏是啤酒），也是酒逢知己饮！

......

　　这是难得遇到的缘分，也是一份真挚的情感，不容有半点的亵渎和玷污。由此而联想到，"五一"外出期间，在茫茫人海中，与那位素昧平生的外省朋友，初次相识在嘉峪关风雨中，再次重逢于莫高窟晴空下，不由得使我百感交集：有缘相聚，造化使然。俗话说得好："十年修来同船渡。"千真万确！

　　人不得不信缘。"缘"这东西，很难说清，仿佛在冥冥之中早已注定，天长日久，让你不得不信。

　　人不可不随缘。缘既早定，命中注定，就当顺其自然，随遇而安，莫要辜负上天的馈赠和厚爱。

　　人不能不惜缘。既已信缘，既知随缘，就不能不惜缘，惜缘也就顺理成章。尘世茫茫，人生须臾；知音难觅，缘来当惜。

　　缘来挡不住，缘去莫强留。朋友，请珍惜你的拥有，信缘、随缘、惜缘吧！

2007年7月2日至3日　稿　改

当我们年轻时

当我们年轻时，大自然是那样的可爱美丽。那时的天空很蓝，河水很碧，阳光格外灿烂，空气异常纯净，森林特别茂密，广袤的大地，鲜花似锦，绿草如茵；无边的田野，禾苗苗壮，麦苗青青。在燕子的轻声呢喃、鸟儿惬意的鸣啾声里，人和自然和谐而居，相依相偎，其乐融融。

当我们年轻时，迸发的激情，为人生装上飞翔的翅膀，在理想的王国里自由而尽情地翱翔。律动的心脏，竭力追逐着火红年代的匆匆步履；奔流的血液，恣意燃烧着青春的梦想；起伏的脉搏，强烈地叩击着理想殿堂的大门。向往着"到中流击水，浪遏飞舟"，渴望着"指点江山，激扬文字"，盼望着"数风流人物，还看今朝"，更憧憬着独领风骚数百年的时代早日来临。

当我们年轻时，我们远离和拒绝了爱情。悸动的青春里，企盼着重现"窈窕淑女，君子好逑""月上柳梢头，人约黄昏后"的古老爱情场景，但保尔·柯察金似的错误，却足以让所有的爱情致命地消失。那时，我们的词典中没有"爱情"二字，我们的眼中也容不下爱情，欣赏得最多的是纯之又纯的"友谊"。我们将心灵的门窗，紧紧地关闭；我们的情感大门，布满蛛丝，厚厚的苔藓长满了台阶。

当我们年轻时，祖国正发生着强烈的"地震"。时代决定着个人的命运，个人的命运永远和时代紧密地联系在一起。成长的岁月里，遇上了"三年严重困难"，我们的身体先天不足，发育不良；错过了令人艳羡的"大串联"，与免费旅游、走南闯北彻底无缘；赶上了讲究出身，推荐读书，学工、学农、学军的年代；走上了上山下乡，"广阔天地，大有作为"的必由之路。在"日出而作，日落而息"中，奏响理想的音符；在与天、与地、与人的奋斗中，我们的雄心壮志慢慢蹉跎。我们辛勤地播种和耕耘，收获着失望、悲伤、迷惘、落后和贫穷；我们用冲天的干劲儿、满腔的热血和对时代的赤诚去战天斗地，却无奈地看着短暂的青春渐渐远去，理想、希望在残酷的现实中化为泡影。

……

当我们不再年轻时，祖国告别了动乱，走向大治，开始兴旺、繁荣。阵痛已成遥远的回忆。我们年轻时，没赶上好时光，没过上好生活；我们的儿女们，却迎来了好年头，过上了好日子。时光不会倒流，生命不可重来。我们无法选择时代、命运、年轻，却可以选择坚强、坚韧、不屈和奋进。

今天，我们已不再年轻。昨天的梦想虽成过去，未来的希望却蛰伏心底。"老骥伏枥，志在千里；烈士暮年，壮心不已。"尽管岁月的刻刀，在我们的额头、眼角，镂下年轮的风霜，但我们的血依然热，心仍然烈。岁月可以夺去我们的青春，却毁灭不了那一颗壮怀激烈、仍然搏动有力而年轻的心。我们不怨时代带来的磨难，我们不恨生不逢时，我们不叹怀才不遇。人生犹如旅行，最渴望的是结果，最美的却是过程。

昨天的苦难难忘记，今天的幸福当珍惜！

2007 年 7 月 8 日　稿　改

搓麻记事感悟

想搓（打）麻将的欲望，渐渐地变得强烈起来。

这两年，搓麻将的次数屈指可数。过去，既是麻将爱好者，也是好战分子，无奈赌运不佳，十打九栽，几乎都是孔夫子搬家——尽是书（输），搞得入不敷出，囊中羞涩，也就只好竭力克制，不打或少打，非十分要好的同学、朋友相邀，绝不上桌。天长日久，麻瘾也就渐渐地淡了。后来学会了上网，大多数的空闲、业余时间，都奉献给了电脑，我和"方城"之间的距离就更远了。

搓麻之念的突发，不是一时的心血来潮，而是缘于接连做的两个"奇"梦。

周四的晚上，梦中被人追赶，走投无路之际，跳入一粪坑。粪坑四周无粪，唯有粪坑中间的洞穴中积满清粪。我躲入洞穴之中，半身被粪水浸泡着。梦醒查阅《周公解梦》，解曰：得财。想我乃一区区工作人员，无权无势，财从何来？凭我的经验，梦境和现实往往相反，得财未必，失财也许是真！我哂然一笑，置之不理。未曾想到，夜晚，梦见了自己和别人搓麻将，手气不好不坏。醒来之时，顿感神清气爽，精神亢奋。莫非是上天的安排？莫非是财神给我托梦送财来？既然老天如此安排，我岂能辜负上苍的深情厚意！"不入虎穴，焉得虎子？"不去试试，又怎么知道是输是赢？

周六一觉醒来，已是中午12点过，起床漱洗，慢条斯理地上街，到小食店将一碗牛肉面送下肚，然后才从容不迫地往一熟人新开的茶楼走去。

到达茶楼，已有两桌麻将开战。没想到这儿的开战时的么早，第一次来就迟到。要再凑二桌基本无望，我的心中不免有些失望。

罢罢罢，既来之，则安之。打不成，就看看。进入包间和麻友打过招呼后，便坐在一旁缄默观战。一来是想等一等，看是否还有人来；二来是看一看，是否会有人离开。

观看不如实战，看了一会儿，便兴趣索然。就在希望越来越渺茫、准备离开之际，老板通知我，另一桌有人因事离开，喊我上场救急。

又摸到了久违的麻将。我对"缺、归、卡、朗（把要和的牌公开放在桌上，不让别人点炮，靠自己摸）"的"血战"打法还算轻车熟路，很快就适应了。摸得到，关不住，不点炮，最后一张摸来叫和的情况时有发生，逢凶化吉、遇难呈祥的情形也屡见不鲜。像这种手气，不想赢都不行。到了敲锣收场之时，清点战果，虽说打得小，也小捡了几个，赢了不少。

小试牛刀，不错的手气，令我惊喜不已。吃罢晚饭，我在休战与续战之间，颇是踌躇。是适可而止、见好就收、抱到不哭的娃娃、保住胜利果实，还是再接再厉、"宜将剩勇追穷寇"、发扬"痛打落水狗"精神去争取更多的利润？管他的，捡到的娃娃用脚踢，后一种想法最终俘虏了我。

赢家怕吃饭，输家怕停电。天有不测风云。续战后，风向突变，"厄运"不断。小牌难得和，经常点大炮；朗起摸不到，还要包三家；伸手就自摸，上家发飞了；好不容易"杠上花"，却被别人抢了杠；下叫宽张一、四、七，偏点他人"独吊"的炮……唉，我是手气不好脚气好，冬瓜皮做帽子戴——霉到顶了！鸣金收兵，不仅将白天的利润吐了出去，而且还将老本输了个一干二净。

　　瞅着几个包包一样重，我的心里懊悔不已。东想西想，早知如此，何必当初。世上没有后悔药，愿赌就要服输；既和偏财无缘，就别做非分之想。"输了不甘心，赢了不罢休。"现在我终于明白了赌徒越陷越深、难以自拔的道理。唉！天高不算高，人心渐渐高；欲望无止境，贪欲最害人。

　　人啊，不能太贪！很多时候，应当见好就收，激流勇退。嗨！说者容易做者难，现实生活中，又有几人能做到呢？

2007 年 8 月 6 日至 7 日　写　改

酒的自白

杜康发明我时，我还只是有名无姓。初涉尘世，我无亲无眷，孤苦伶仃。漫长的岁月中，我任劳任怨地为人类解乏驱寒，他们初识了我，我们成为好朋友，在生活中亲切相伴。

久居深闺，倍感寂寞。我不甘心在狭窄的单门独户的庭院里转悠、徘徊，乃至蓬头垢面而终其一生，我急切地盼望着从封闭的"寻常百姓家"，飞进"王谢堂前"，去实现自身的最大价值和远大抱负。

终于，我如愿以偿地进入了喧嚣繁杂的社会。

祭祀占卜、出征凯旋、悲欢离合都少不了我作陪。"古来圣贤皆寂寞，唯有饮者留其名。"英雄好汉凭借我胆增气豪，除暴安良。君不见，关公温酒斩华雄；君不见，武松醉打景阳冈猛虎。文人墨客，对我更是青眼有加，情有独钟。曹孟德发出"对酒当歌，人生几何""何以解忧，唯有杜康"的万端感慨；诗仙太白"莫使金樽空对月""李白斗酒诗百篇"，更成千古佳句吟唱至今；书圣王羲之饮流觞之酒后，写下天下第一行书；侠肝义胆的秋瑾，若不是喜欢酒的话，绝难写出"浊酒难消忧国泪"的佳句……

如果没有了我，从古到今要失去多少美丽的故事，要减少多少有关我的名作佳句。

我能让英雄壮胆，亦能让歹人陡增色胆，铤而走险。因我而乱性、丑态百出、为非作歹者也大有人在。从此，我背负着"穿肠毒药"的骂名！

……

在悠悠的历史长河中，我的家族不断地生殖、繁衍，兄弟姐妹也一天天地多起来。于是，我有了五颜六色、完整的姓名。人类不断地创造、发展、改造着我，将我独特的功能、作用发挥得淋漓尽致，我迎来了一生中最辉煌的时期。

进入商品社会，我从山野陋室，登入大雅之堂；我从出身寒门的布衣村姑，脱胎换骨成大家闺秀和珠光宝气的贵妇人。茶楼酒肆、侯门宫廷，活跃着我迷人靓丽的身影。我的生命价值体现得更加充分。

步入现代社会，我和人类的感情日益加深和亲密，他们给了我至高无上的荣誉，并美其名曰"酒文化"。从表面看来，我风光无限，实则被好酒之徒和达官显贵们搞得庸俗不堪、声名狼藉。红白之事，狐朋狗友们相聚，离不开我；洽谈业务，打通关节，离不开我；检查工作，接待上级，更离不开我。我成了他们附庸风雅、升官发财的演出道具和最佳礼品。我还被他们编成歌谣，在餐厅、饭店的盛宴上广泛流传：感情深，一口吞；感情浅，抿一点；感情铁，喝出血；感情厚，喝个够；……在官场仕途、政治权力的角逐中，我又被他们作为提拔考核干部的标杆：能喝白酒喝红酒，这个干部调起走；能喝八两喝七两，这个干部不培养；能喝啤酒喝饮料，这个干部没人要……更让我感到难以忍受的是，他们居然把我和臭名昭著的"刮骨钢刀"——"色"相提并论，并把我排在了第一位："酒色财气""酒色之徒"等，彻底毁了我的一世清名，使我一想起来就痛苦万分。

红尘的纷扰和无奈，已让我身心交瘁，不再流连。盛极必衰，作为商品，我迟早要退出历史舞台。质本洁来还洁去。我渴望着人类早一天为我正名，返璞归真，携带着妻子儿孙们，重归故里，享受天伦之乐，静度晚年。

　　我知道这一天很渺茫而且十分遥远，但我仍然满怀信心地期待着它的来临。

　　　　　发表于 2007 年 9 月 9 日《雅安日报》

亲爱的，你在何方

当夜幕降临华灯初上
心中隐隐升起一种渴望
渴望你的温柔占据我的心房
渴望你的热情融化我的冰凉
亲爱的你在何方
对你的思念夜夜潮涨
对你的爱无奈又迷茫
……

朴实的词，忧伤的曲，感人至深，催人泪下。心弦被深深地拨动，强烈的共鸣震动着我，心中的思念如决堤潮水般汹涌澎湃……

沉重的记忆大门，缓缓地打开；尘封的往事，一页页地翻开。如水的日子里，静静的夜里，总会跃动着你青春鲜活的身影，总会情不自禁地想起我们一起的幸福时光。远方的你、心中的你、亲爱的你，在他乡还好吗？！"今夜我愿化作夜莺，飞到你的身旁。"

二十多年的光阴，弹指一挥间；二十多年前的那份爱恋，至今回味起来，仍觉醇厚甘甜。记得一首歌中曾唱道："有些人，一旦错过就不在。"如果时光可以倒流，如果一切可以从头再来，我绝不放手，宁愿守着那份清贫、真挚的爱，宁愿不要未来。"今夜我想与你一起歌唱，一起疯狂，一起飞向爱的天堂。"

因为世俗的眼光、因为所谓的前途、因为家庭，也因为个小小的误会，强忍心中刀割般的疼，用冷处理的方式毅然决然地斩断情丝，委婉而又决绝地放弃了那曾经热烈而不冲动、浪漫并不激情的爱。是年轻不懂爱情，是对保尔·柯察金的崇拜，是对琼玛的热衷，还是你我今生无缘？也许都兼而有之吧！

也许是我的冷漠，让你心灰意冷，负气出走，远嫁他乡。原本咫尺的你，却成最远的"天涯"人。相爱的人难成眷属，不能不使人喟然长叹，感慨万端。放弃你是我一生的错，是我心中永远的痛。

多年以后，终于明白了"初恋时我们不懂爱情"之语的深刻含义，终于明白了"爱一个人，就是让他（她）得到幸福"的爱情真谛。人间有因爱而结合的美满幸福，有因爱而分手的永恒遗憾。如果当初的分手，能使你获得今生的幸福，那就是我对你心灵伤害的最好抚慰。

世上没有后悔药。当年的你，早为人妻、人母，写给你的小诗《致F》，也许今生再也没有机会向你宣读。纵然你我今生无缘，我也心甘情愿在远方为异乡的你合掌祈祷祝福：愿你一生幸福相伴，直到永远。

你在他乡还好吗？亲爱的，你在何方？

2007 年 10 月 8 日　写　改

雪落有声

无声无息，漫天飞舞，密集飘落的雪花，从黑暗、深邃的夜空中轻坠，在昏黄的路灯下显得分外清晰、真切。

上一次下这样大的雪，要追溯到 20 世纪 90 年代中期。自那以后，小城每年的寒冬腊月，老天爷洒上星星点点的雪花，这不免让那些渴盼积雪大地、"瑞雪兆丰年"的孩童、农人好生失望和惆怅。

记忆中，童年的雪令人终生难忘。回忆儿时的情景，总让人两眼放光，充满向往。一觉醒来时，大地、田野、屋檐瓦背、逶迤群山已是白雪皑皑，银装素裹，冰雪世界。狼吞虎咽、三下五除二地将早饭刨下肚，便急不可耐地加入伙伴们玩耍的行列，在雪地上追逐、嬉戏。厚松的积雪，一脚踏上去，"嚓""嚓"作响；用冻得像红萝卜似的五指，抓一把雪放入口中，品尝雪的冰澈、洁净；将冰凉的雪，塞进不备伙伴的后颈窝直落背心，然后急速地逃去；堆雪人、捏雪团、打雪仗……下雪的日子，是童年最开心、最快乐、最难忘的好时光。

曾几何时，儿时的雪越来越少，大自然的寻常之物，竟成了稀罕之宝，堪与稀有动物相媲美。生长在当今时代的孩子，是幸与不幸！这也难怪，过去的岁月太遥远，现在下雪的日子太少见！什么时候，大自然的慷慨赐予变得格外吝啬起来了呢？！

无休无止的雪花，仍在不断地降落、下坠，大有不依不饶、"改尽江山旧"的趋势。这雪，是虎头蛇尾、强弩之末还是肆无忌惮、助纣为虐呢？！

小城终于有了积雪，这雪落得不大不小，适可而止，恰到好处，也算是上苍对小城的眷顾吧！然而，神州大地的许多省份不断地传来坏消息：雪灾泛滥，供电系统瘫痪，交通运输中断……老天，但愿你的震怒只是偶尔，不再继续发泄。地球上的居民们，请关爱我们的家园，用我、你、他（她）的实际行动，去避免、防止、阻遏自然界再一次对人类的惩罚和报复，让我们与大自然和睦相处，构建和谐、美好的人类社会和幸福家园。

2008 年 2 月 4 日　写　改

期望渴盼中国足球从此不"恐韩"

历史总是惊人的相似，又一个"黑色三分钟"里，占据天时、地利、人和的中国队，在东亚四强赛首战中以 2 ： 3 负于老对手韩国队，又一次摔倒。

在中国队屡次冲击世界杯、奥运会的征途中，韩国队成了中国队一道难以逾越的门槛。三十年逢韩不胜，"恐韩"的沉重话题，压得中国足球界喘不过气来，令万千球迷唏嘘不已，扼腕长叹，欲哭无泪。

每逢与韩国队一决高下的比赛，尽管国足队员信誓旦旦，一再声称不"恐韩"，要结束逢韩不胜这一"屈辱史"，结果总是旧"仇"未报，新"恨"又添！语言上的侏儒，成不了行动上的巨人；语言上的巨人，也同样成不了行动上的巨人！

聪明的人不会在同一个地方跌倒两次。常言道：事不过三。可我们的足球队，为何总是在同一对手的面前屡战屡败、轰然倒下呢？！"黑色三分钟"的厄运，为何能得以 N 次地反复重现和上演呢？！难道韩国队真的成了"撼山易，撼岳家军难"的"岳家军"？！难道韩国队真的强大到了见谁灭谁、不可战胜的"梦之队"？！

是媒体对"恐韩症"的过分渲染，陡增国足队员的巨大心理压力，最终导致痼疾复发？是主教练的水平能力有限，战术安排不当，临场指挥失误，以致功亏一篑？是队员技不如人，缺乏自始至终高昂、旺盛的斗志和必胜的信念？是宿命的安排，还是……这一切的一切，难道真的是一道难以攻克的"哥得巴赫猜想"？！

一则幽默说：想让一个人成名，就让他到国家足球队；要毁掉一个人，也让他到国家足球队。成也足球，败也足球。中国足球令人提心吊胆，爱恨交集。尽管中国足球给中国球迷带来了无数的伤痕、无尽的泪水，乃至让众多的球迷伤痛发誓：从此不看中国足球，可一旦有中国队参与的重大赛事，又自食其言，乖乖地进入赛场或端坐在电视机旁凝神屏息观看。正所谓"'春晚'难看还得看"；"爱之深，恨之切"；"儿不嫌母丑，狗不嫌家贫"；"孩子是自己的乖，自己的孩子自己爱"的真实心理写照。

"有志者，事竟成，破釜沉舟，百二秦关终属楚；苦心人，天不负，卧薪尝胆，三千越甲可吞吴。"期盼渴望中国足球早日完成从量的积累到质的飞跃；期盼渴望中国足球，瓜熟蒂落，水到渠成；期盼渴望中国足球，浴火重生，凤凰涅槃；期盼渴望中国足球，知耻后勇，励精图治，早日腾飞，屹立于世界强队之林；期盼渴望中国足球，十面埋伏，垓下一战，从此不"恐韩"！

2008 年 2 月 19 日　写

朋友，我看望你来了

我的朋友 ×××，不慎失足，误入歧途。因具有法定减轻情节，被判处有期徒刑 × 年。

判决书生效后，朋友被送往距小城约 200 公里的 ×× 监狱服刑改造。刑期不算长，也不算短，但弥足珍贵的人生自由却失去了。

昔日的风光，顿成过眼云烟；过去的荣誉，已成遥远的回忆。从年轻有为的领导干部，到锒铛入狱的阶下囚，从昨天的门庭若市，到今朝的门可罗雀，恍如隔世。古往今来，锦上添花者众，雪中送炭者稀。正所谓：贫居闹市无人问，富在深山有远亲。权重位高时，阿谀奉承者趋之若鹜；失势垮台时，势利小人唯恐避之不及。世态炎凉，人心不古，令人感慨万端，不胜唏嘘。

我作为你昔日的朋友，在你还是平头百姓时，我们在业余闲暇，经常一起享受着"打点小麻将，吃点麻辣烫，看点 Y 录像"的"小康生活"。当你走上领导岗位，成天忙于应酬交际，穿梭于茶楼酒席，围坐在麻将桌旁，尽情欣赏"众星捧月""一览众山小"的无限风光时，我们之间的情谊渐渐地淡漠，久而久之，有了种"话不投机半句多"的陌生感。

我的性格，决定了我不愿趋炎附势，不甘随波逐流，不会逢场作戏。为此，同学、朋友、同事，或委婉含蓄，或直截了当地指点、批评我，说我"性格太直""缺乏为官从政的艺术""仕途上难有起色"，等等。失败挫折时，痛定思痛，我也想改弦易辙，"重新做人"，无奈"江山易改，本性难移"，时过境迁，又依然如故，我行我素，一条道走到黑了！

俗话说：疾风知动草，患难见真"朋"。正如一首歌中所唱：

……
朋友啊朋友
你可曾记起了我
如果你正承受不幸
请你告诉我

朋友啊朋友
你可曾记起了我
如果你有新的彼岸
请你离开我

是的，真正的朋友，永远经得起时间、金钱、权力、地位的考验；真正的朋友，如陈年佳酿，时间越久，水分越少，香味越浓；真正的朋友，在你大红大紫、炙手可热时，不会曲意逢迎，只会和你保持不远不近的距离，在远处、在心底悄然地关注着你；真正的朋友，在你遭受不幸、落难时，不会乘人之危，落井下石，弃你而去，只会竭尽全力，千方百计地帮你渡过难关，使你早日走出困境。我始终坚信：做官是暂时的，朋友是长久的。

我作为你昔日的朋友，没有理由在你需要安慰、需要信心、需要帮助的时候，对你冷落、歧视和打击。一个人在遇到危难、厄运的关键时刻，有人支援、帮助他一下，就有可能改变他一生的命运，获得迥然不同的结局。你我曾经是朋友，在你遭受磨难、承受痛苦的时候，作为朋友的我绝不会抛弃、忘记你的！

……

在一个阳光明媚的早晨，我毅然背上行囊，踏上了路途。客车徐徐开动，遥望着逶迤起伏的群山，扑朔迷离的地方，我在心里默默地说：朋友，我看你来了！

2008 年 3 月 6 日　稿　改

伟大的爱永远与灾区人民同在

世间的爱，千姿百态。然而，最感人、最伟大的爱，莫过于母爱。

冰天雪地的山谷里，猎人发现觅食的黑熊后开枪射击。被熊却始终保持着直立的姿势，怎么也不肯倒下。猎人纳闷不已，近前查看，才发现熊的身前有一对嗷嗷待哺的幼崽。深深地震撼，砸毁猎枪，从此不再狩猎。

死亡来临，出于本能，出于母爱的动物，还想着保护自己的孩子，这种爱是何等的感人。

二战时，德寇入侵，对某国手无寸铁的逃难者进行屠杀，一位妇女和很多人不幸被击中。与别人不同的是，这位被击中的妇女，竭力控制着自己的身体，最后才缓缓地倒下。原来，她有孕在身，临死之际，害怕伤着肚子里的孩子。

母爱，感人至深的母爱，无不令人惊叹、动容和震撼，也孕育着一个个奇迹。

汶川大地震期间，救援队员在北川县发现她的时候，她已经停止了呼吸。透过废墟的缝隙，可以看到她双膝跪地，整个上身向前匍匐着，双手扶地，支撑着身体，她的身下，一个三四个月大的孩子，躺在一条红底黄花的小被子里。因为母亲身体的庇护，孩子毫发未损。孩子获救后，救援队员发现了母亲塞在被子里的手机，手机的屏幕上留着一条已经写好的短信："孩子，我亲爱的宝贝，如果你能幸运地活着，一定要记住，妈妈爱你。"

……

用不着再一一地枚举，母爱的力量无穷无尽，伟大的母爱无处不在。我们都是祖国母亲的孩子，当天灾降临、当人祸发生的时候，我们的母亲绝不会丢下、抛弃自己的孩子！母亲只会竭尽全力去救援自己的孩子！

2008 年 5 月 12 日，发生汶川地震后的第一时间里，祖国母亲做出了迅疾的反应：胡锦涛总书记，主持召开了全国抗震救灾工作会议；温家宝总理，冒着不断发生的余震，亲赴地震中心看望慰问灾区人民。危房边、废墟旁，人民的总理话语哽咽，热泪盈眶；重灾区、救援地，总书记身临现场，嘘寒问暖，鼓舞士气。"抗震救灾，众志成城""一方有难，八方支援""大灾大难，大爱大现"。灾情就是命令，时间就是生命。祖国母亲的优秀儿女——人民的子弟兵、武警战士、公安干警、医务人员、青年志愿者……在最短的时间内，从天南海北、四面八方向灾区聚集。"人民的生命高于一切！""哪怕只有 1% 的希望，也要做 100% 的努力！"

啊，孩子！你的生死存亡，时时刻刻牵动着祖国母亲的心；灾区人民的安危冷暖，无时无刻不拨动着炎黄子孙的心弦。

啊，等待救援的孩子，下落不明的亲人，至今仍埋在坍塌房屋、废墟瓦砾中的兄弟姐妹、父老乡亲，无论你在哪里，祖国母亲、华夏儿女都始终如一地惦记着你；无论你在哪里，祖国母亲、华夏儿女都全力以赴地帮助你；无论你在哪里，祖国母亲、华夏儿女都矢志不渝地支援你；无论你在哪里，祖国母亲、华夏儿女都千方百计地找到你；无论你在哪里，祖国母亲、华夏儿女都不遗余力地保护你；无论你在哪里，祖国母亲、华夏儿女都永远地深爱着你；无论你在哪里，祖国母亲、华夏儿女都永远不会忘记你、放弃你！

啊，遭受灾难、经受痛苦的亲人们，擦干眼泪，挺起胸膛，忘却昨天的悲伤，化悲痛为力量，让困难、危险、死神在你的面前惊慌、逃亡，让你、我、他（她）在灾难的面前变得无比坚强。地震可以毁灭我们的家园，却毁不掉我们的信心、勇气和意志，我们团结一心，我们意志如钢。祖国母亲永远与你同在！华夏儿女永远和你共存亡！

2008 年 6 月 18 日至 24 日　写　改

体验速滑

到武隆旅游，最刺激、最挑战、最令人心跳的娱乐方式，莫过于芙蓉江过江速滑。如果来此不体验一下过江速滑，是一种遗憾。

观芙蓉洞、游芙蓉江的当天，由于相机充电耗费了较长的时间，导致下午游江归来太晚，无法速滑。为了不留遗憾，我不得不调整计划，在武隆县城多住一夜。

千里迢迢，来此一游，实属不易，也许今生今世不会再来。对于步入"知天命"之年第一个年头的我来说，像这种挑战自我、体会心跳和刺激的机会是越来越少，再等几年以后，既使还有这样的机会，只怕也没有勇气和胆量了。也许这是我一生中，屈指可数的挑战自我的机会了，错过、放弃实在可惜，说不定还会遗憾终生。

翌日10点，我又乘车到芙蓉洞景区。昨日被雨雾笼罩的群峰，终于云开雾散，撩开了她那神秘的面纱，露出了清新靓丽的容颜。此时，游客稀少，景区显得静谧而冷清。游客少，速滑的人自然不多，也就免去了排队久候之烦恼，这是我求之不得的事。

速滑票往返50元，说高不高，说低不低。来此后得知：芙蓉江过江速滑是目前世界上最长的过江速滑，属双向往返双轨式跨江速滑。单程跨度为669米和559米，高度为300米。购票后，总觉得票面的"世界最长——芙蓉江过江速滑"不够严谨，等同于"吃饱不饿"之类的正确废话。

　　站在高高的速滑台上，心跳进一步加剧，速滑对我来说，是大姑娘上轿——头一回。俯看，深不可测的芙蓉江水库，让我有些眩晕。不怕一万，就怕万一。万一绳索突然断裂，岂不葬身江底，成为鱼鳖们的美味佳肴？想到此，我的心中惴惴不安。

　　尚在犹豫之际，工作人员已迅速为我系好、扎牢了安全绳，彻底断了我的退路，让我不得不破釜沉舟了。一切整理妥当，坐在速滑椅上的我，双脚离地后徐徐向前滑出。渐渐的，滑行的速度越来越快，风在我的耳边"呼呼"作响，滑轮在钢轨上摩擦着，带着啸声向江岸冲去。渐渐的，狂跳不已的心，慢慢地恢复了平静。我向两旁平伸出手，像一只展翅高飞的雄鹰，在蓝天上翱翔。头上，白云朵朵，触手可及；脚下，江水碧绿，深不见底。置身数百米的高空，顿觉人的渺小与人生的虚无，尘世的荣辱得失、功名利禄不复存在。刹那间，灵台空明，大彻大悟，大有羽化升仙，与蓝天、白云、青山、绿水融为一体之感……

　　告别速滑台，欲交钱索要过江速滑照片时，方被告知：摄像机已坏未修。唉！下定决心来挑战自我，体验速滑，满以为不留遗憾，然而人算不如天算，仍有遗憾。

　　花有开谢，路有直曲，山有高低，水有深浅，月有盈亏，人有悲欢。生活没有尽善尽美，人生不会完美无缺！

　　　　　　　　2008 年 10 月 4 日至 13 日　　写　　改

观孔雀开屏

陪朋友到动物园游玩。

如今的一些动物，身价倍增，有的是国宝，有的成珍稀动物，住的是别墅豪宅，吃的是鸡蛋、牛奶、面包、苹果等美味佳肴，不仅吃喝无忧，而且还有专人伺候，让人陡生"人不如动物"之感。这也难怪，人类的队伍越来越庞大，动物的种类却日益锐减。啥时候地球上只有百十千把人了，这人自然也就成了稀世珍宝。

逛了一会儿，朋友提议到孔雀馆去看看。此言正合我意，看孔雀的次数不少，但从未见其开屏，这对我来说始终是一种遗憾。有人说，看见孔雀开屏是一种福气，看来我是无福之人，无缘一见，呜呼哀哉！

孔雀馆里，几只孔雀拖着长长的尾巴，在室内优哉游哉地踱来踱去。也许是见得多了，我们的到来并未影响它们休闲的兴致，它们熟视无睹地在我们眼皮底下晃来晃去，根本没把我们当回事儿。

看得索然无味，馆内的特殊气味，也一阵阵地使我的鼻孔大受刺激，我忍不住转过了身。突然，朋友嚷了起来："快看，快看，孔雀开屏了！"

回过头来，只见一只雄孔雀面对着我们，昂着头，尾巴上翘，摇曳、抖动着身子，徐徐地展开它那异常漂亮的羽毛。顿时，我们的眼前一亮，一幅鲜艳夺目的美丽图案，出现在扇子般的七彩屏上，美得几乎令人窒息。

"太美了！"我不由得一声惊叹。

无意之中，我转到了孔雀的后面。

"天啦，怎么会有迥然不同的情况出现呢？！"

失去漂亮尾巴保护、遮挡的孔雀屁股，光秃秃的，显得丑陋不堪，令人欲呕。

爱美之心，人皆有之，无可非议。生活中，人们都热爱美、喜欢美、追求美，而往往忽略了在美的背后存在着的丑！

2008 年 10 月 23 日至 24 日　写　改

走过 2008 年　走进 2009 年

凛冽的空气中，流动着浓浓的寒意。严冬之际，又到了岁末新旧交替时。

在许多国人的眼中，"8"字，意味着"发"，代表着"发"是吉祥的代名词。然而，美好的愿望，代替不了残酷的现实。

难忘的 2008 年却经受了一连串痛苦和灾难，炎黄子孙面临着血与火的洗礼、生与死的严峻考验和挑战。华夏文明古国，挺直民族的脊梁；苏醒的东方睡狮，高昂着不屈的头颅；勤劳、善良、勇敢的神州儿女，团结一心，不屈不挠地与灾魔抗争。大灾大难前，可歌可泣的动人事迹层出不穷，惊天地、泣鬼神的感人场面比比皆是；大灾大难前，国人的心灵得到净化，国人的灵魂得到升华。中国精神——苍天为之感动，世界为之震惊。

难忘的 2008 年，降临的灾难，阻挡不了 56 个民族前进的脚步；频繁的灾难，磨灭不了 13 亿人民战胜厄运的斗志。灾难中，创造着伟大的奇迹；灾难中，书写着不朽的传奇。"神七"点火升空，航天遨游；北京奥运会圆满成功，震撼全球。中国，你的名字是强者；中国，你的名字是胜利；中国，你的名字是骄傲和自豪！

祸不单行昨日行，福无双至明日至。灾难已过去，幸福会降临。愿昨天的灾难，成为永远的过去；愿明天的幸福，时刻青睐苍生而永恒；愿祖国的明天，不再多灾多难，不再厄运连绵；愿人民的生活，更加称心如意，幸福美满。

顶着雪灾，冒着骚乱，越过废墟，迎着风暴，我们谈笑风生，坦然向前。走过 2008 年，走进 2009 年。前方的路虽然太迷离，但却充满希望和光明。

2008 年，我们一路走过；2009 年，我们一路行来。走进 2009 年，让我们满怀豪情，由衷地大声呐喊：祖国你早！人民你好！

2008 年 12 月 31 日　稿　改

茶缘与人生

　　缘者，"缘故""因为""缘分""沿着""边"之注解也。哲学上的因果关系，讲的是"缘"；事物的发展变化，凭的是"缘"；成为同学、同事、朋友、战友，也需有"缘"；人与人之间的相逢、相识，说的是"缘"；生活中，亲人、爱人的聚散离合，也离不开"缘"。

　　人在年轻的时候，往往无所顾忌，具有初生牛犊不怕虎的气概，敢于怀疑一切。然而，到了一定的年龄，就不得不相信一些事情，包括说不清道不明的"缘"。

　　从小到大、插队下乡和参加工作之后的一段时间，我是从不喝茶、与茶无缘的。一来父母没有喝茶的习惯，无法对我言传身教，耳濡目染；二来当时物资匮乏，茶叶缺少，工资较低，不敢也无法增加这笔奢侈的开支；再加上我孤陋寡闻，对茶的功能、饮茶的益处一无所知，与茶无缘也就是正常不过的事。

　　我与茶结缘，是在参加工作的第五年。那时，我担任了供销社（分社）主任。在频繁的送货下乡、支农工作中，与茶农的接触日渐增多，知道了他们种茶的艰辛，知道了茶的特色，对茶有了初步的了解。尤其是在供销社每年一次收购茶叶的评茶会上，更进一步地加深了我对茶的认识，从中学到了不少关于茶的知识。

　　评茶、品茶，讲究的是"色、香、味、形"，靠的是"一看、二闻、三品、四辨"，即观看茶的汤色，嗅闻茶的香气，品尝茶的味道，分辨茶的外形。具体来说，就是在白色的陶瓷杯或透明的玻璃杯里，放入一小撮茶叶，注入比茶叶略高一到二指节的沸水，待茶叶完全膨胀开后，察看杯中茶汤的颜色，是绿色还是黄色，是清汤还是浑汤，有无雾气升腾；随后端杯屏息，嗅闻其味，感觉有无香气入鼻；而后抿一口茶水于口中送至舌尖，细品有无异味，苦涩是否过度；最后将杯中茶水倒掉，捞出茶叶摊于掌心，分辨叶片的老嫩，形状是否完整，有无虫眼。

后来，我从报纸杂志上知道，茶有止渴利尿、提神明目、促进新陈代谢、防止疾病、延年益寿的药用保健功能。茶叶中含有维生素 A、维生素 B、维生素 C、维生素 E、维生素 K 等多种维生素，这些维生素对身体有良好的作用，因而对茶的喜爱与日俱增，对茶的感情不断地升温，渐渐地爱上了喝茶。而今，每天饮茶，已成我日常生活的习惯。

每当我开始伏案工作、需要思索分析的时候，每当我身体疲惫、精神倦怠之时，每当我突发灵感、有了创作冲动的念头，我总会情不自禁地泡上一杯绿茶，饮上几口，了我初衷，遂我心愿。

看着一片片茶叶在杯中翻滚旋转，有的迅速沉入杯底，纹丝不动；有的缓缓躺下，静卧水中；有的起伏不定，悬于半空；有的高高在上，浮在水面。蓦地，我的心中一动：现实社会里，大多数人虽经挣扎，仍只能居于底层；少数的人，几经浮沉后，在中间（层）找到了自己的位置；那些与底层隔着遥远距离、浮在上面的高层人物，毕竟只是极少数。这不正是现实生活和人生的真实而绝妙的写照吗？

一次次地品茶，对人生真谛的领悟也一层层地加深。茶叶的沉浮，犹如人生的起落；茶叶的清香、苦涩，如同生活中的甘苦，这茶和人生是何等的相似，这大概就是人们所说的"品茶如品人生"的道理了！

与茶结缘，一生何憾；与茶相伴，无悔无怨。

2009 年 5 月 8 日至 9 日　写　改

注：2009 年 6 月此文获四川省首届"碧竹青"杯茶文化作品征文三等奖。

5月的记忆

　　5月是平凡的，因为它只是一年中的一个月；5月又是普涵，尽管它有较多的节日（如五一劳动节、五四青年节等），但也和大多数月份一样，只有31天。然而，因为"5·12"那个黑色的日子，因为14∶28那个恐怖的时刻，平凡而又普通的5月，成了特别的5月，让我们从此牢牢地记住了5月。

　　5月的记忆是黑色的。那一刻，天空突然变得灰暗，大地开始剧烈地震颤，一座座漂亮的学校、工厂、宿舍变成残垣断壁，化为尘烟；一个个和睦幸福的家庭，妻离子散，毁于一旦；一个个鲜活的生命，死于非命，惨别人间。丧父、丧母之痛，失儿、失女之悲，别夫、别妻之哀的痛彻心扉的声音，迄今仍萦绕在耳边。

　　5月的记忆是血腥的。那一刻，淋漓的鲜血在地动山摇中迸溅，钢筋混凝土、预制板、砖头、瓦块，将血肉之躯击碎，死神狞笑着张开血盆大口，将脆弱的生命无情地吞噬。废墟深处，瓦砾堆中，流淌的热血渐渐地凝固干涸，肢体分家、折膊断腿、五官变形、身首异处的惨烈场面历历在目，令人惨不忍睹，肝肠寸断。

　　5月的记忆是坚强的。那一刻，一队队人民子弟兵，冒着不断发生的强烈余震，用生命打开生存的通道，神速地降临灾区，用原始、简陋的工具，用双手刨开瓦砾，救出一个又一个垂危的生命；一群群白衣天使，毅然告别爱人和孩子，迅速奔赴灾区，夜以继日地工作，从死亡线上将一个个濒危的生命拉回；一个个素不相识的志愿者，从天南地北会聚在一起，赶赴灾区，让爱的力量，生的希望在废墟中传递、延伸、蔓延。

5月的记忆是感人的。那一刻，永远也不能忘记：一对父母用身体搭成的拱形，为自己的孩子构筑起生命的围墙；一名战士跪地恸哭，向人央求让自己再多救一个孩子；一位死去的母亲，将写好的短信留在手机里："孩子，我亲爱的宝贝，如果你能幸运地活着，一定要记住，妈妈爱你"；一位老师用瘦弱的身躯、张开的双臂，创造了四名学生生还的奇迹……

5月的记忆是暖心的。那一刻，人民的总理、60多岁的老人，亲赴灾区现场，老泪纵横，话语哽咽，慰问看望灾区人民，鼓励人民重建家园，夺取抗震救灾的胜利；我们的总书记将抗震救灾作为国家的头等大事，列入重要的议事日程，多次召开重要会议，部署指挥抗震救灾工作。一车车救灾物资，源源不断地运往灾区；一笔笔巨额救灾款，快速拨往灾区。国家地区、社会团体、兄弟省市、海外侨胞、港澳同胞、炎黄子孙，纷纷伸出援助之手，捐款捐物，救援灾民。

5月的记忆，让我们学会了不屈不挠，坚毅坚强；让我们看到了爱的巨大力量；让我们收获了太多的感动和无数的爱心。死神只能毁灭我们的肉体，却无法征服我们的意志和灵魂；困难只能延缓我们向前的步伐，却无法击垮我们奋勇前进的勇气。

花谢花开又一年。那座座废墟上，高楼大厦拔地而起；那破碎坍塌的房屋，已焕然一新；那悲伤的声音，已被欢声笑语代替；那痛楚的脸上，已绽放出如花的笑靥；那城市的灯火，仍然温暖；那失去亲人的人们，面露微笑，坦然面对每一天。

身心的创伤，会在时间的流逝中慢慢结痂，会被时光的长河沉淀。5月的鲜花，开遍原野，鲜花掩盖着同胞的鲜血。为了挚爱的亲人，我们义不容辞、责无旁贷地把家园建设得更加美丽；为了逝去的亲人，我们必须创造更加幸福美好的生活。

举酒遥祭，低头默哀，点燃泪烛，送走纸船，我们用不同的哀悼方式，祭奠在天之灵：感悟人生，感谢生命，珍惜生命，好好活着。这是对逝去的生命、对逝去的亲人们的最好纪念、最好告慰。

5月的记忆，在生与死的考验里，在血与火的洗礼中，不朽而永恒。

2009年5月12日　稿　改

注：此文于 2011 年 7 月获雅安市"地税杯"恢复重建感恩文明教育有奖征文优秀奖。

俺心甘情愿地做了"贼"

对做贼的人，俺平生是深恶痛绝的。然而，三十年河东，三十年河西，前些日子，俺却心甘情愿地做起贼来。

个把月前，QQ友们纷纷发来短信，邀俺加入 QQ 农场，起初不为所动，置之不理。后来，农场的影响力越来越大，坛友、网友聊天，朋友、同事见面，"今天你偷了没有？"成为最流行的时髦问候语。禁不住三番五次的邀请，受不了再三再四的诱惑，终被贼友们拉上"贼船"。

即入"贼列"就得爱岗敬业。初踏贼途的俺，在面对琳琅满目，应有尽有，令人馋涎欲滴，色、香、味、形俱全的蔬菜、水果时，自然是手痒难捺。时而偷张三，时而偷李四，一会儿窃王五，一会儿窃刘六。一天下来，硕果累累，成绩斐然，居然是辛勤劳动所得的几倍，当真是：辛苦种菜好几天，不如做贼偷一回。难怪有人乐此不疲，甘愿为贼！哈哈！

满以为俺是新手，级别低，种的蔬菜也值不了几个钱，等级高的贼友们会不屑一顾，对俺网开一面，殊不知，这儿是一视同仁，奉行偷光、卖光、用光的"三光政策"，俺种的牧草、白萝卜、胡萝卜等低档作物也在劫难逃。"盗贼入室，绝不空手而出"这是俺们这行的原则！呵呵！

种菜有种菜的艰辛甘苦。起早贪黑，日晒雨淋，耕耘、播种、浇水、灭虫、施肥……苦盼作物早日成熟。即将收获之际，更是殚精竭虑，坚守岗位，保卫劳动成果。唯恐考虑不周，略一疏忽，稍一懈怠，胜利果实便丧失殆尽，落入盗贼之手。果实入仓，方能卸下千斤重担。汗水、泪水、喜悦感、成就感、幸福感相互交织，酸甜苦辣咸五味俱存。这与现实中的勤劳致富之道，是何等相似！

做贼有做贼的忧愁喜乐。为了一点不义之菜，熬更守夜，担惊受怕，伺机作案。有时千辛万苦地觅得一方好菜，苦苦地守候多时，却被主人一干二净地收割，结果是竹篮打水——一场空，狗咬尿脬——空欢喜；有时偷得正欢，却被牧场犬发现，只好狼狈不堪地逃窜，最终落得人菜两空。勤劳难致富与不劳而多获的悬殊差异，巨额财富的诱惑，作案成功的兴奋，侥幸逃脱的惊喜，促使俺铤而走险，变本加厉地偷盗窃取。这和生活中的盗贼作案轨迹，又是何等的相似！

在虚拟的网络世界里，种菜也好，偷菜也罢，各有各的滋味，各有各的乐趣。在这里，不必考虑合法非法，不用担心违法乱纪，不必考虑身份高低，亦不需循规蹈矩，完全可以用正当和不正当的手段，获取亿万巨额财富，置田买地，拥有美丽、富饶、辽阔的牧场，住上令人艳羡的豪宅别墅，实现现实世界里无法实现、难以实现的梦想，过上梦寐以求、高人一等的生活。在这里，不必处处设防，不用担心飞短流长，不必顾及荣辱羞耻，也无须做正人君子，只要偷得开心，玩得高兴；只要能让思想上、工作上的压力得到释放；只要能解除心理上、身体上的疲劳，做贼几回又何妨？其实，对俺而言，做贼是手段，快乐是目的。

网络毕竟是网络，游戏终归是游戏。在现实生活中，做一个勤劳勇敢、遵纪守法的"种菜人"，乃人之基本，俺当时刻铭记于心。

2009 年 10 月 12 日至 14 日　写　改

"送年"感怀

漫天飘忽的阳灯(孔明灯),慢慢地变小熄灭;密集的鞭炮声,渐渐地稀疏冷落,接踵而至的是夜的静谧。

在家乡,大年夜(农历腊月三十)要吃猪脑壳(猪头),谓之"迎年",以示过年的开始,正月十五要吃"坐墩"(猪屁股),以表有头有尾,再加上民间自发形成的"舞狮""偷青""放阳灯"等民俗活动,谓之"送年"。这正日十五一过,春节也就宣告结束,年也就算彻底过完了。

年复一年,循环往复,周而复始。流逝的岁月,犹如一面魔镜,把童稚变成少年,把少年变成青年,把青年变成壮年,把壮年变成风烛残年;正如一首歌中所唱的那样:"岁月如飞刀,刀刀催人老,再回首天荒地老。"岁月的轮换更替中,憔悴了青春,苍老了容颜。世上无长生不老之药,人间无返老还童之术。既使是扭转乾坤、叱咤风云的风流人物,最终也难逃一抔黄土之命运。

伟人、名人也好,平民百姓、凡夫俗子也罢,功名利禄面前,又有几人能超然脱俗,心如止水;酒色财气面前,又有几人能乐天知命,知足常乐;悲欢离合之时,又有几人能顺其自然,随遇而安!

其实,人生大可不必如此伤感。自然界的法则,谁也无法改变,与其悲天悯人,倒不如达观面对。无悔昨天、珍惜今天,把握明天,快快乐乐、开开心心地过好每一天。

一则短信说得好，高官不如高薪，高薪不如高寿，高寿不如高兴。活得高兴，活得开心，活得快乐，活得精彩，乃我辈凡夫俗子人生追求之佳境。

2010 年 3 月 1 日至 2 日　写　改

雨 思

自然界有春、夏、秋、冬，天文气象有日、月、星、辰、雨、雪、冰、霜。一年四季中，每季皆有而且变幻莫测、绚丽多姿的，非"雨"莫属。

春来有春雨。每年的立春节气一过，潇潇春雨便莅临大地。用"潇潇"一词来形容春雨，是言其少，说其小，因为少且小，方显得弥足珍贵。"春雨贵如油""久旱逢甘霖"的说法，也充分彰显了它的价值所在。古人曾有许多吟咏赞颂春雨的名篇佳句，但脍炙人口、经久流传的当数诗圣的《春夜喜雨》："好雨知时节，当春乃发生。随风潜入夜，润物细无声。"蒙蒙细雨中漫步，春雨细细地下，柔柔地落，轻拂你的发梢，摩挲你的双肩，让你尽情地去体会、去感受她的柔情、她的妩媚。

夏至有夏雨。如果把春雨比作多情含羞的少女，夏雨则如坦荡尽显阳刚之气的汉子，滂沱大雨、倾盆大雨，来得猛烈，下得酣畅淋漓，给人威势，让人震撼。久雨不停，必成水灾。倒是来得快去的也快的雨，对解除旱情、降低气温、减轻暑热有着立竿见影的效果，更具安全感而让人渴盼。

秋到有秋雨。秋雨绵绵，"绵绵"者，连续不断也。这雨多且长，没完没了地下，无休无止地落，岂不让人惆怅？岂不让人伤感？秋雨令人伤感，也最易让人想起情人之间的分离。秋雨缠绵，就像剪不断，理还乱的离情别泪，哪一个多情儿女，能不为此泪垂，为之揪心？正是"英雄气短，儿女情长"之真实写照！

冬临有冬雨。与春雨的温柔、夏雨的阳刚、秋雨的缠绵相比，冬雨晦涩，少了女人味，缺了男人气，阴也虚，阳不盛，显得不伦不类，变得不男不女。孟庭苇的《冬季到台北来看雨》的歌，弥漫着感伤、回忆和失落。即使台北的冬雨再美，全球也只有一个台北。

人生犹如四季之雨，既有宝贵的春雨、快意的夏雨，又有缠绵的秋雨、暧昧的冬雨。贫贱不能移，富贵不能淫，失意莫沮丧，得意别忘形，乃立身做人之本。若能笑脸相迎悲欢离合，坦然面对不测风云，坐看庭前花开花落，静观天上云卷云舒，那人生境界当属上乘。

2010 年 3 月 4 日至 5 日　稿　改

看望母亲

午饭后，回家看望母亲。

母亲老了。母亲自从进入耄耋之年，过了她 80 岁的生日，衰老的感觉越来越明显、越来越强烈。

母亲已是吃 83 岁饭的高龄，十多年前，被车撞伤脊椎骨畸形愈合后，腰便驼了；到现在眼也开始花了，耳朵也几乎听不见了，给她打电话，我说东她听成西，讲了大半天，她也听不明白，和她面对面地讲话，外人听见犹如吵架。身体也是一年不如一年。尽管如此，她每天仍坚持跌坐练功，仍坚持锻炼身体，独自一人或在父亲的陪伴下，慢行一二公里。

母亲年轻时吃了不少苦。生于"大革命"失败的年代和七月流火的日子，似乎注定了母亲一生的坎坷和多难。

50 年代初，参加工作的母亲为了支援"西康建设"，和父辈们一同来到了一个贫穷落后的边远小县城。母亲出生于地主家庭，在读初中时生病休学期间帮助父母料理家务，竟成了重大的历史问题，因而成为每次政治运动的重点批斗对象之一。

我出生不久，便赶上了"大跃进"和"粮食关"。在"激情燃烧的岁月"里，父母被派往不同的公社"白攻夜战"，大炼钢铁，一个月难见一面，难回一次家。母亲不得不拖着年幼的我走村串户，"超英赶美"；在"三年严重困难"里，父母又被抽调到县城最边远的公社开展防病工作，由于难得回家，母亲不得不将我托付给保姆照管。许多次，保姆得知母亲将从公社回来，便叫我喝大量的水。母亲回家后，保姆便叫我撩起衣服："让妈妈看看，阿幺的肚肚吃得好饱哦！"母亲得知真相后，搂着面黄肌瘦的我潜然泪下……那时的母亲，既要忙工作，又要照顾我，辛劳可想而知！

"文革"期间，一次，母亲说话不小心得罪了公社的秘书，这个土皇帝勃然大怒，立刻召集所有机关单位人员会议，对母亲进行批斗，令母亲在会上做深刻检讨，一直将母亲折腾到晚上12点多钟才罢休。打这以后，母亲变得谨小慎微，脸上鲜见笑容。

"文革"结束后，母亲的问题得到了落实。当母亲的许多同事未雨绸缪，纷纷想方设法从乡下调回工作环境更好、生活条件更优越的县城时，母亲却不为所动，不接受规劝，始终认为"哪里都是工作，哪儿都一样"，一直坚持在乡下工作到退休。这也造成了母亲退休金领取不便、与进城的同事福利待遇差异过大的情况。20多年来，我为此不断地向母亲单位的上级主管部门反映，请求解决，但一直难以如愿。

看着母亲日渐衰老的面容和佝偻的腰身，我的心中五味杂陈，百感交集。母亲总是付出太多，得到太少，不该付出的付出了，该得到的没得到，这让我也常为其鸣不平。

记得我刚走上工作岗位时，母亲怕我上班迟到影响工作，就省吃俭用，从微薄的工资中挪出钱来，为我买了一块当时十分紧俏的上海120不锈钢手表。30多年过去，手表早已停摆，但我仍然珍藏着。

一次，母亲得知我要回家，忙碌半天，做了一桌饭菜。当我在电话中告诉母亲因事不能回家时，母亲却对我说"工作要紧，大事为重"。后来，听父亲讲，母亲为此闷闷不乐了一个晚上，饭菜也让他们吃了好几天。

　　每次回家，母亲皱纹密布的脸上，总是洋溢着孩子般的欢乐，她不停地向我絮叨，一遍又一遍地询问我的生活、工作情况。尽管母亲听力太差，但我非常轻微的一声咳嗽，她却都听得十分真切，忙不迭地找药，要我赶快服下。

　　我的每一次离去，母亲都恋恋不舍。走时，母亲总要起身相送。当我走出老远，回头看去，母亲仍在窗口伫立远望。那一刻，我终于明白了"孝敬父母要尽早"之语的真谛。其实，做父母的并不图儿女对他们有多大的回报，也不稀罕逢年过节给他们买多少东西和礼物，他们一心希望儿女们平平安安、健健康康，一家人和和美美、团团圆圆。作为儿女，找点空闲，抽点时间，常回家看看，多陪陪他们，多和他们说说话，多关心关心他们，就是尽儿女的一份孝心，就是对父母的最好回报。

　　"谁言寸草心，报得三春晖。"母爱难忘，母恩难报。生为人子，如果能做到：在平常的日子里，经常看望父母，把每一天都当作父亲节、母亲节来过，让他们的每一天都过得开开心心、快快乐乐，那就是儿女献给父母最好、最美的礼物！

2010 年 3 月 16 日　改　定

亲爱的　今夜我又想你了

"七夕"即将来临，亲爱的，今夜我又想你了。其实，何止今日今夜，"每逢佳节倍思亲"，每逢特别的日子，我总会情不自禁地想起亲爱的你。

与你相识在高中学习的日子。你那漂亮的丹凤眼，你那动人的笑靥，你那美丽的麻花辫，总在我的眼前不停地晃动和浮现。同年级不同班，拉长了我俩之间的距离，时代、环境、校规等原因，决定了我只能在远处默默地关注你。校园的偶然相遇，你羞赧地点头招呼，然后惊鸿一瞥地离去。原以为这一段朦胧的情感，只是我一厢情愿的懵懂暗恋，没想到却是彼此心有灵犀的导电。

与你相逢在高考恢复的日子。高考前夕，我匆匆回到了距插队 20 多公里的家。直到此时，我才收到你已寄出两月有余的首封来信。虽忙不迭地回信，但误会早已造成。复习期间，县城的偶然相遇，却因身处公共场所不便解释，不得不遗憾地离去。我曾在心中暗暗发誓：要不懈地努力，扼住命运的咽喉，与你再次重逢在金色的校园。满以为我的人生轨迹会因高考发生改变，却因志大才疏、所学有限而名落孙山。

与你相恋在参加工作的日子。自从在广阔天地里收到你的第一封来信，我的心犹如潮水起伏，久久不能平静。高考失败、沮丧之时，收到你冰释误会的来信。感动之余，我们相互约定：要长期保持联系。从此，你我开始了漫长的两地书信。谈理想、谈人生、话未来。尽管我们的"情书"充斥着许多当时流行的政治术语，但也不乏纯真的感情。我们的情义，在大有作为的广阔天地，洋溢着浓郁的泥土芬芳；我们的青春，在蹉跎的人生岁月里，镌刻着鲜明的时代烙印。当我的人生发生转折，你仍在广阔天地里默默耕耘，我们的感情却更进一步地加深。我居山之头，君住山之尾，高山难阻望眼，鸿雁捎去思念。渴盼、守候对方的来信，成了我们生活的主题。写信时的迫不及待，等信时的焦虑不安，寄信后的日夜期盼，收信时的欣喜若狂，阅信时的幸福满足，彼此的牵挂，无尽的思念，跃然字里行间。上一次相会刚结束，又开始惦念下一次的相见。两颗年轻甜蜜的心，憧憬着美好的明天。

与你分手在寒冷的冬季。深秋来临，我却感到了冬天的寒冷。传到父母耳里的风言风语，使他们开始了激烈的反对；亲戚长辈、同事、好心人，过来人，也一一上阵，轮番规劝。世俗偏见、社会舆论、家庭压力，并不足以摧毁我的决定，而对流言的偏信，却让我最终将你彻底放弃。当你来信约我相见，消除隔阂，我置之不理，乃至让你在寒风中苦等多时，最终绝望而去；当收到你的最后二封来信，恳求我给你一点儿音讯，我却硬起心肠，不给你丁点的解释机会。我用冷漠无声的残忍方式拒绝了你。我的绝情、我的自私、我的任性、我的冲动、我的轻率，终铸大错，葬送了我们纯洁无瑕的初恋，扼杀了我们三年有余的恋情……

亲爱的，你在何方？你知道吗？再过54天，就是我们分手30年的日子。30年来，我一直在打听你的消息，苦苦地寻觅你的踪影，我一直记得你说过"你是我的知心朋友，我喜欢你，不管我未来的前途怎样，任凭时代的风浪将我抛向何方，我愿意把你深深铭刻在我的记忆当中"的话，我期待着能早一天找到你、见到你，当面向你忏悔，求得你的宽恕，换取心灵的安宁。自己种的苦果自己收，自己酿的苦酒自己喝，无论你如何对待我，我都无怨无悔。然而，你却音讯全无，杳如黄鹤。

亲爱的，你在他乡还好吗？身体可健康？生活可如意？1000多个日日夜夜终生难忘。你写给我的35封"情书"，至今仍保存完整；我经常默读写给你的《致F》《亲爱的，你在何方》，重温昔日美好的回忆。如果时光可以倒流，我会毫不犹豫地回到从前；如果还有来世，我愿与你耳鬓厮磨、相依相偎。

亲爱的，明天就是"七夕"，今夜我又想起了你。今生今世，不能"执子之手，与子偕老"，是我终生的懊悔。我的心在滴血，我的心在流泪。如果我的过错，导致你的不幸，我愿用来生赎罪；如果我的绝情，使你因祸得福，那我为你深深地祝福。"醉过才知酒浓，爱过才知情重。"无论你在何地，我都深深地怀念着你。痛悔之余，我合掌祷告：愿亲爱的你，平安、吉祥、如意！愿亲爱的你，一生过得比我好！！愿天下有情人终成眷属！！

2010年8月13日至15日　稿　改

做一个喜新厌旧的人
——"元旦"感言

转眼间，又到岁末，又到了辞旧迎新的日子。

对于告别昨天，迎接明天，每个人都有或多或少、或深或浅的感受和体会。年幼的，觉得光阴缓慢，自己老是长不大；年长的，感叹日月如梭，希望能够回到从前。希望也好，不愿也罢，自然界的法则无情；公正无私的时间老人，不会多给谁一分，也不会少给谁一秒。

辞旧迎新一词，说起来很响亮，听起来很动听，但究其本质，说穿了就是喜新厌旧。古人所言的"总把新桃换旧符"，既是历史的必然，也是喜新厌旧的表现。从传说中的仓颉造字，象形字"旦"的诞生，到《现代汉语词典》对"元旦"的解释，都是对喜新厌旧最原始、最直接的注释和证明。

"元"者，开始之意；"旦"，天亮、（某一）天；"元旦"，新年的第一天。"元"字、"旦"字，都含有新的意思。尤其是这"旦"字，下面的"一"字，代表地平线，上面的"日"字，代表太阳。一轮红日从地平线上冉冉升起，宣告新的一天开始。古代文学作品中常用"金乌东升，玉兔西坠"来形容一天的开始和结束，这也与"旦"字有异曲同工之妙，殊途同归之感。而"元"字和"旦"字合为一词，喜新之意更为突出，厌旧也就顺理成章了。

其实，太阳升起的方式不止一种。可以从地平线上升起，可以从大海里跃出，也可以从山背后慢慢地爬上来。我想造这"旦"字的人，一定生长在平原，肯定不是在海边出生、山里长大的，否则，他造出的这个"旦"字，就会与"水""山"的偏旁部首有关联了。

每天的太阳都会升起，然而，不管太阳从哪里升起，都意味着旧的死亡，新的诞生，过去的一天结束，新的一天开始。旧的不去，新的不来，喜新厌旧既是亘古不变的人类共性，也是社会不断向前发展的永恒动力。

"过去属于死神，未来属于自己。"新旧交替、辞旧迎新之际，为了心中的梦想，为了人生的希望，为了明天的太阳，为了未来的生活，为了社会的前进，做一个喜新厌旧的人，值得骄傲和自豪。

2010 年 12 月 31 日　稿　改

幸　福

　　人呐，到了一定的年龄，身上的各种毛病就自然而然、不约而同地经常光临了。正如民谚所说：三十年前人找病，三十年后病找人。

　　前几日，脚、手指有轻微发木、发麻的感觉。在吃顿饭的时间里，握筷子的右手，也有木的感觉。对此，有人说是缺钙，有人说是腰椎间盘突出，有人说是颈椎压迫神经，还有人说是动脉血管硬化……

　　已步入"知天命"之年的几个年头，千万别把自己的身体不当回事。大病常从小病始，有了小病小痛，万万不可掉以轻心。恰好高中时的一个同学在县医院上班，找他看看，顺理成章。

　　同学是外科里的一把好手，有手术时主刀，无手术时在科室里上班。走进外科换药室，同学正忙碌着为一女患者处理伤口：清洗、止血、包扎。女患者有40多岁，家住离城约2公里的乡上，做饭时拇指被切了一条小口子，由与其年龄相仿的丈夫陪伴前来治疗。

　　伤口处理过程中，丈夫满脸流露着关切之情，目光始终不离妻子的伤口并注视着她的每一个表情。伤口包扎完毕，丈夫向同学索要胶布，又为其妻绑扎了一遍。他的神情专注，动作小心而笨拙，唯恐弄着妻子的伤口，花了一两分钟的时间，将她的整个大拇指缠了个严严实实。

　　目睹他的一举一动，同学笑而不语，任其自行其事，我却有些不以为然。

"缠得太多，扎得太紧，伤口不透气，不利于恢复。"

"不绑牢实点，纱布容易掉，伤口会感染，不容易好。"
他笑着回答。

这时，其妻走到水龙头旁欲洗手，丈夫急忙上前："我来，我来，你动不得，别弄湿伤口。"他用左手握住妻子包着的拇指，右手拧开水龙头，然后浇着水，轻轻地、慢慢地为她擦洗。

治疗结束，同学坐在桌前为患者开处方。

询问到年龄时，丈夫抢着回答："43。""45，"妻子连忙纠正，并用娇嗔的眼神责备，"咋个老是搞忘？"丈夫憨厚一笑："嘿嘿，我记得的，没搞忘。我是想你年轻点，不想把你的年龄说大。"顿时，妻子的脸上腾起红云，满脸洋溢着幸福灿烂的笑容。

望着慢慢离去的这对恩爱夫妻，我的心里涌起感动。彼此相爱的人，为对方做一点平凡、微不足道的小事，也是一种幸福。

幸福是平凡中的感动。平凡中的幸福，温馨而暖人。只要善于去观察，用心去发现，幸福无处不在！幸福就在我们的身边！

2011 年 10 月 10 日　完　笔

父亲的生日

父亲80岁的生日，是在普通平凡中度过的。

父亲的生日尚未来临之际，我和弟弟私下商量，邀请一些亲朋好友，生日那天，在酒店为他办一台寿筵，举行一个简单的祝寿仪式，留个纪念，让父亲的生日过得热热闹闹，让他老人家高兴高兴，也让我们做儿子的尽尽孝心。没想到，当我们把这个想法告诉父亲时，他却一口拒绝了，说是孝心领了，没必要兴师动众，让我和弟弟颇感意外。

父亲的生日即将来临之时，我去看望父母，也期望母亲帮做工作，劝劝父亲。言谈之中，重提祝寿之事，父亲仍执拗地回绝了母亲和我。直到此时，我才明白父亲不愿我们为他做寿的真实原因。他是考虑到生日操办会花不少的钱，目前我们兄弟俩经济困难（我在为儿还房贷，弟在供儿读大学），不愿为此耗费钱财，因而也就违心地拒绝了我们为他过生日。

其实，对于我们兄弟俩而言，花钱多少，小事一桩。钱是人挣的，有人才有钱。只要父母过得开心快乐，花钱多少无所谓。俗话说："人生七十古来稀。"父亲已到80高寿之龄，而80岁的高寿，不是每一个人都能享有的。在父亲的眼里，一生仅有的这一次，普通平常，与每天没什么不一样，但在我们看来却是弥足珍贵，特别值得珍惜和纪念。尽管我们很想父亲的生日过得隆重、热闹，但他老人家的意愿又不能违背，又不能不尊重。儿女应当孝顺父母，这"孝顺"之意，就是说儿女不仅要孝敬父母，而且还得顺从父母。既然父亲不愿意我们用这种方式为他祝寿，那我们也就只好顺从，换种方式来表达心意了。

父亲的生日，很快地来临。这天，临近中午，我又去了父母的住处。回家目的很明确：向父亲大人表示生日祝福；看望父母，陪他们坐坐、聊聊。对于我奉上的薄礼，父亲觉得太多，坚辞不受。推辞不过，才象征性地收了一些。我知道和了解父亲，对于寿钱，给与不给，给多给少，他都不会计较，但当儿子的，总得表示表示自己的心意，能多给就不少给，毕竟父亲80岁的生日，一生只有这一次。

父亲80岁的生日，就这样平淡、简单、冷清地过去了。与平常一样，他的脸上，充满平静、安详，看不到丝毫的不快。可以想象，作为一个高寿老人，谁不喜欢和儿女们在一起！谁不愿意把自己的生日过得热闹开心！生日之际，虽然父亲和平时一样高兴，但我的心里始终有一种愧疚感。父母含辛茹苦，为儿女操劳一生，事事处处为儿女着想，无微不至地关心照顾儿女，可是做儿女的，又替父母考虑了多少？！又对父母关心照顾了多少？！……

"谁言寸草心，报得三春晖。"父爱如山，母爱如水。想想父母的养育之恩，做儿女的一辈子也报答不了！常回家看看，多陪父母唠唠家常，多关心关心他们的生活起居，让他们的晚年过得幸福快乐，这才是儿女的最基本的做人之道，才不会到了"子欲养而亲不待"时，悔断肝肠。

2012 年 3 月 9 日至 16 日　完稿改定

"世界末日"来临前不得不说的话

离玛雅人预言的"世界末日"的时间越来越近了。

前些日子，一些城市发生了抢购蜡烛的风波，商店里的蜡烛、火柴等照明工具，成了畅销品、抢手货，供不应求。

"世界末日"让一些人恐慌，我的手机也不时地收到诸如"如果 2013 年，我们还在的话……""假如 2012 年 12 月 21 日凌晨的时候，地没有裂、楼没有倒、家没有淹、你我都还在……"此类悲哀、绝望的短信，搞得一些人惶惶不可终日。

末日之前，大自然灾难不断：地震频繁、火山爆发、洪涝旱灾；世界局势动荡不安；南海危机四伏、钓鱼岛争端激烈……一切迹象似乎表明"世界末日"就要到来。

无独有偶。有关世界末日来临、人类大劫难的预言并非今天才有，也不是第一次发生。一位名叫诺查丹玛斯的预言家，曾经预言，20 世纪末，人类将发生一场空前的大劫难：行星撞击地球、火山爆发、战火燃烧，等等。一本《1999 年人类大劫难》的书，也在 20 世纪末风行一时，书中所列事例，言之凿凿，让人不得不信。然而，20 世纪过去，21 世纪来临，所谓的"人类大劫难"并未发生，忧天的杞人们却虚惊了一场。

世界有末日吗？答案是肯定的。从辩证的角度、哲学的观点看，有生必有灭，有兴必有衰。人终究会死，世界迟早要毁灭，"世界末日"早晚会来临。"世界末日"何时至？昨天过去不可能，今天来临待验证，明天漫长会有期。"世界末日"在明天，明天是哪天，无人能说清。我相信世界有末日，但我不相信，"世界末日"会在玛雅人预言的时间里降临，这是因为太阳、地球正处于壮年期。

世界总会有末日，不必惊慌，无须恐惧，是福不是祸，是祸躲不过，该来的早晚要来。其实，"世界末日"并不可怕，可怕的是人的心态和观念。只管现在，不管将来，追求眼前利益，不作长远打算，是许多人的普遍心态。一些地方官员们为官期间的政绩工程、面子工程，追求的是"吹糠见米""立竿见影"的短暂效应、短期利益。在他们看来，那种"前人栽树，后人乘凉"，为子孙后代谋福祉的长远打算，是傻瓜才干的事。这不由得使我想起了法国皇帝路易十五那句臭名昭著的名言："我死后，哪管洪水滔天。"

"世界末日"会到来，如果真的避不开、躲不过，倒不如坦然面对，早做、多做一些延缓、推迟"世界末日"来临的有益之事，那种违反自然规律，破坏生态平衡，毁灭性地开采，向大自然无休止地索取的做法，无异于杀鸡取卵、饮鸩止渴，只会加速推进"世界末日"的来临，那才是真正的、最可怕的"世界末日"！

2012 年 12 月 20 日　动　笔
"世界末日"　稿　定

曾经的倔强
——歌曲《倔强》听后感

……

我多想抓住你的手不放

那一刻我们都倔强不原谅

本以为我们会回头望一望

背对着流泪怎么也学不会原谅

……

为什么我们都那么倔强

究竟是什么让许诺变得荒唐

还来不及说一句我爱你

曾经的未来已变得苍凉

　　一遍又一遍地听着云朵演唱的歌曲《倔强》，反反复复地观看 MV 播出的由残疾青年舞蹈家马丽、翟孝伟及青年舞者们阐释的凄美画面，我的心弦被强烈地拨动，心灵在如泣如诉、凄婉缠绵的歌声中剧烈地震颤。

　　倔强，指性情刚强。刚强，是指性格、意志坚强，不怕困难或不屈服于恶势力。从《现代汉语词典》的释义看，"刚强"是褒义词。的确，在困难、邪恶、敌人的面前，刚强不屈是令人称道和值得赞美的。然而，在生活、爱情、事业的面前，只知刚强，不甘委屈，只知前进，不懂退让，是难以实现人生追求之目的而获得成功的。正所谓："峣峣者易折，皎皎者易污。"

年少时，我们曾经倔强。青春的词典里，从来没有屈服、后退、忍让。意气风发、血气方刚的年华，没必要知晓地多厚、天多高，前进的路途上，未学会迂回曲折向前，只知道横冲直撞，遥远的路程没走几步，却已筋疲力尽，遍体鳞伤。精力耗费，年华虚度，时光蹉跎，我们的倔强，深深地烙印着年少轻狂，最终成了不堪回首的既往。

初恋时，我们曾经倔强。盲目崇尚"宁为玉碎，不为瓦全"，却不懂得屈伸之道。情感的世界里，容不下一粒尘埃，追求完美，不愿委屈，不肯原谅，只为自己考虑，不替对方着想。我们的倔强，载不起世俗的眼光，击不碎飞短流长，善始不善终的恋情，只能成为永远回忆的美好。

生活中，我们曾经倔强。信奉刚强不屈是立身之本，无意中的彼此伤害，宁肯在背地里独自流泪，也要坚守倔强。屡屡碰壁、挫折、失败后，才懂得柔能克刚。上善若水，或方或长，或圆或扁，无孔不入，无坚不摧；根为生存，忍辱负重，委曲求全，蜿蜒行进。爱情、事业、人生大事上，不必纠缠细枝末节，无须斤斤计较，争一时之短长。也许一时的忍让、暂时的委屈，会成就人生中一段意想不到的欣喜。

一生中，我们都曾经倔强。那是对生活的憧憬和幻想。成长中付出的代价，终于使我们学会了理解、宽容、原谅。抚今追昔，为追求、为爱情、为事业、为梦想，我们不会轻易放弃倔强，也不会一成不变地僵化倔强。该倔强时当倔强，不该倔强别倔强。壮美的人生需要倔强，千万别把倔强用错地方。

2013 年 7 月 16 日至 17 日　完稿改定

永远的母亲

母亲走了。走得那么突然、那么平静、那么安详。

那天周日下午，三时左右，我和牌友正在河边茶楼"斗地主"。斗了一会儿，莫明其妙地有一种心神恍惚的感觉。突然，我的手机响了起来。

保姆在电话里说，母亲已喊不答应，处于昏迷状态，快不行了，要我立即前去。我以为保姆夸大其词。两天前，我去看望父母，母亲如往常一样，除老毛病——有一点心率过速，并无其他不良预兆。没一会儿，保姆接二连三地打来电话。这时，我真的慌了、急了，急忙打电话联系120，联系弟弟。

我急急忙忙地赶到父母的住处，母亲已被抬放到床上，身着白衣的急救人员，正在对母亲进行抢救。半小时后，起初略有起伏的心电图曲线，渐渐地成了一条直线，血压测量显示为0，急救人员摇了摇头，摘下了氧气管和心电图线绳。

驾鹤西去的母亲，仰躺于床上，最后时刻，睁着双眼，微张着嘴，平静安详的神情中难掩一丝遗憾和失望。

"人生七十古来稀。"母亲已吃88岁饭，早已超越了古稀之年。母亲年长父亲5岁，在她过了87岁生日时，她悄悄地告诉了我一个藏在心底深处多年的秘密：她满90岁了！我以为她记忆出了错，她却清楚地说，年轻时算命，算命的说，要找一个小8岁的丈夫，才能幸福。于是，她参加工作时，便把自己的年龄报小了3岁。找到我的父亲后，也将此事一直隐瞒下来。

年轻时不能说、不敢说，现在大家都老了，也就无所顾忌了。父亲后来得知此事，只是憨厚地笑笑。当时的我，将信将疑。记得母亲80岁时，我们为她做生，她丝毫也未提此事，但现在突然说出，又不像编造。我说要为母亲做寿，她坚决地拒绝了。见此，我只好顺着说，那就依您身份证上的年龄，等满90岁时，为您做生祝寿。母亲听了，满脸的皱纹都舒展开了，她高兴地笑着答应，信心满满地说："我要活到100岁。"母亲言犹在耳，却溘然长逝令我悲痛不已。

母亲的一生，充满坎坷和磨难。母亲是大邑县人，20世纪50年代初，为了支援西康建设，刚参加工作的母亲和父辈们从天南地北走到一起，来到僻地小城，开始了他们的工作、生活和爱情。

我出生之时，正好遇上"整风运动"，父母为我取单名"风"。"文革"中，因怕被人断章取义，望名生义，改名为雷锋的"锋"。走向社会，觉得"锋"名锐利，锋芒毕露，于是收敛锋芒，用了现在的名。"大跃进"年代，学医的父母不得不撇下不满周岁的我，将我交给保姆照管，然后奔赴边远山区公社，白攻夜战，"炼钢铁""办铜厂"；"三年困难时期"，粮食不够吃，请不起保姆，父母分别带着我，背着年幼的弟弟，早出晚归，下乡开展巡回医疗、"血防"工作；历次"政治运动"中，母亲因为一件所谓的"说不清"的问题，被戴上"坏分子"帽子，经常被批斗游街，直到"文革"结束，才被彻底平反，落实政策。

母亲一生傲然，最重亲情，付出的多，得到的少。从参加工作到退休，母亲干了30多年，从来没有向组织提过非分的要求。在乡下工作的10多个年头，几乎没有完整的休息时间，白天上班或下乡，晚上还要值班，有病人随喊随到，觉根本睡不好，时间一长，落下了神经衰弱的毛病。落实政策后，同事们纷纷劝母亲，要她趁此良机，为退休着想，要求调回县上工作。母亲却不为所动，仍踏实安心地坚守乡下，直到退休。有一次，局里分管人事的领导向母亲明说，只要送上他看上的东西，就立刻将母亲调回县城，安排工作。母亲以"儿子参加工作给我的礼物，不能送人"为由断然拒绝。母亲的固执，导致了她在乡下退休所享受的福利待遇，与城里退休的同事相比，有了天壤之别。

母亲身为普通女人，也有自己的偏爱。俗话说："皇帝爱长子，百姓爱幺儿。"与大多数中国家庭一样，父母总是对幺儿有所偏爱。这点在母亲的身上表现得尤为明显。

"4·20"芦山7.0级地震发生后，住房严重受损。我、老婆、父母等10多人合住一顶帐篷，拥挤不堪，空气污浊。震后，天气异常，晴天似酷暑，下雨如寒冬。为给父母提供一个较为舒适的生活环境，我和弟弟商量后，请同学帮忙，在市里距农贸市场、超市、医院较近的地段，为父母租了一套两室一厅的住房。父母年龄大，听力不好，担心他们发生意外，于是为他们请了保姆。我每周都要抽空，从县车站乘车到市里看望父母，少则一次，多则两三次。一次，我无意中问起弟弟看望的情况。母亲对我说："他工作很忙，来回都要花车票钱。"气得我当场说不出话来，愣了好一会儿。还有一次，我给父母带了些预防感冒的药，刚把药交给母亲，母亲转身对父亲说："××（弟弟姓名）给我们拿来的药。"我苦笑着，保姆大声地对他们说："是大儿子拿的。"母亲过世前几天，因服药过敏，身体浮肿，父亲、保姆陪她去了市医院、三十七军医院。医院因她年事过高，怕承担风险，都不愿收她住院治疗，只开了些消炎药。母亲回家服了一次，说有副作用，无论父亲、保姆怎么劝，都不肯再服。我去看望她时，劝了半天，无济于事。我灵机一动，对她说是弟弟专门在县城为她开的药。母亲听后，立即把药服下。后来，父亲和保姆劝她吃药，也是如法炮制。

母亲对弟弟的偏爱，让我心有不平。毕竟在地震期间，照顾父母、租房、请保姆等事上，我操了不少心，出了不少力，做了不少事。然而，我的付出并未被母亲看到多少，看到的却被记到了弟弟的功劳簿上。为此，我感到难过和失望。后来一想，作为儿女，照顾父母，天经地义；作为长子，付出多点，理所应当。我们都是父母的儿女，付出多少，不必斤斤计较。只要父母健康、平安、开心、快乐就好。这样想想，心里也就释然了。

母亲生前对她的后事早有安排。10多年前，我们所在的县城还无公墓，母亲和父亲一同前往名山县卧佛山公墓，花了几千元，买了一块墓地，墓地价格至今已成倍上翻，而且还难以买到。"5·12"汶川地震前，母亲到了84岁的高龄。对于民间流传的"七十三、八十四，阎王爷不请自己去"的说法，她深信不疑。认为自己大限将至，背地里悄悄地为自己同时也为父亲做后事准备：打纸钱、做元宝、写福纸、缝寿衣、写遗嘱。然而，母亲的预感失灵，她不仅迈过了84岁这道槛，而且抗住了"5·12"地震之灾，挺过了"4·20"劫难。然而，在她没有任何预感、毫无征兆之时，却突然撒手人寰。母亲的猝然去世，令我们束手无策，手忙脚乱，但因她生前做了妥善安排，我们在办理后事时，少了许多麻烦，省了很大一笔开支。"春蚕到死丝方尽"，母亲将儿子抚养长大，哺育成人，风烛残年之际，仍替儿子们着想、考虑，如今匆匆离去，我们怎么报答得了她的养育之恩！……

听父亲和保姆讲，母亲走的当天，精神很好，早上喝了银耳羹，中午吃了些东西，主动服了"弟弟专门为她开的药"。然后，一如往常地躺在沙发上休息，等到他们发现情况有异时，已无力回天了。母亲突然离去，来不及留下一句遗言，但我知道，她还有想见的亲人没有见，她还有想说的话没有说！母亲，今生今世，我再也不能看见，您那浑浊老眼中，露出深深关怀的眼神；我再也不能聆听，您那琐碎絮叨，口水话似的教诲。母亲，您虽然走得匆忙，却无丝毫痛苦；您在时为儿着想，走时替儿考虑，"子欲养而亲不待"，作为人子，我心难安！我心有愧！

如果没有"4·20"大地震，母亲不会离乡背井，搬迁到人生地不熟之处栖身；如果没有动荡不安的生活，没有过着担惊受怕的日子；如果没有远离亲人，做儿子的能随时看望，经常问候，母亲您不会缺失完整的亲情和充足的精神慰藉，那您生命能量的消耗不会加速、过快，生命之火还会继续燃烧，甚至持续很长的日子！

令我深感痛心和不安的是母亲的告别仪式。治丧时，因弟弟也是卫生系统的职工，由他联系母亲的单位。设灵堂的那天，母亲单位派人送来花圈、慰问金，言称领导到时来主持仪式、致悼辞。然而，到了举行追悼会的日子，亲朋好友早至，却迟迟不见领导的踪影。打电话询问，一句"有事来不了"便作答复，搞得我们异常尴尬和被动。若不是顾忌当场有许多人，我肯定会忍不住在电话里大骂一场，狠狠地发泄一通。火化时间快到，无奈之下，只好由弟弟主持仪式，我负责介绍母亲的生平简历和工作情况。在仓促和毫无准备的情况下，我凭口所说，挂一漏万，顾此失彼，也就在所难免了。

母亲的一生，兢兢业业、勤勤恳恳、任劳任怨，几十年如一日地工作，吃了许多苦，受了很多罪，把自己的一切献给了祖国的医疗事业，可到了盖棺论定时，单位却无人前来参加追悼会、无人发表只言片语。组织需要母亲时，再难、再苦、再累的工作，母亲也毫不推诿，无条件地服从组织决定；母亲需要组织时，尽管只是履行程序、例行公事，组织却视而不见，抛弃不管，真的让走者难安，在者心寒！单位领导若能前来，代表组织，尽单位该尽的责任，对母亲无疑是一种最好的告慰，也是对生者的一种安慰。想想母亲，辛辛苦苦地干了一辈子革命工作，到头来却没有得到组织在公开场合的认同和肯定，九泉之下，难以瞑目！母亲单位的领导几经更新，年纪很轻，很难对母亲的人生经历、工作业绩作出精准的总结和评价，也许这是他们不能前来、不愿前来参加追悼会的根本原因。唉——，我也难辞其咎：考虑不周，准备不足。心情沉重的我，心里真的不是滋味！

遗体火化后，亲朋好友陪我们把母亲的骨灰盒，送到公墓安葬。供上母亲平时爱吃的食物和水果，点燃香蜡，焚烧纸钱，袅袅青烟、片片纸灰在低空中盘旋、缭绕、轻舞，冉冉上升，然后，轻轻地飘向远方。

蓦然，我想起了东晋大文学家、隐士陶潜《拟挽歌辞》中的诗句："有生必有死，早终非命促。""千秋万岁后，谁知荣与辱。"母亲高寿而善终，可以和许多伟人相媲美，这是她和她的亲人们值得骄傲和自豪的事。其实，尘世间的伟人也好，凡人也罢，最终都无法更改"有生必有死"的自然规律；最终都将成为一抔黄土，没有高低贵贱之分；最终都殊途同归地走向"托体同山阿"的最后归宿。佛家对生命的起灭作了最好的诠释："生即是死，死即是生。"阿弥陀佛！

天空开始飘雨，那是上苍流下的泪水。站在墓前，我双掌合十祷告：母亲，天堂从此有了你的身影，天堂里有很多很多好人，您不会孤寂，百年之后，我也会前来陪伴着您；母亲，有生之日，无论风云变幻，刮风下雨，我都会经常前来看您，为您焚香烧纸，向您报告儿孙、亲人们的消息；母亲，愿您的魂灵在天国里永久安息，愿您的在天之灵庇护、保佑您的儿孙、亲人和人间的好人们健康、平安、快乐、幸福、吉祥如意！

母亲，我心中永远的母亲！！

2013 年 11 月 29 日　动　笔

2013 年 12 月 11 日　完　稿

祭母遐想

日子过得真快，不知不觉中，母亲离开尘世一年有余。

人世间有许多奇特的事情、奇异的现象，是难以解释清楚的。领袖毛泽东，从领导"秋收起义"，点燃星星之火，到率领中国共产党人"进京赶考"，再到与世长辞，都是同一天的日子，即9月9日。"9·9"之谜，也就成了伟人的神奇数字，难以破译。又譬如：父子、父女、母子、母女，生日相同。大至伟人，小至百姓，这些奇事异象，或是机缘凑巧，或是冥冥之中早已注定。

说来有趣，儿子和我的生日相隔一天，我的生日和母亲的祭日也相隔一天，生日在前，祭日在后。今年，我的生日恰逢周六，尽管我喜欢低调做人，不愿张扬，但前些日子，同学、朋友生日时，都请了我，我的生日到来，不回请一下，不合情理。

生日头天，半夜时分，咽喉忽然出现异常情况，吞咽口水发疼，服药后，症状有所缓解。

生日聚会，喝酒是免不了的。到了那种场合，作为"寿星"主人的我，不喝说不过去，也影响气氛。这就是人们常说的"人在酒桌，身不由己"。到了这个地步，我也就只好"月母子见老情人——宁伤身体，不伤感情"，舍身作陪了！结果，喝了白酒喝啤酒，生日过完，我就完全彻底地失声了。

前几天，我和弟弟相约，祭奠日到卧佛山公墓祭奠母亲。当弟弟打来电话，约我出发时，我声音嘶哑，乃至他听了两三遍才听清我说的话。行前，临时抱佛脚，服了些999感冒灵冲剂、阿莫西林、金嗓子喉宝。途中，弟弟和我交谈，我的声音比蚊子的声音还小，我很担心祭奠之时，无法向母亲祷祝。

也许是药物起了作用，也许是母亲的英灵保佑庇护，也许是我的虔诚感动了上苍，当我买了祭奠物品，快要步入公墓大门时，突然发现自己的声音大了些。到了墓前，摆上鲜花、点燃香蜡、焚烧纸钱，开始祷祝的时候，声音又洪亮了许多：

母亲，一年过去，您在天堂还好吗？儿子又来看您了！父亲的身体还好，有我们照顾，您就放心吧！您的家人和亲人一切安好，不用挂念！母亲，这边的天气冷了，您那儿的气候怎样？天气变了，要多注意身体。给您多寄些钱来，您想买啥就买啥，要吃好穿暖，该花就花，不要太节约！母亲，虽然您已离开我们一周年，但您的音容笑貌，仍在眼前；您的教诲，仍然回响耳边。梦里，仍看见您往日的美德和风采，您依然正直、善良、勤劳、能干……

祭奠后的第二天，蓦然想起，由于诸多原因，母亲的户口尚未注销。于是，抽空到派出所去办了此事。返回路上，灵光一闪，似有所悟：母亲常入儿梦，除了对我的关爱，是否与我迟迟没有销户，让她老人家未能入户，一时进入不了天堂，而不得不给我托梦有关呢！对不起，母亲！但愿儿子的疏忽，没有给您造成严重的后果！但愿儿子今天的补救，能弥补昨日无意的过错！母亲，但愿您从此以后，在天国里无忧无虑，过得开心、快乐！

母亲，儿子渴望在梦中，再次见到您，向您倾诉我的思念和情感。母亲，您的儿子时刻期待着！

2014 年 11 月 10 日　完笔　改　定

话说从前

上了点岁数的人，大多都爱怀旧。总会时不时地思念过去，怀念从前。

从前是过去，是以前。小时候听大人讲故事，话语总是从"从前的时候"开始。从此知道了，"从前"是故事的开头。因此，为听故事而喜欢"从前"。有人说：岁月的流逝，会磨灭记忆中的印痕。然而，烙印在心头的欢乐与痛苦，爱恨与情仇，真的能被磨灭吗？！以前的日子，过去的生活，真的能被忘却吗？！

从前是纯真，是欢乐。那时的天湛蓝、云洁白、水清澈，四季分明，瑞雪年年都会准时降临，不会比哪一年来得更早或更晚一些；那时的田间、地头、小河、水沟等处，充满着无尽的诱惑和魅力，是我们童年快乐的天堂：田坎边投（捅）黄鳝，稻田里逮油蚱蜢，光屁股下河洗澡，水沟中撮鱼撮泥鳅，土墙洞内捉蜂取蜜，爬树上房取雀蛋。那时不用玩具，也能从许多原始古老的游戏中找到乐趣：网蜻蜓、捕蝉、斗蟋蟀、滚铁环、抽陀螺、拍烟牌、堆雪人、打雪仗……

从前是清贫，是平安。从前，吃得很孬，却很放心；总是为一顿回锅肉、一块月饼、一元过年钱而欢呼雀跃，手舞足蹈。从前，高楼大厦很少，住得很差，睡得挺香。从前，没有空调、冰箱、彩电，一支笔能用很久，一件衣服能穿多年。从前，扒手、小偷、抢劫、杀人，只能潜伏，等待时机，暗地里偷偷摸摸地进行。从前的人们，斗志昂扬，意气风发，从不缺乏助人为乐、见义勇为的精神。

从前是苦难，是财富。汹涌澎湃的时代洪流，席卷着千百万风华正茂的热血青年，"到农村去，到边疆去，到祖国最需要的地方去"。苍茫岁月里，一代人用微笑面对命运的挑战，用青春编织理想的花环，在贫瘠的土地上播种明天，耕耘未来，在苦难的磨砺中，收获人生的财富。多年以后，这一代返城青年，仍在生活的波峰浪谷中起伏沉浮。知识青年上山下乡的是与非、功与过、荣与辱，任凭后人评说。

从前是昨天，是今天。从前已过去，成为昨天，从前会演变、发展为今天。过去是现在的今天，今天是过去的昨天。今天早晚会成为昨天，成为从前，却无法回归到昨天、从前。过去的贫穷落后，不能否定从前的清平清廉；现在的繁荣昌盛，掩盖不了今天的浮躁喧嚣。"忘记过去，就意味着背叛。"从前的时光难忘怀，怀恋从前，从前回不去，也无人愿意再回到从前。昨天无从寻觅，今天令人忐忑，明天让人期盼。

愿昨天的苦难，不再降临，不再重现；愿今天的幸福，恒久缠绵，永恒永远；愿明天的生活，成为子孙后代津津乐道、始终回味、难以忘怀的美好从前！

我们难忘从前，珍惜今天，期待未来，期待明天！

2014 年 8 月 29 日至 9 月 2 日　写　改

一生中该去的几个地方

每个人的一生中，也许去的地方不少，也许去的地方不多。去得多与少，都与主、客观条件紧密联系。去得多也好，去得少也罢，人生须臾，仍有许多地方去不了，但有四个地方应该去：一是贫困地区，去了才知知足常乐，随遇而安；二是死亡场所，去了才知人生短暂，生命脆弱；三是看守所，去了才知自由可贵，尤须珍惜；四是医院，去了才知身体健康至关重要，金钱难买。

这四个地方我都去过。

因为工作的原因，前些年我去了贫困地区。在那里，我看到了 21 世纪的农民。他们仍然住在破旧简陋、没有一件像样家具的木房内；他们仍然点着黑烟四溢、灯光跳跃、闪烁不定的煤油灯；他们仍然烧着柴火，用着土灶，吃着玉米馍、喝着面糊；他们仍然要肩挑背驮，沿着蜿蜒崎岖的山道，步行十多公里，去镇上买回化肥、农药、种子；他们仍然过着"日出而作，日落而息"原始质朴的生活……然而，面对如此的生存环境，他们却毫无怨言，自得其乐。那一刻，我的心被深深地震撼，对"比下有余""知足常乐"有了更深刻的领悟。

因为母亲的过世，我去了殡仪馆。在那里，我看到亲人们的离去，给生者带来的极大痛苦。当一个个完整的身躯，进入火化炉，最后变成一具具白骨，被缓缓地送出，推到自己面前时，不由得唏嘘不已，喟然长叹：祸福无常，生命是宝。人生不过百年，无论贫穷富有、高贵低贱，最终都难逃一具枯骨、抓黄土之命运！功名利禄，荣华富贵，不过是过眼云烟，与其争名逐利，尔虞我诈，倒不如坐看庭前花开花落，仰观天上云卷云舒，活得安然恬淡。

因为职业和业务的关系，我常去看守所。在那里，我看到被关押的囚犯，终日面对高墙铁窗，不见蓝天、白云、阳光；进出监室喊"报告"，见了管理员先问好；10多个人挤住一室，吃喝拉撒全在内；每天定量"3、3、4"，一日三餐，清水白菜煮萝卜，一周之内少油荤。在这里，"劳改当工作"的谎言，被无情地揭穿和击碎。目睹他们低下粗陋的生活，耳听他们痛哭流涕的忏悔，我感到了自由的可贵。"不自由，毋宁死。"

因为病痛的缘故，我去过医院。在那里，我看到垂危病人、不治之症患者，对生命的留恋，对健康的渴盼。在我住院治疗，做胆囊手术的日子，我耳闻目睹了许多病员、患者的往事经历，既看见了他们躺着进来，走着出去，也看见了他们走着进来，躺着出去。真可谓：什么都可以有，千万不能有病。保尔·柯察金曾经说过"人最宝贵的是生命"，爱国诗人裴多菲曾说"生命诚可贵"。然而，在我看来，身体健康，弥足珍贵。没有健康的身体，一切也就成了无本之木，无源之水。

去过这"四个地方"的人，更能感受和体会知足常乐，生命可贵，自由宝贵，健康珍贵。应当珍惜一生四大宝：快乐、自由、生命、健康。没去过这"四个地方"的人，也当珍惜知足、生命、自由、健康。

去没去过这"四个地方"，并不重要。重要的是：在短暂有限的人生中，知足常乐，顺其自然，随遇而安；不能增加生命的长度，就竭力增加生命的宽度，珍爱生命，分分秒秒；珍惜来之不易的自由，遵纪守法，洁身自好；爱护身体，珍惜到老。

活得健康，活得平安，活得幸福，活得快乐，活得开心！

2016 年 2 月 16 日至 18 日　写　改

注：次文发表于《雅安政法文苑》2017 年第 6 期。

见证奇迹发生之夜的幸福感言

　　什么是奇迹？奇迹是想象不到的不平凡的事情。身患不治之症的患者，出人意料地病情痊愈，是奇迹；悬崖峭壁坠落的不幸者，落地毫发无损，是奇迹；卷入激流漩涡的不会游泳者，最终死里逃生，是奇迹……奇迹的发生，既有自身不懈的努力，也有上天的安排眷顾。奇迹的发生，永远属于绝不放弃努力的人。

　　谁能想到，世预赛亚洲区小组赛的中国足球队，会在最后一场生死战中，以 2：0 的比分，将昔日的苦主卡塔尔干净利落地斩于马下；谁能想到，弱旅菲律宾，会在 1：2 落后的情况下，在比赛的最后 10 分钟里连扳两球，以 3：2 的比分战胜强大的朝鲜队；谁能想到，命运掌握在别人手里的中国队，会遇到国际主义战士白求恩球队的无私帮助，做对了苛刻的"5选3"的多项选择题！

　　见证奇迹的发生，是身心备受煎熬的痛苦，是忐忑不安的漫长等待。赛场上的时间，不停地流逝，久久不能进球，上半场 0：0 的比分，让人焦急不安，心急如焚，国足似乎又将重蹈覆辙，苦涩出局。然而；功夫不负有心人。当黄博文的一脚世界波打破僵局，当武磊的最后一击锁定胜局，姗姗来迟的奇迹终于来临。

　　飞了的鸭子回来了，濒临死亡的病人活了，理论成了现实，奇迹成就了希望。仅存理论出线、仅有一线希望的中国队，以小组第二的最好成绩出线，昂首挺进亚洲 12 强决赛。国足创造了奇迹，数以亿计的中国球迷，见证了奇迹的发生和上演。

诚然，国足的出线，离不开亚洲其他球队的帮助，然而，如果没有首先做好自己，没有自身的努力，没有战胜对手，那么，再好的人缘，再多的帮助也是枉然。正所谓：天道酬勤，自助者天助之。经历跌跌撞撞，奄奄一息待毙，陷入绝境的境况，中国队换帅后，将士一心，三军同命，终于绝处逢生，创造了足坛奇迹。

"忽报人间曾伏虎，泪飞顿作倾盆雨。"2016年3月29日之夜，注定是球迷的难忘之夜、不眠之夜。那一刻，陕西省体育馆里红旗漫舞，锣鼓喧天，数万球迷，热血沸腾，欣喜若狂；那一刻，欢乐、幸福在整个赛场弥漫洋溢；那一刻，将载入足坛的史册，成为球迷甜蜜的回忆而化作永恒。

球迷的要求其实并不高：宁愿国足悲壮地倒下，也不愿国足窝囊地出局。12年（连续三届）无缘世预赛亚洲区决赛，15年无缘世界杯，中国足球创造的欢乐太少、太少，中国球迷承受的痛苦太多、太多。失败太多，才知胜利来之不易；痛苦太多，才会得知幸福可贵。因为如此，中国足球的胜利才显得弥足珍贵！中国球迷的幸福泪水才流得那么酣畅淋漓！宁愿成为常态的胜利、欢乐，变得熟视无睹、平淡无奇，也不愿失败、痛苦，时刻萦绕，挥之不去。

出线了！后面的征程更艰险、更崎岖。为了梦想，迈出坚实的脚步，哪怕荆棘密布，何惧危机四伏，勇敢前进，追逐胜利；我们一起，追求最高荣誉，挑战自己，拼搏到底，永不放弃，书写神奇，再现奇迹，再创新的传奇。

2016年3月30日至31日　写　改

永远是师生永远是同学
——致高中毕业 40 周年同学会

世间总有许多美好的情景，令人萦绕于怀而无法忘却。树木掩映的校园教室，辛勤浇灌幼苗的园丁，至纯至真的学生时代，纯洁真挚的同学情感，风华正茂的同窗同桌……啊，昨天是那么的遥远，却又像在眼前；过去是那么的模糊，却又清晰可见。

那一年 7 月，我们匆匆告别老师、校园，像一个孤立无援的求索者，向着自己的人生目标，义无反顾地艰难跋涉。从此，天各一方，各奔东西，萍踪不定，许多年无踪无影。

四季交替，光阴荏苒。岁月的风霜，染白了我们的鬓角。不经意间，我们走过了"知天命"之年、逾越了"花甲"之年。然而，无论我们身处异乡，还是回归故里，却始终都无法忘记老师、同学、校园。那言犹在耳的谆谆教诲，课堂上的琅琅书声，球场上的激烈拼搏，劳动工地的高亢号子，磨砺身心的"学工学农"，抗地震日子的凄风苦雨……我们无法长久驻留于校园，校园却成了我们无法忘却的纪念；万水千山，隔不断对老师、对同学的无限思念。每当想起陌生而又亲切的同学、老师，久违而又熟悉的校园，就令人心旌摇动，不能自已。曾经的点点滴滴，永驻记忆之壁。

学校培养我们成才，老师哺育我们成长，同学两载情深谊长。从懵懂少男少女到为父为母，由青春飞扬至迟暮老年……我们都无法忘怀同学、老师、校园。校园、老师、同学，是萦回于心灵的一个真实的梦，是温馨而又甜蜜的回忆，是我们已逝岁月里的一个美好未来。许多年后，不经意想起，涌动于心头的尽是温暖和感动。

敬爱的老师，当您的学生是我们今生的福气，如果有来生，我们还做您的学生，再聆听教诲；亲爱的同窗同桌，做同学是我们前世修来的缘分，假如有来世，我们还做同学，再续同学情。校园难忘，师恩永恒，同学情深，我们永远是师生，永远是同学。无论岁月如何流逝，老师恩情、同学情谊都刻骨铭心，永远难忘。

我们也曾年轻，我们也将老去，我们无法增加生命的长度，却可以增加生命的宽度。不管我们的生命是长是短，不管我们的身份有无差异，只要活得充实，活得坦然，就一生无憾。敬爱的老师、亲爱的同学，生命有限，珍惜每一天。悲欢离合寻常事，人生聚散是必然，下次重逢不遥远，请您过好每一天。

一路多珍重，敬爱的老师！时刻为您祈祷：一生健康、平安、长寿！一路多保重，亲爱的同学！衷心为你祝愿：健康、快乐、幸福永远！

2016 年 7 月 12 日至 14 日　写　改

假如有一天，我已厌倦……

假如有一天，我已厌倦，就去寻觅一处，放飞自己，让疲惫的身心，得以康复休憩的地方。

那里，隔绝尘世的喧嚣，绝缘人间的纷扰，贫富贵贱远遁，荣辱得失无存，污染的空气绝迹，有毒的食品难觅，拥挤的交通、林立的钢筋水泥无踪无影……

那里，蓝天白云，青山绿水，春夏秋冬，四季分明，鸟语声声，淙淙流水，朝看日出，暮观晚霞，抱明月而长终，该有多好！多美！

那里，春播秋收，自给自足，田园风光，旖旎迷人。喂鸡养鸭，逮鱼洗澡，放羊牧牛割猪草……儿时的点点滴滴，泛起甜蜜的涟漪，熟悉的田坎、小路镌刻成永恒的记忆。

沐浴着阳光雨露，吃着自种的蔬菜、粮食，喝着清澈的山泉溪水，呼吸清新纯净的空气，住在冬暖夏凉的小木屋里，过着与世无争、无忧无虑的日子，该是何等的舒坦！何等的惬意！

假如有一天，我已厌倦，我愿回到你身旁，享受过去的日子；假如有一天，我能放下、了却心中的挂牵、欲念；假如有一天，我能找到心中的桃花源，即使回到从前，我也无怨无悔，心甘情愿。

2016 年 9 月 13 日至 14 日　写　改

父亲生命的最后日子

父亲走了。不堪病痛折磨的父亲，在病床上昏睡了 105 天后，最终撒手人寰，驾鹤西去，前往天堂与母亲相聚了。

又一个挚爱的亲人，告别尘世，离我而去。"子欲养而亲不待"的情形，让我再也不能报答父母的养育之恩。父亲的离去，带走了如山的父爱。

"七十三、八十四，阎王爷不请自己去。"父亲到底没能迈过 84 岁这道坎，在距 85 岁还有大约半年之际，不幸遭遇了车祸。

芦山"4·20"地震，三年重建基本完成后，4 月分到安居房，6 月简装完毕。为方便看望照顾，多尽一份孝心，我和弟弟于 8 月初，将父亲从雅安租赁房接回。没想到父亲还没住上半个月，便出了意外。

父亲出事，事前有征兆，仿佛冥冥之中早有安排。搬家前，替父亲请了一个男保姆，说好搬回时即来，临时被保姆以"孙子暑假回来无人带"为由推辞。车祸的头天，我接连三次去了父亲的住处：早上送清油，中午送饭，晚上陪看电视。因保姆第二天到达，我每次去时，都在提醒父亲，注意安全，一人别出门上街，父亲满口应承。当晚，陪父亲看完奥运节目，我才离去。没想到，父亲所说，皆成遗言，此次陪伴，竟成永诀。

次日 9 点许，得知父亲被车撞了的消息，犹如晴天霹雳，我一下子蒙了。随后，我心急火燎地赶往县医院。

急诊室里，父亲后枕部鲜血渗出，手上、腿上多处擦伤……父亲情绪烦躁，双眼时合时开，一反平常温文尔雅的形象，谁接触他的身体，就粗话骂人。为了确诊病情，需拍脑部 CT。我们四人（我、弟弟、肇事者和他的朋友），有的按手，有的按腿，费尽九牛二虎之力，弄得满头大汗，却怎么也控制不住挣踹不停的父亲。我和弟弟建议，为父亲注射一支镇静剂，医生却怕出危险而不采纳。CT 无法进行，父亲呻吟不已，无奈之下，只好转院。

120 急救车，一路鸣笛，驶向市医院。进入急救室，父亲仍喊疼痛，显得更加烦躁不安，一支镇静针打后，才渐渐地安静下来。

CT 报告出来，病危通知单随之而至：重型颅脑损伤；左额颞硬膜下血肿；脑疝形成；双额脑挫裂伤；外伤性蛛网膜下腔出血；枕骨骨折；肋骨骨折可能。此时，医生告诉我们：必须马上进行开颅手术。如做手术，还有一线希望；如果不做，人很快就会走了！

送入手术室，等待格外的漫长。心中惴惴不安，犹如十五个提桶打水——七上八下。以为手术的时间会很长，没想到较快就结束了。在我看来是个好兆头，医生却说情况很严重，病人进入 ICU（重症监护室），什么危险情况都有可能发生。至于术后能否苏醒、何时苏醒、苏醒后什么状况，医生语焉不详、模棱两可，这让我的心情顿时变得异常沉重起来。

按照医院规定，病人进入 ICU，家属每天只能探视一次，一次半个小时，一次最多两人。至此，我和弟弟开始了每天一次，从县城到市医院的奔波。

每次探视，看见父亲紧闭双眼，静静地躺在病床上，鼻孔、嘴里、身上插着一条条粗细不一的塑料软管，呼之不应，唤之不醒，心里就难受不已。

父亲的一生，坎坷曲折。年轻时，远离家乡，支援西康建设，来到偏僻小城。"火红的年代"，"超英赶美"，长年累月在外，大炼钢铁，夜以继日。家庭成分的连累，每次运动受了不少的罪。中年盼来好时光，却不幸遭遇车祸骨折，住院数月，畸形愈合出院。到了本该享受天伦之乐的晚年，却因"4·20"地震，背井离乡，搬回新居不久，却又遭此不幸！父亲，您的一生，多灾多难，付出多，回报少，没过上几天好日子，到头来还要忍受病痛的折磨。如果我早一天请到保姆，就可避免不幸的发生！父亲，儿子不孝，因我的疏忽和照顾不周，让您承受灵魂、肉体之巨痛！父亲，如果能弥补我的过错，我甘愿接受任何惩罚和所有的苦难，来换取您的苏醒和康复！

每次探视，父亲的每一个微小动作，都会令我牵挂、担心、激动、惊喜。首次看见父亲手指颤动，首次看见父亲睁开眼睛，以为父亲即将苏醒。询问医生，方知是无意识的举动，与苏醒没有关系。电影、电视中，昏睡多年的病人，手指颤动之后便醒来，不知骗了多少观众！尽管得知，父亲醒来的机会十分渺茫，但我仍然期望着奇迹的发生和降临，而随着父亲脸色的逐渐红润和呼吸机的取消，我的心里充满着对父亲苏醒的憧憬。

一个多月后，父亲从 ICU 转入普通病房——神经外科，进入特级护理。从长远着想，我们做好了打持久战的准备。为使父亲的病情早日好转，做到工作、照顾父亲兼顾，我们请了一名女护工，对父亲进行 24 小时护理。原以为父亲的苏醒，只是迟早；原以为 ICU 的巨额治疗费用，会有所下降和减少，然而，情况的发展却出人意料。

起初，父亲病情稳定，每次看望他时，还不时地眨下眼、扭下头，给人感觉恢复有望。然而，一个月下来，我吃惊地发现，这里的治疗费用与 ICU 相差无几。输液，从早上 8 点开始，到第二天凌晨 6 点结束，几乎长达 24 小时。查看费用清单，所用药品，加上护理费用，比 ICU 有过之而无不及。例如：111.73 元 / 支的 K（特）注射用美罗培南 0.5g/ 支，每日注射 6—12 支；65.60 元 / 支的 Z（基）醒脑静注射液（10ml/ 支），每日注射 4—8 支；45.14 元 / 支的 Y 小牛血清去蛋白注射液（小）5ml：0.2g/ 支，每日注射 4 支。诸如此类，不胜枚举。至于这些药是否该用，该用多少，药效如何，外行和局外人根本不知道。

看望、照顾父亲期间，我对医院和医生有了更深的认识和了解，对他们的一些做法不敢苟同。一些医院没有的药品，医生除了要求家属在外购买，还要求家属对所买的药品签字负责，将责任推得干干净净。父亲住院，不到 4 个月，先后拍片 5 次。每次拍片，医生都要我们进入 CT 室内，守在父亲身旁，而医护人员则躲在有防护设备的房间里看操作，把自己保护得严严实实，把射线的危害留给病人家属。父亲因被单位车辆所撞，医疗费用由单位出面作保，一月一结，月底结清。9 月 30 日下午，单位出纳去医院结账时，收费机器出现故障，无法刷卡，只好将费用打到我的卡上，让我次日补缴。而后，医护人员不断打来电话，催促缴费。国庆节早上，我匆匆赶到医院。费用结清，科室电脑徐徐地输出父亲的用药处方，工作人员得意地对我炫耀："你看，费一缴，处方就出来，马上就拿到药了！"气得我很想揍这厮一顿。谁会相信，不愿承担一点风险、责任的医生和一味营利、逐利的医院，还能全心全意地救死扶伤，实行人道主义！

对于父亲能否苏醒，何时苏醒，我一直心存疑问。后经咨询、请教医院的行家、专家、权威方知：父亲这种伤情，根本不可能醒来。所有的治疗，只是延续生命的苟延残喘。输液越多，对身体损害越大，时间越久，病人越痛苦。在我和弟弟反复多次询问下，起初闪烁其词、不吐真相的主治医生，才如实道出父亲的真实病情。为此，我们向其请求：在尽力治疗的前提下，除必用药外，作用不大的药，少用、慎用；可用可不用的药，不用；缩短输液时间，减少输液剂量。

一个多月后，父亲的病情开始恶化，面呈土色，针灸治疗，针一拔出，针眼水溢。手、脚水肿不消，已无法找到血管，只能切开颈动脉输液。随后出现排尿困难、尿量极少、血氧饱和度提升不了的现象，医生要我们做好心理准备。当我以为父亲来日无多时，父亲却用顽强的生命扛了过去。当我暗暗庆幸父亲度过危险时，父亲却病情加重且恶化起来。

距11月结束还有2天的晚上，我回单位处理事情，突觉神情恍惚，心神不定，注意力难以集中。11点左右，医生通过护工接连打来电话，说是父亲氧饱严重下降，无法提升，征询是否转入ICU。在我和弟弟商量之际，护工又打来电话，说父亲现已生命垂危，正在进行紧急抢救，要我们火速到达。

赶到医院，抢救仍在进行。然而，已无力回天，父亲终于挣脱病魔的束缚，带着对天堂的向往，离开了人世。眼不能看，口不能言，是父亲诀别亲人留下的最大遗憾！人世苦难太多，是父亲迫不及待永别人间的精神之源！

父亲，我多想再看看您慈祥的目光、和蔼的笑容，多想再听听您洪亮的声音、关切的话语！父亲，病魔的摧残，没让您留下只言片语的遗言，没让您临终再看儿孙一眼！父亲，您的精神仍是那样的矍铄，您的视力仍好如从前！耄耋之年，您没有同龄人的常见病（高血压、冠心病等病），只是耳背和步履迟缓。如果不出这次意外，您还会多享几年的寿缘！父亲，从今往后，儿子再也不能聆听您的教诲，再也不能看到您关爱的眼神！今生缘尽，来世再续。来生还做您的儿子，报您的养育之恩！

　　天堂没有病痛，天堂从此有了您的身影。父亲，愿您和母亲的在天之灵，保佑尘世的子孙、亲人和世间善良的人们健康、平安、快乐、吉祥、如意！

　　　　　　　2016 年 12 月 26 日至 31 日　动　完　改

我所向往的退休生活

孔圣人曰：逝者如斯夫。年少时却不以为然。从走上工作岗位到离开，总觉得岁月悠悠，那一天是何其遥远。然而，倏忽之间，这一天即来。

度过了童年、少年，走过了青年、壮年。岁月带走了韶华，时间改变了容颜。不知不觉，便到了向单位说告别、与同事道再见的这一天。

曾几何时，常抱怨上班辛苦、挣钱少、受束缚、不自由，一旦要离去，才更深刻地领会了《工作着是美丽的》的真谛。临别之际，才发现心里还会涌起对单位、对工作、对同事的眷念。昨天不可留，何必多烦恼；人间重晚晴，夕阳无限好。留恋也好，厌倦也罢，人生若无意外，每个上班族，早晚会有这一天！

从今往后，旧日子结束，新生活开始。值勤加班，忙碌苦累，不会再有；跋山涉水，风餐露宿，与我无缘。如释重负，浑身轻松，不受约束，自由自在，背上行囊，说走就走，东西南北随意走，大千世界任我游。

从今往后，再也不用担心，上班迟到，一路小跑；再也不会面对，工作繁冗，数据报表；再也不必操心，业绩好孬，年终测评；再也不发牢骚，节假取消，开会短长；再也不需考虑，晋级升职，事业前途……

从今往后，更加注重养生之道，经常锻炼身体，散步骑车，唱歌跳舞，爬山游泳；市上县里，社区闾里，邀约同学，呼朋唤友，杯酌聚会,打牌下棋;茶楼酒肆,街头巷尾,品茗观棋,自由来去。

从今往后,少喧嚣,多恬淡,睡觉睡到自然醒。读书、写作、看新闻、搞摄影。春游昆明踏青,夏去大连避暑,秋至黄山看云,冬到漠河赏雪。看钱塘江水潮涨潮落,观泰山红日东升西坠,游遍祖国河山,摄尽壮丽美景。

从今往后,顺天意尽人事,时常保持乐观豁达的心态,不以物喜,不以己悲,顺其自然,随遇而安,知足常乐。从今往后,笑声多一点,烦忧少一点,欢乐多一点,悲伤少一点,珍惜生命,珍惜每一天,让自己的人生更加丰富绚丽、精彩纷呈!

愿岁月静好,人生无恙,安度美好时光。

2017 年 11 月 18 日至 22 日　写　改

【愚者一得】（杂文）

从王昭君落选说开去

王昭君，名嫱，我国西汉时的一位美人，也是我国的四大美女之一。汉元帝时被选入宫，因没向画师行贿，在选美中落选，最终被迫出塞，远嫁匈奴呼韩邪单于。

笔者以为，昭君落选，除开汉元帝的昏庸、画师毛延寿的贪婪外，主观上也与昭君本人恃貌傲物、盲目乐观、缺乏宣传、包装不到位有关。

假如当初，昭君在面对成百上千的竞争对手时，采取比较灵活的策略，不妨先委屈一下自己，借些银子送给画师，让他的生花妙笔为己锦上添花，然后再上下活动活动，打点打点，在万不得已时，再找机会向皇上面荐。等到"一朝选在君王侧"，再向皇上奏毛索贿，为国除去奸佞，使己受皇恩宠，名垂青史，岂不两全其美！又何至于被毛暗算，受他鸟气，落得独守冷宫，最终出塞远走的可悲境地！

不久前得知，××市××县，长期滞销的优质茶叶、在被换上漂亮的外衣、重新进行包装后，迅速在国内市场站稳了脚跟，求购电话几乎打爆了供货企业的座机。又如，×厂的优质奶粉，起初在本县销售，门可罗雀，无人问津。后在商标上略施小计，便销量猛增，求购货单如雪片般飞来，乃至于供不应求，一度脱销。毋庸置疑，商人的精明手段远比昭君聪明、高明得多！

现实中，有不少企业，它们的产品同样质优价廉，但由于抱着"酒香不怕巷了深"的陈旧观念不放，既不加强自身的宣传、扩大影响，又不在包装上做文章；既舍不得在宣传上下功夫、增加知名度，又不愿毛遂自荐，结果使自家的产品无人知晓，堆积如山。

联想到我们的一些优秀人才，他们一方面在不停地感叹、抱怨自己生不逢时、怀才不遇、无人赏识、未遇伯乐；另一方面却死要面子，没有条件，不去创造条件，有条件也不做自我宣传，有机会也不愿推销自己，没有机会不去寻觅机会，有机会也甘愿守株待兔地等待伯乐前来发现，最终的结局只能是金埋沙滩，无人知晓。他们的命运与昭君何其相似！

但愿人们能从昭君的落选中获得启迪！

1992 年 11 月 20 日　稿
2006 年 11 月 7 日　改
2011 年 3 月 15 日　又改

凡人·名人·伟人

普天之下，芸芸众生，视其知名度和影响力，皆可分成凡人、名人和伟人。

凡者，平常也。凡人，即平常的人。多指平民百姓。迷信的说法是指尘世之人（区别于神仙）。达官显贵，三教九流，皆可列入凡人名册。既为凡人，都有人之悲欢离合、喜怒哀乐、生老病死；都要为衣食忙碌奔波；都得面对柴、米、油、盐、酱、醋、茶七件事。

名人，出名之人，著名之人。因唱一首歌、演一部电视剧或电影而一炮走红的娱乐圈的歌星、影星是也；因写一首诗、发一篇文章或评论、著一部书而声名鹊起的文化人，都可归入名人之列。一旦成为名人，举手投足之间，分量也就重了许多。名人说的话（即使屁话多多），即为"名言"；名人写的文章（即使别字连篇，狗屁不通），即为"名篇"；名人随意书法（即使缺点少撇，鬼画桃符），即为"墨宝"。如此等等，不胜枚举。身为名人，常享受食有肉、行有车、追星族纷至沓来、摩肩接踵者众、签名不迭之礼遇，让人顿生"威赫赫"百人、千人之上的感慨，令世人百般艳羡。

伟人，不寻常、不平凡的人物。顾名思义，伟人即伟大的人物。通俗地说，就是了不起的人物。伟人如鹤立鸡群，如皓月之光。伟人中的伟人（如唐太宗、宋太祖、孙中山、毛泽东、邓小平等人），能主宰历史，能让历史发生转折，能推动历史发展的进程。上至国家社稷，下到平民百姓，伟人的影响力无处不在，无所不至。伟人的一句话，大到决定国家的前途，小到改变苍生的命运，莫不具有一言九鼎、举足轻重的地位和作用。

尘世犹如一个巨大的宝塔，凡人组成巨大的塔基；塔的中部是一定数量的名人；塔顶是为数不多的伟人。没有巨大而牢固的塔基，整个宝塔就会坍塌。凡人是产生名人、伟人的摇篮，名人、伟人只能从凡人中破茧而出，最终达到凤凰涅槃。名人的产生，伟人的诞生，来自凡人，而所有的凡人不可能都成为名人、伟人。虽说"王侯将相，宁有种乎""不想当元帅的士兵，不是好士兵"，但受主观、客观条件的制约和限制，不是人人都能封侯拜相，都能当元帅的。能成名人的凡人是少数，能当伟人的凡人是极少数，能成伟人中的伟人的凡人更是寥若晨星。

凡人有凡人的乐趣。茶楼酒肆，一壶釅茶，一杯薄酒，或独酌或聚饮，其乐融融；街头巷尾，观弈评棋，品头论足，或走或留，来去自由，自得其乐。

名人有名人的烦恼。言行举止，公众瞩目，稍有不慎，即成众矢之的，千夫所指。为名所累，为利所扰，身心俱疲，风光背后多剩难言之隐。"成也萧何，败也萧何！"

伟人有伟人的落寞。金銮殿独坐，受顶礼膜拜；宝塔顶独立，风狂雨骤；神坛上供奉，烟熏火燎；出行前呼后拥，行踪受束。心中的孤寂，向谁诉说？凡人的乐趣，几曾得到？"高处不胜寒……何似在人间"？

找准人生的坐标，摆正生活的位置，顺其自然，随遇而安，知足常乐，就会少了许多烦恼和不快。我辈皆凡人，命也！运也！幸甚也！

要当名人，要成伟人，请先做好凡人，一切皆从凡人始。

2007 年 7 月 16 日　稿　改

注：此文于 2007 年 9 月 30 日发表于《雅安日报》。

二十一世纪，我们还能……

——由"纸馅包子"等假新闻所想到的

一系列新闻骗局的灰飞烟灭，躁动不安、喧嚣不已的网络又渐趋平静。纸终究包不住火，谎言重复一千遍，也不会成为真理，假新闻迟早也会有真相大白的那一天，但网民的良知、情感却接二连三地被欺骗、遭愚弄，是何原因？！是谁之过呢？！…

国人喜欢"耳听为虚，眼见为实"，骗子行骗于市井，花样翻新：江湖郎中，用的是花言巧语，靠的是"祖传秘方""包治百病"的"灵丹妙药"；乞丐行骗，靠的是编织美丽的谎言，用"家中房屋被水毁火烧""父母、夫妻、儿女病危""本人患有不治之症和终身残疾"等语言道具进行"特技表演"。骗术各异，目的相同，为的是让别人相信、感动而慷慨解囊。古往今来，骗术之所以屡试不爽，让人自愿或不自愿地上当受骗，关键在于骗子的逼真表演。

21世纪的今天，科学技术的高速发展，电脑的普遍使用，网络系统的空前发达，信息的迅速传播，让人们的生活有了更多的活动空间，同时也给一些别有用心的制假者提供了极大的方便。科技的发达，并未使人们的大脑得到同步发展。一条条虚假的新闻，仍使人防不胜防，仍让众多有正义感、责任心的网民慷慨激昂。虚假新闻的始作俑者，固然令人可憎、痛恨，我们的社会、我们的媒体、我们的网民难道就没有责任？！价值追求、舆论导向、功利浮躁、轻信盲从等多元化因素，是虚假新闻滋生的温床和赖以得逞并多次重演的罪魁祸首！

物欲横流、金钱至上、道德沦陷、欲望膨胀、情感迷失的世界，已让人们猪肉不敢吃（有蓝耳病）、广告不敢信（虚假夸大）、新闻不敢看（可信度差）、穿衣不放心（怪病颇多），21世纪，我们还能吃什么？穿什么？看什么？听什么？信什么？干什么呢？

不摒弃功利、不远离浮躁、不抵制拜金主义、不克制无休止的欲望，也许会有越来越多的人渴望回到茹毛饮血、赤裸相对的时代！……

"人们啊，我是爱你们的，你们可要警惕啊！"

2007 年 7 月 26 日　稿

少一分挑剔责难多一分宽容尊重

　　游玩归来，将草草写就的《"刘氏庄园"游感》的帖子、游玩中拍摄的几十张PP，花了个把小时的时间，发到天府论坛和我的"自留地"——博客里，便匆匆下线，去接受朋友们的召见了。

　　小长假一结束，上班一阵忙碌后，单位安排我和两位同事外出办事。几百公里的行程，当天往返，来去匆匆，回到家中已是深夜。

　　打开电脑，在"自留地"徜徉、浏览，蓦然发现"游感"帖已有好几条评论，惊喜之中，点击查看。不看不知道，一看鬼火冒，9条评论中，竟有5条是批评，让我顿生不快。

　　哦，明白了！是我在敲打博文时，一时疏忽大意，误将"清末民初"打成"清末明初"，因这一字之差犯下了最低级的错误。都是我的错，未做检查惹的祸。感谢博友们的善意提醒，让我得以及时迅速地纠正失误；感谢博友们给我面子，没让此笑话扩散流传。当然，也许论坛的斑竹（版主）和板油（版友）们对此早就心知肚明，只是怕我难堪，不愿说穿罢了！

　　因失误，闹出笑话而受批评、责难，虽说言辞有些尖锐刻薄，咄咄逼人，倒也情有可原，毕竟过错在我。我的失误，我来承担；你的批评，我欣然接受。然而，令我反感的是，批评文字中错别字的出现。什么"年轻人先把历史高（搞）清楚""多学历史，在（再）开博"，让人啼笑皆非。别人的失误，似乎不可饶恕；

301

自己的过错，却毫不介意，对别人马列主义，对自己自由主义，这和"只许州官放火，不许百姓点灯"又有多大的区别呢？正人先正己，"己所不欲，勿施于人"。我和我的文友们一致认为：在博客和坛子里回帖、跟帖，尤其是砸砖帖，应当杜绝错别字。出现错别字，起码是对别人的一种不尊重。对别人缺乏起码尊重的人，没有批评别人的资格和权利！

我十分乐意接受批评，哪怕是激烈的批评乃至过激之词，但务必请你对我保持尊重。网络是虚拟的，但操作、控制电脑的人是真实的。我始终认为：人与人之间应当互相尊重，坦诚相待。我真诚地希望在虚拟的网络世界里，在人与人的交往中，少一点嘲讽，多一点宽容；少一点挑剔，多一点善意；少一分虚伪，多一分真诚；少一分责难，多一分尊重。

2008 年 5 月 6 日至 9 日　动　笔　稿　定　改　定

酒后絮语

早晨醒来，头还有点晕，两边的太阳穴也有些发涨。唉，这都是酒喝多了的缘故。

打开手机，几条短信接连涌入，是朋友打过电话的记录。须臾，手机铃声响起，朋友告诉我：牌友×××的手机丢了。

昨晚打完牌，朋友约我和牌友们同去消夜。一来为她失散了30多年的球友重逢庆贺，二来朋友、牌友聚聚。

古人云：酒乃穿肠毒药。少饮舒筋活血，有益健康，多则伤肝伤身。对于喝酒，我有我的原则：不是较好的同学、朋友、同事，不喝；不投缘者，不喝；话不投机者，不喝。在喝酒上很赞同"酒逢知己"的观点，在待人接物上，自认为有点"竹林七贤"的清高和孤傲。我始终认为，来者不拒地喝酒，档次未免低了点，更有喝烂酒之嫌。上了酒桌，我的态度是：能饮则饮，适量而止，没必要争输赢、论胜负。我不招惹别人，喝多喝少，不必强求，但如果有人要向我发难和挑战，那我也只好还以颜色，坚决还击。

每人两杯白酒（半斤）下肚，酒已半酣。朋友的朋友，从中午到晚上，已经连续喝了三台酒，此时已是话语絮叨，舌头都转不圆了，可两个牌友仍然不依不饶，以敬酒为名，非要与他干杯。我劝了一句，两人竟将目标对准我。最终的结果是，我们三人，每人一口干了2.5两的白酒各一杯。两个牌友走起路来步履蹒跚，前脚打后脚，其中的一人还被我和另一牌友一人架着一只胳膊往家送，乃至他也不知在什么地方弄丢了手机，直到第二天才发现手机不见了。

当晚的情景，现在想起来，颇有悔意。本不该喝那么多的酒，为赌一口气，为图一时的痛快，拿自己的身体开玩笑，实在是毫无价值和太不应该。已是"知天命"的人了，干嘛还像年轻人一样冲动而逞血气之勇呢？难道这就是人们常说的"人在酒桌，身不由己"？

在我看来，喝酒是开心、高兴的表现方式，如果为赌酒而伤了朋友之间的和气和身体；如果毫无节制地喝酒，而伤了自己的身体，那就失去了喝酒的本来意义。

愿我和我的朋友们爱护身体，珍惜生命，适度饮酒。

2008 年 10 月 10 日至 11 日　写　改

友情·爱情·亲情

友：朋友；相好；有友好关系的。朋友，一是指彼此有交情的人；二是指爱恋对象。友情，朋友之间的感情。友情有战友情、学友情、"驴"（旅）友情、"色"（摄）友情，等等。

爱，有以下几种含义：对人对事物有很深的感情；喜欢；爱惜；常常发生某种行为，容易发生某种变化。爱情，是指男女之间相爱的感情。

亲，主要是指父母；血统最接近的；有血统或婚姻关系的；婚姻；关系近，感情好。亲情，就是指有血统、血统最接近或有婚姻关系的感情。亲情包括父子情、父女情、母子情、母女情、兄弟情、姊妹情、夫妻情等。

友情、爱情、亲情，三者均有"情"，都有对人或对事物关切、喜爱的心情，具有同一性。然而，此情非彼情，友情、亲情的外延，远比爱情的外延要宽得多，三者的差异，在于感情程度深浅上的不同，彼此之间不能互相替代。

男女之间的友情，前进一步，可以转化成爱情，最终发展为亲情，但同性朋友之间的友情，永远也不能转化为爱情。发展成爱情的亲情，也是无法和血统亲情抗衡和匹敌的。

从古至今，"富贵不能淫，贫贱不能移，威武不能屈"，坚如磐石、肝胆相照的友情，总是被人称颂而流芳百世。君不见，伯牙毁琴酬知音，管鲍之谊成佳话，"桃园结义"传美名。在对待、珍视友情上，古人令今人汗颜不已。现实世界里，许多友情被

305

铜臭玷污，沾满了市侩习气，友情成了商品。权力、地位、金钱、名利，让友情蒙羞。

人世间，爱情是不朽和永恒的主题。花好月圆的爱情喜剧故事，令人迷恋和神往，梁山伯与祝英台的缠绵、凄美的爱情悲剧故事，惊天地，泣鬼神。"山无陵，江水为竭。冬雷震震，夏雨雪。天地合，乃敢与君绝"的古老山盟海誓，已成经典的爱情绝唱；历史长河中溅起的"爱美人不爱江山""七月七日长生殿""冲冠一怒为红颜"等朵朵浪花，惊世骇俗。观古看今，感天动地、生死不渝的爱情能有几人！历史的车轮滚滚向前，爱情的观念更新变换，现代社会中充斥着"票子、房子、车子、位子"等条件的择偶标准，已让清纯的爱情难以寻觅，逐渐沦为濒危珍惜品！

血管里流出来的是血。自古以来，如山的父爱、伟大的母爱，兄弟情重、姊妹情深的一个个耳闻目睹的亲情故事，无不让人热泪盈眶，嘘唏感叹。中国的父母，是世上最辛劳、最伟大的父母。从儿女呱呱坠地，到长大成人，谈婚论嫁，生儿育女，总有操不尽的心、忙不完的事。正因为如此，有的人可以舍弃友情，抛弃爱情，但却无法割舍亲情。"弟兄如手足"的古言，足以说明亲情的重要性。古往今来，每到除夕夜，漂泊在外的游子，不管山高水长，无论路途崎岖遥远、有钱没钱，总是千方百计地从千里迢迢的异域他乡，赶回家中，与亲人团聚一堂。亲情的力量是何等的巨大！羊羔有跪乳之恩，乌鸦有反哺之义，作为高等动物的人类，不念父母恩、不记亲情，丧失、灭绝人性的不孝子女，毕竟是寥寥无几。虽然传统的伦理道德，在21世纪的今天，正受到巨大的冲击和严峻挑战，但亲情的凝聚力，仍然威力无比。

重情的人，请巩固、珍惜友情；多情的人，请专注、善待爱情；

记情的人，请捍卫、守护亲情。三者都能做到的人，是高尚的人、完美的人、了不起的人！

我辈乃芸芸众生中一凡夫俗子，能做到其中之一二，也就一生无愧于世了！

2009 年 1 月 30 日　稿　改

征文有奖联想……

在不到半年的时间里，"××论坛"相继举办了N次征文有奖比赛，有的已经尘埃落定，落槌定音；有的仍在紧锣密鼓、如火如荼地进行。

有奖比赛总是诱人的，特别是奖金丰厚、奖品繁多的赛事，难免使人趋之若鹜。来自天南地北的征文，如雪片般降落论坛，然而，其过程中出现的"小插曲"，却让人心情沉重，喜忧参半。

钱，真是一个好东西！在它的面前，各式各样的面孔，暴露无遗；形形色色的人，粉墨登场。层出不穷、花样翻新、淋漓尽致的表演，尽情展现：明目张胆地剽窃；堂而皇之地抄袭；改头换面地拼凑；非原创首发，熙来攘往，你方唱罢我登场，热闹非凡。一旦未达目的，未遂心愿，便心生不满，借题发挥，煽风点火，惹事生非，令人眼界大开，叹为观止。当然，高风亮节、洁身自好、"不为五斗米折腰"者，也大有人在。

不就是区区几千元奖金吗？用得为此费尽心机、绞尽脑汁地搜取吗？！不就是区区几个小钱吗？值得求全责备，语言过激，有辱斯文吗？！为了追逐蝇头小利，怒发冲冠，恶语相加，与其说是受利益驱使，倒不如说是价值观念的沦丧、人性的弱点充分暴露更恰当！不敢相信，如果此次征文无奖，还会有多少人能一如既往地踊跃参加；不敢想象，如果奖金再高一点，奖品再丰厚一些，还会发生多少令人啼笑皆非的奇闻逸事！

不容讳言，毋庸置疑，金钱在现代社会的巨大作用，离开钱寸步难行，没有钱万万不能。然而，金钱不是万能的。金钱可以买到豪宅别墅，却买不到温馨家庭；金钱可以买到如云美女，却买不到真正的爱情；金钱可以买到天价药品，却买不到健康的身体；金钱可以买到富裕富有，却买不到平安幸福；金钱可以买到权力地位，却买不到快乐开心！……

想起了莎翁笔下对金钱入木三分的刻画和描述："金子啊，你是多么神奇。你可以使丑的变成美的、黑的变成白的、错的变成对的、老人变成少年、卑贱的变成高尚的、懦夫变成勇士……"这与古人说的"有钱能使鬼推磨"，现代人讲的"没有钱是万万不能的"是何等的神似！嗨，岂止神似，简直异曲同工！

想起了一个富翁所做的诚信度试验：先后三次，为几十名受助者分别提供价值 5 万元、10 万元、20 万元的商品，助其脱贫致富。富翁要求受助人在商品售尽后，归还本金，利润归己。试验的最终结果是：获得 5 万元货款时，有的人携款消失；获得 10 万元货款时，有的人逃之夭夭；获得 20 万元货款时，有的人踪影全无。试验结束，仅存者屈指可数。消失者的诚信度不过就是：5 万元、10 万元、20 万元。

想起了常言所说的"君子爱财，取之有道；清者自清，浊者自浊"的警句格言。金钱面前，倘若人人皆能做到：坦然相对，理性待之，勿让孔方兄蒙住眼睛，人生也就少了些烦恼，多了些乐趣，世界也会为之变得纯洁且更加美丽可爱。

2009 年 6 月 9 日　稿　改

性格即命运
——小说《亮剑》读后感

利用闲暇，用了不到三天的时间，读完了长篇小说《亮剑》。

掩卷沉思，书中主人翁李云龙的传奇经历、坎坷人生，令人扼腕长叹，唏嘘不已。

一名共和国的将军，没有倒在血雨腥风、枪林弹雨的战斗中，没有死在敌人的屠刀下，却成了时代的牺牲品，殒灭在"十年浩劫"中。将星殒落，亲者痛，仇者快，是个人的悲剧、民族的悲哀，还是国家的不幸？……

很认同书中赵刚政委说的一句话："性格即命运。"一个人的命运，在很大程度上取决于个人的性格，也就是说性格决定命运，有什么样的性格，就有什么样的命运。与时代相比，个人的命运，处于从属的地位，在时代的面前，个人的命运显得渺小和微不足道，无法与时代抗衡。个人的性格与时代合拍，性格决定命运的作用也就小了许多；反之亦然。

从哲学的角度而言，凡是人皆有性格，这是共性；每个人的性格各有不同，这是个性。自然界的花，因种类不同，才会争奇斗艳，绚丽多姿；人类社会，因个人性格各异，才使生活充满魅力，人生显得更加瑰丽。

想起了一个伟人说过的一段话："一个民族，一个国家，一个政党，如果听不到不同的声音，那么，这个民族，这个国家，这个政党，就离灭亡不远了。"伟人所说的"不同的声音"，缺乏鲜明个性的人，是永远也说不出的，而往往发出这"不同的声音"、具有鲜明个性的人，在非正常年代，是难以融入时代，难以与时代合拍的，这也就导致了他必然会受到或大或小、或多或少很不公正的待遇，他也就必然会为此付出惨痛的代价，从而影响、决定其一生的命运。

我国是具有五千年文明史的国家，长期以来，以儒家思想为正统，现实生活中，中庸者居多，但也从不乏铮铮铁骨的硬汉。在那不堪回首的动乱岁月里，像李云龙、赵刚等立下赫赫战功而最终落得悲惨结局的将军，乃至元帅，何止千万！我们的人民、我们的民族、我们的国家，再也经不起那样的折腾，但愿那个是非颠倒、人妖不分的年代里所发生的荒唐事和一切大大小小的悲剧，在我们的生活中不再重演。

2010 年 12 月 14 日至 30 日　写　改

人名与时代

人名，人的姓名。姓名是指姓和名字。名字的含义有两层一个或几个字，跟姓合在一起来代表一个人，区别于别的人；一个或几个字，用来代表一种事物，区别于别种事物。名字有单名和复名之分。时代也有两层含义：一是指历史上以经济、政治、文化等状况为依据划分的某个时期，如新石器时代；二是指个人生命中的某个时期，如青年时代。

人名作为个人的文字符号，或多或少会受到社会经济、文化、政治的影响。从表面上看，人名与时代风马牛不相及；但实际上，人名在一定程度上反映着时代的经济、政治和文化。

20 世纪 50 年代，许多父母为了纪念具有重大历史意义的事件，将孩子的名字取为"南下""解放""建国""援朝""卫国""跃进"等，有着鲜明的纪念标志和喜庆色彩。

60 年代，史无前例的"文革"时期，充满浓郁政治色彩的名字也就应运而生，比比皆是："文革""立新""卫兵""卫东""红卫"。

70 年代，"文革"结束后，高考恢复，知青大返城，十一届三中全会召开，在改革开放前期，逐渐走出了动乱的中国，名字出现多元化发展趋势，两个字以上的名字多了起来，单名开始流行，如"军""平""庆""栋""辉"等。

80 年代，从动乱中回归平静的人们，以新的姿态投入工作、学习和生活中去。改革开放的持续深入，使人们的思想冲破了田维方式也日益活跃起来，大量的"刚""勇""伟"过饶，单名字出现。"单名风"盛行，既反映了人们追求简单、宁静、形骸归真的生活心态，也导致不少重名出现。

90年代，"五格剖象"论逐渐影响越来越多父母的起名观念。为求人丁兴旺、家宅平安、学有所成、仕途通达、财源茂盛、大吉大利，许多父母在为儿女取名时都会参考"五格剖象"的测算结果。迷信、盲从、跟风现象令人担忧，重名情况日趋严重。

21世纪至今，和谐社会制度的施行，"以人为本"观念的提倡，人们更加崇尚独立自由和追求个性的发展，取名字成了烦琐考究的事，一些晦涩、冷僻的字成为首选，如"又""龔""矗""嬰"等字。取名仿古、复古成为一种时尚，给个人的生活、学习、工作带来诸多不便。

以上情况表明：人名，不仅仅是文字符号的体现，取名字虽是个人的私事，但当它置身于社会，就会自觉或不自觉、自愿或不自愿地体现着时代的特征，或多或少地被打上时代的烙印。从这个意义上讲，人名与时代息息相关，是时代的缩影。

2011年4月1日　稿　定

"二八月乱穿衣"乱谈

又到了传统二十四节气之一春分的日子。如果立春节气，仅仅是让我们嗅到春的气息，听到春的声音，那么春分节气，则让我们完全目睹了春回大地、草长莺飞、一派春意盎然的景象。

据天文专家介绍，每年 3 月 20 日或 3 月 21 日，太阳到达黄经 0 度（春分点）时开始。分者，半也，这一天为春季的一半，故叫春分。查看日历，不难发现，每年的春分节气，都在农历二月的某一天里。

俗话说：二八月乱穿衣。这话的意思是说，到了每年农历二月、八月的时候，衣服穿厚穿薄、穿多穿少，不用固定和无须讲究，想怎么穿都行。春光灿烂，阳光明媚的日子，放眼街头巷尾，着外套、穿单衣、衬衫的人不少；穿羽绒服、保暖服、羊毛衫、毛衣等御寒服装的也大有人在，这也成了"二八月乱穿衣"的一道亮丽风景线。

其实，农历的二月，春分节气前后的一段时间，虽然春意渐浓，日渐暖和，但昼夜温差大，冷暖空气活动频繁，仍不时有寒流侵袭，既有春寒料峭的天气发生，也会有倒春寒的日子出现，稍有不慎，极易感冒。若到医院、诊所去走走、看看，就会发现：老人妇女，大人小孩，看病、拿药、打针、输液的，多是感冒患者，也多与"二八月乱穿衣"有关。

古代一著名女词人曾写下了"乍暖还寒，最难将息"的佳句，既可用于描述心情，也可用来形容气候。农历二月，乍暖，还寒，冷热不均，时冷时热，冷时如冬，热时如夏，衣服穿少易感冒，穿多易患热伤风，穿多穿少，或增或减，减多减少，增多增少，较难掌握，正是"最难将息"时节。

农历二月、八月，正是冬春转换、秋冬交接之际，民谚有"春捂秋冻"的说法。所谓"春捂"，是说冬天快要结束或已经结束，春天即将来临时，不宜马上脱下冬装，还得多穿一些日子，以适应季节的变换。所谓"秋冻"，是指秋冬之交，不宜立即换下秋衣，穿上冬装，要在一段时间内，让身体受受冷，以适应即将到来的冬寒。春捂秋冻，是指在季节转换之际，身体得有一段适应的过程，不宜立即减衣和增衣。从保健养生的角度来看，春捂秋冻有一定的道理，是和"二八月乱穿衣"相抵牾的。

春分总在二月里，乍暖还寒的日子，也总在二月里。"二八月乱穿衣"也好，"春捂秋冻"也罢，两者各有各的道理，也可说是"仁者见仁，智者见智"。在我看来，衣服穿多穿少，增减多少，需捂需冻，捂与不捂，冻与不冻，还得因人而异，量体裁衣，量体而行，切忌生搬硬套。历史证明：再好的理论，不经实践检验，不与实际情况相结合，只能是空谈，俗语、民谚更是如此。

2012 年春分　动　笔

2012 年 3 月 23 日　完笔改定

人言·效应·同化

人言，人类所说的话。效应，指物理或化学作用所产生的效果。同化，是指不相同的事物逐渐变得相近或相同。在汉语词典中，三者本是风马牛不相及的三个词语，然而，在现实生活中，三者之间关系密切，相互联系，相互作用。

从古到今，历来有"曾参杀人""三人成虎""众口铄金""寡妇门前是非多"等说法，这恰好说明谣言可怕，人言可畏。

多年前，耳闻了一则趣事。诸君同去澡堂，众人皆脱光洗浴，唯E君怕羞，在一旁着内裤洗之。众人见状，纷纷投去诧异的目光，疑其生理不正常。最终，E君不得不解去遮羞布一同裸浴，验证其身。这就是人们常说的"澡堂效应"。

多年后，耳闻目睹了小城一事。Z君身体倍棒，阳气十足，一年四季，不觉寒冷。寒冬腊月，穿短袖，着短裤，往来行走。耳闻者，疑惑惊奇；观之者，目光各异。时间一长，流言四起："标新立异""哗众取宠""好出风头"，等等。Z君百口莫辩，不胜其烦，最后只好违心而顺从地穿上冬衣冬裤，免去是非烦恼。

理想很丰满，现实很骨感。人言（流言、谣言）使谎言成真，"毁"人不倦；效应令人屈服，同流合污；同化让个性消失，随波逐流，沦为平庸。大至民族，小到个人，特色消失，个性毁灭，可悲又可怕！

2015 年 4 月 23 日至 25 日　写　改

【生活警示】（调查研究）

车轮下的悲歌
——交通肇事面面观

近年来，随着交通运输业的繁荣和个人购车热的兴起，机动车辆与日俱增。尽管交警等部门做了不少努力，但交通肇事案件仍时有发生。

案例一：何某，20岁，从未学过开车。一日，从他人手中购得一手扶拖拉机后，不等农机培训结束，便手痒难耐，搭乘同乡高某某到矿山运煤。在途中一下坡处，何某脱挡骨行，车突然转向，将何某抛下河里，高某某则做了屈死鬼。后来，何某被判处缓刑3年，饮下了自酿的苦酒。

案例二：一日清晨，廖某某无证驾驶485型川路牌工程车，驾驶室内乘坐2人，车厢内先后搭乘4人，快速向某修路工地行驶。途中撞在一石礅上，掉头后翻到几米高的坎下，造成死亡2人、伤4人的重大交通肇事案。事故发生后，廖某某花去丧葬治疗、赔偿等费用3万余元，不仅使多年的积蓄一朝毁于车轮，而且还被追究刑事责任。

……

造成上述交通肇事案件的主要原因：

一是法制观念淡薄，个人素质差。出车祸的驾驶员，大多数初中以下的文化，平时极少学习，又不参加车辆驾驶培训，对于我国先后颁布的道路交通管理条例、法规，知之甚少，甚至一无所知，因而对车辆的行驶、装载，应遵守的规则不甚了了，为惨剧的发生种下了祸根。

二是情比法大，规章制度置诸脑后。一些驾驶员，明知法不允许无证驾车、违章搭人、人货混载，但被熟人、同乡、亲戚好话一说，便忘乎所以，致使事故发生。

三是乡村路况差，人为故障多。近年来，乡村路况虽有所改善，但无法和日益增长的车辆同步发展，虽然乡乡通公路，但路况差：单行车道，会车时要退数丈远才能通过；黄土路面加碎石，晴天黄尘滚滚，雨天泥泞不堪；高低不平，颠簸不已等，车辆通过极易倾覆。

因此，增强法律意识，加强道路交通管理，遵守交通法规，维护交通秩序，保障交通安全和畅通，保障人民的生命和财产安全，不应当成为一句空话。社会、政府、有关单位和个人，要冷静全面地反省车祸发生的根源，对症下药，综合治理，采取切实可行的措施，车轮下的惨剧、悲剧才不会重演。

载于 1997 年 2 月 21 日《雅安报》

把住理智的闸门
——故意伤害案原因和特点初探

社会经济的迅速发展，带来人们道德观念的巨大变化，而经济利益与某些人社会道德的严重失衡，导致故意伤害案居高不下，呈上升趋势。据笔者统计，一些地方伤害案件已占刑事案件总数的 40% 左右，令人震惊。

冷静地分析这些非死即伤的伤害案时，不难发现，犯罪人与受害人之间并无深仇大恨，而是由鸡毛蒜皮的小事引发。

案例一：村民杨某到自己的承包林砍树时，发现地界处的一棵小树被砍，怀疑是王某所为，到王家质问。双方发生争吵，王某之妻也参与其中，与杨某互相辱骂。杨某欲上前拉扯王某之妻，因杨某手提砍树的斧头，王某认为杨某要砍自己的妻子，遂抓起刮秧板在杨某背后连续打击六板，致使杨某右颞顶骨折，脑挫裂伤。

案例二：飞仙关镇某组村民张家兄弟和他人前往陈家湾看电影。途中遇上同乡杨某、王某等人，张家兄弟听见杨、王二人对话，以为指桑骂槐，其哥便上前质问杨某，二人发生口角，而后升级为打斗，其弟怕哥吃亏，急忙参战，一拳击中杨某左眼部，致使杨某左眼视力无光感，构成重伤。

　　案例三：邛崃市某乡村民林某兄弟，驾车到芦山县大川镇大菜园煤厂运煤。随后，王某父子也驾车到此煤厂运煤。当林氏兄弟去吃饭时，王某将车开到林某的车前装煤。林某饭后到装煤处察看，见王某的车停在自己的车前装煤，先对王某质问，后将正在车上装煤的王某拉下车，两人抓扯。王父见状抓起煤铲向林某打去，林某也将王某的车门玻璃击碎，并击伤王父右额部和咬伤其鼻子部位。经法医鉴定，王父鼻翼、鼻尖缺损，属重伤轻型。

　　剖析以上案例，不难发现这类伤害案产生的原因和特点：

　　一、法制观念淡薄，道德天平倾斜。在审查案件过程中，这些犯罪嫌疑人大多理直气壮：吵嘴打架又不算犯法，别人惹我我还手理所应当。把正当防卫与故意伤害混淆起来。

　　二、犯罪年龄低龄化，文化水平小学化。被控犯伤害罪的被告人，多为20岁左右的年轻人，一般只有小学文化。文化水平的低下，血气方刚的年龄，使他们缺乏自制力，争强斗胜，一言不合便拳脚相向，大打出手，结果酿成血案，后悔莫及。

　　三、犯罪大多具有偶然性、突发性。此类犯罪中，当事人之间大多无新仇宿怨，而是由一些微不足道的琐事成为犯罪诱因。由于这类伤害案大多没有预谋过程，具有突发性，使人防不胜防。在某种程度上，其广泛性远远超过了预谋性的伤害罪。

　　四、实施犯罪行为时，不择手段，不计后果。伤害案中互相打斗的双方，一般多为邻居、同事、朋友、亲戚等，平时并无矛盾和积怨，但行为人在实施暴力时却无所顾忌，常常是见棒抓棒，见刀抓刀，心狠手辣，下手无情，非打到你死我伤才罢休。

　　理智的闸门一旦被泛滥的暴力洪水冲毁，势必造成闸毁人亡的悲剧。增强法律意识和法制观念，提高每个公民的道德修养和文化素质，把犯罪苗头遏制在萌芽之中，不仅是法律工作者的责任，也是整个社会亟待重视的问题。

载于 1997 年 5 月 8 日《四川法制报》

气功的误区
——小城气功热现象透视

随着大中城市气功的降温，对气功一窍不通或略知皮毛的所谓气功大师，纷纷将目光投向偏僻的县城乡镇，利用人们喜爱气功的心理，成立各种气功组织，恣意收敛钱财，使气功陡然升温。据统计，笔者所在的县城，就有气功组织四五个，一些被政府取缔的气功组织也死灰复燃。这些协会，会员少则数十人，多达上千人，给社会治安的管理，生活、工作秩序的稳定，道德观念的提高，带来负面效应。

镜头一：气功师陈××，一日外出散步，在河滩上觅得光滑异石数十枚，回家将石头钻孔，系上红线后向学员言称："这是我向×××大师求得的信息物，内有大师信息，长期佩戴，功成体健，百病不侵。"众学员深信不疑，将此石抢购而空，陈获利千元。

镜头二：某镇村民任××，幼年患小儿麻痹症，左腿落下残疾。在气功大师方××"只要我给你发功，包你恢复如常人"的信誓旦旦下，借钱数百元，几经换车，从百里之外赶赴现场接受治疗。发功治疗结束，伤腿依旧。任找大师理论，方却说任"心不诚"。任痛哭流涕，大呼"骗子"，引起群众围观，交通堵塞。

镜头三：关××是某局机关工作人员，迷上气功后，对××大师顶礼膜拜，一日仅食一餐，名曰"辟谷"。到夜晚便紧闭房门，燃香点烛，盘腿合掌，开大录音机音量，聆听大师教诲，接受信息至深夜，扰得左邻右舍难以入睡。半月下来，关××脸色憔悴，说话无力，走路摇晃，上班常打瞌睡，工作力不从心，引起领导和职工严重不满，本人只好主动停薪留职。

镜头四：农民企业家黎××，建有石材厂、电站、宾馆等生产服务设施，资产逾百万元，生意如日中天。练气功入迷后，将××大师一无所长的亲朋好友安排于经营管理等重要岗位上，导致经营管理混乱，经济效益一落千丈，支不抵收，负债累累。最后将宾馆用于抵债，企业濒于破产。

气功爱好者在不知不觉中落入伪气功师设置的陷阱，自愿或不自愿地上当受骗，落得鸡飞蛋打，主要受下列因素影响：

一、愚昧轻信心理。在众多的练功者中，文盲、小学文化者居多。个人素质低，把气功绝对化、神秘化，把气功当成包医百病的灵丹妙药，道听途说，人云亦云，信谣传谣，给骗子以可乘之机。

二、盲目从众心理。一些人不问气功效果如何，是否符合练功条件，看见有人练功，自己也不甘寂寞，抱着"随大流""凑热闹""上当不止我一人"的心理，盲目加入练功行列，最终成为伪气功的牺牲品。

三、精神寄托心理。气功组织中的会员年龄偏高，大多在50岁以上，既有单位的退休职工，也有县城附近的村民。他们儿孙满堂，待在家中无所事事，为寻求精神上的寄托，成为气功组织中的一员，在不知不觉中上当受骗。

任何事物都有自己的度，一旦突破这个度，就会发生质变，气功亦然。笔者呼吁政府和有关部门，对那些五花八门的伪气功组织，坚决予以取缔；对那些借气功之名，行骗钱之实的所谓大师，予以揭露和打击，情节严重者，依法追究刑事责任；对人们为了强身健体，而自发产生的气功热情，积极予以正确的引导，让群众走出气功的误区，使中华气功造福于华夏，造福于人类。

发表于 1999 年 5 月 23 日《四川广播电视报》

【世事感悟】（寓言）

喜鹊与乌鸦

夜半，某妇生一男孩。

天明，左邻右舍前来贺喜，一片赞颂声。

一只喜鹊落在门外枝丫上，"喳喳喳""喳喳喳"，恶毒咒骂。男主人闻声而出，笑逐颜开，"喜鹊叫，贵人到"。说完，拿出食物赏给喜鹊。

须臾，一只乌鸦停在屋脊上，"呱呱呱""呱呱呱"，高声道喜。男主人一见，怒容满面，"丧门星，快滚开！"石块扔出，乌鸦惊飞。

鸟儿们想：人世间原来如此！

1992 年 5 月 16 日发表于《雅安报》

狗的对话

某日，看家狗和哈巴狗相遇。

一阵寒暄后，看家狗说："老弟，你长年累月优哉游哉，吃香喝辣，还时常和主人四处游玩，真是万千宠爱在一身呵！我每天看家护院，没半点自由，累得半死，还经常挨骂挨打，常吃残汤剩饭，有时甚至还吃不饱，我真羡慕死你了！"

哈巴狗叹了口气："大哥，你有所不知，因为我驯善、懦弱，男女老少、大人小孩，都要逗我、捉弄我、玩弄我，我心里虽不情愿，也得摇头摆尾，装出一副高兴的样子。主人也时常把我呼来唤去，身不由己啊！哪如你，虽然辛苦点，待遇差点，但起码还有自己的尊严，不受谁欺负，我才羡慕你呢！"

哦，原来它们互相羡慕和追求的，正是它们各自的悲哀和不幸！

1992 年 8 月 3 日　初　稿
2006 年 11 月 6 日　再　改